[美]
约翰·贝尔德
John Baird

爱德华·沙利文
Edward Sullivan
——
著

薛香玲 译

用心
LEADING
WITH HEART
领导

打造忠诚、
成功团队的秘密

Five Conversations
That Unlock Creativity, Purpose,
and Results

机械工业出版社
CHINA MACHINE PRESS

图书在版编目（CIP）数据

用心领导：打造忠诚、成功团队的秘密 /（美）约翰·贝尔德（John Baird），（美）爱德华·沙利文（Edward Sullivan）著；薛香玲译 . —北京：机械工业出版社，2024.6

（深度领导力）

书名原文：Leading with Heart: Five Conversations that Unlock Creativity, Purpose, and Results

ISBN 978-7-111-75825-9

Ⅰ. ①用… Ⅱ. ①约… ②爱… ③薛… Ⅲ. ①领导学 Ⅳ. ① C933

中国国家版本馆 CIP 数据核字（2024）第 098911 号

机械工业出版社（北京市百万庄大街 22 号　邮政编码 100037）
策划编辑：白　婕　　　　　　责任编辑：白　婕　崔晨芳
责任校对：樊钟英　丁梦卓　　责任印制：郜　敏
三河市宏达印刷有限公司印刷
2024 年 7 月第 1 版第 1 次印刷
147mm × 210mm · 9.875 印张 · 1 插页 · 179 千字
标准书号：ISBN 978-7-111-75825-9
定价：69.00 元

电话服务　　　　　　　　　网络服务

客服电话：010-88361066　机 工 官 网：www.cmpbook.com

　　　　　010-88379833　机 工 官 博：weibo.com/cmp1952

　　　　　010-68326294　金 书 网：www.golden-book.com

封底无防伪标均为盗版　机工教育服务网：www.cmpedu.com

本书献给那些领风气之先的勇者，早在真实地做自己成为潮流，甚至这样做不无风险之前，他们就以真实的面貌、对外界的好奇心和开放的心态，在工作中展现出真实的自己。我们怀着谦逊之心将这些对话付诸文字，是他们让这件事情成为可能。

　　本书也献给我们的客户，在过去20多年的合作中，我们见证了你们的才华、勇气和成长。你们是今日的领导者，也是明日的建设者。

LEADING WITH HEART

| 目录 |

引言 / 1

第4章　你最大的天赋是什么　/ 185

| 引言 |

> 只有用心灵才能看清事物本质，真正重要的东西是肉眼
> 无法看到的。
>
> ——安托万·德·圣埃克苏佩里，《小王子》

在纽约曼哈顿熨斗区，夹在老城酒吧和 ABC 厨房之间，有一扇不起眼的白门，上面写着 37 号。摁一下门铃，门开了，坐电梯上 4 楼，出来即"蜂巢"。蜂巢布置得很漂亮，开阔的 loft 办公空间有着高高的天花板，搭配淡雅柔和的颜色和赏心悦目的绿植。办公室里一派充满活力的景象，大约 100 个人忙来忙去，有 22 岁的年轻人，也有 62 岁的长者。

有些人一直坐在电脑前劈劈啪啪地打字；有些人在大声笑着聊天——是的，蜂巢里面有时候会很吵；有几个人在公司小厨房外面玩一个巨大的拼图；有几个人坐在落地窗旁的绘图桌上，周围堆满了衣服样品，有袜子、内衣，也有 T 恤。

高品质的面料，快乐的人们，冷饮和康普茶。你可能在蜂巢之外有丰富多彩的生活，但在蜂巢里面创业，也一样可以很充实、很快乐。

在纽约，往往是最低调的门后面隐藏着胜景，有些人也一样。我们来这里要见的戴夫·希思（Dave Heath）就是这种人。光从外表看，他穿着宽松的运动衫、卡其裤、舒服的运动鞋，你可能以为他要么是个程序员，要么是个设计师，怎么也想不到他是一家价值数百万美元服装品牌的CEO（首席执行官）。

戴夫的公司Bombas[⊖]创办于10年前，最初的业务是在网上卖袜子。除了袜子，他们现在把业务拓宽到了T恤和内衣，业务蒸蒸日上。你可能会想，销售额每年上百万美元？那得卖多少袜子？没错，他们卖了很多袜子。不过戴夫是这么说的："我们垄断了高品质袜子的市场。"除此之外，Bombas还采取"卖一捐一"的政策，每卖出一双袜子，就向流浪者收容所捐出一件物品。

看着戴夫在蜂巢里走动，有点像看着一个尽心尽力的园丁在种满玫瑰的温室里穿梭一样。他看得到每株玫瑰，用心研究它们，接纳它们，欣赏它们的独特品质。要给这株大马士革玫瑰多浇一点水，让那株朱丽叶玫瑰多晒点太阳，给那

⊖ Bombas是拉丁语，大黄蜂的意思，寓意黄蜂住在蜂巢中，共同努力，让世界更加美好。——译者注

些黑美人玫瑰多施一点肥。就像园丁对每株玫瑰都精心照料，让每株玫瑰都生机盎然、茁壮成长一样，戴夫对每位员工也是如此，他让每位员工都绽放出更加美丽的光彩。

每一个遇到戴夫的人都真心高兴地停下来跟他聊上两句，没有人在他面前小心翼翼，也没有人紧张兮兮地在他旁边围成半个圆圈，争相让他注意自己。更重要的是，戴夫看上去对每个人都真心感兴趣。他像一个魔法精灵一样，走到哪里，就在哪里撒下一种"CEO魔法粉"，让遇到他的人觉得自己被认可、被激励，对工作也更加尽职尽责、尽心尽力。

戴夫停下脚步，向公司的营销总监凯特·休厄特（Kate Huyett）身上撒了一些"魔法粉"。凯特之前在高盛做投资银行家，现在是数字广告领域的专家。几年前，擅长量化思维的她离开华尔街，转行做市场分析工作，得到了戴夫的赏识，戴夫看到了她的过人之处。凯特是个内敛的人，但很有洞察力。她一说话，大家都会专心听她说什么。

"碰到员工态度越来越消极的情况，有什么好办法？"她问戴夫。

戴夫没有急着回答，而是提出了自己的问题："那个员工现在真正需要的是什么？在他消极的态度背后有什么原因？是不是觉得没有被听到？他做的工作适合他吗？"

戴夫就是这样的，他从来不急着给出答案，而是看看表象的背后有什么原因。他总是对没被说出来的东西感兴趣，并提出一连串指向明确、颇具洞察力、能够引发对话的问题。

- 有什么需求没有得到满足？
- 是什么恐惧让他退缩？
- 他真正的驱动力是什么？
- 有什么天赋没有施展出来？
- 他真正的目标是什么？

正是这种超乎寻常的好奇心和同理心打动了他的团队，也让 Bombas 员工对公司忠心耿耿，对工作尽心尽力、尽职尽责。戴夫不仅对自己的高管团队这么做，还辅导他们，让他们用同样的态度和方法对待各自的直接下属。

在这样的氛围下，Bombas 在很短时间内就在 B2C 领域取得了突破性的成功，而它的很多同行则在昙花一现后销声匿迹。在走向成功的同时，Bombas 也赢得了无数"最佳工作场所"的奖项，并创下了业内员工流失率最低的纪录。

我们认为，Bombas 之所以成功，是因为 CEO 戴夫·希思在**用心领导**。

我们来对比一下戴夫和另外一位客户。因为这不是对那位客户的褒奖，所以出于尊重和保密，我们暂且称他为"乔"（Joe）。

认识乔的时候，他是一家小型公共医疗保健公司的 CEO。不管从他的外貌、谈吐还是举止来看，你都会情不自禁地想：

"这个人具备成功 CEO 的所有标志性条件和素质。"

乔拥有斯坦福大学的学位、专业的演讲能力、过硬的专业知识、广泛的人脉、流程化思维模式，以及苏格兰牧羊犬一般的决心和毅力。

翻遍所有商业图书，随便举一条这些书里列出的成功领导者必备的技能或特质，乔都具备。在管理运营上，他引入了很多最新的团队管理和时间管理的最佳实践。他们有每天 15 分钟的站立会议，有小周期迭代式开发，他们的价值观里有"坦诚""赋能"和"赞美"这样的词语，甚至还有自动康普茶饮料机。

虽然公司在早期取得了一些成功，比如把几种癌症和帕金森症的新疗法推向了市场，但自那之后，公司一直很不景气。员工士气空前低落，离职率徘徊在 50% 左右，留下来的员工多数也只是每天混日子而已。

员工们心灰意冷。用他们的话来说，很少有人觉得"被看见"，或是"被赋能"。没有人协调工作，大多数人沉默地坐在自己的工位旁，写长长的邮件，或是给同事发 Slack 即时信息，即使有些人的座位相距还不到 1 米，有事也用 Slack 沟通。会议结束时往往没有明确的决定或具体的待办事项。对工作倦怠的管理者们花两个小时吃午餐。不用说，公司的销售额持续下降。

乔向我们求助，帮他处理"士气和业绩问题"。他觉得

"什么事都得他自己出马"，因此很沮丧。据乔说，其他人看业务的眼光都不行，对质量的鉴别能力也不行。不管他的团队花多长时间写新闻稿，乔都得重写一遍。基本上，不管什么事情，乔都会在其中发现错误。

与乔的团队交谈时，我们清楚地看到，这些人非常认同公司的使命，对他们的患者也极富责任感。谈到自己的服务意识和目标时，很多人都很激动。他们对患者感同身受，因为他们之中有些人的家人死于癌症，有些人的父母或祖父母患有帕金森症。

他们还说，乔是他们认识的最聪明和最有领导魅力的人之一（没错，他确实是！），但他也很喜欢让别人都知道这一点。他对团队的人不感兴趣，他们擅长什么，什么能激励他们，他们怎样才能成为更好的自己，他对这些都不感兴趣。他没有把他们当作活生生的具体的人来关心，只是带着满脑子宏伟的想法，四处发号施令。

当他的团队成员默默地回避他，不再提出精彩的想法，或是干脆离职的时候，乔仍然不知道，他们这样做部分原因在于他。

我们窃以为，之所以如此，是因为乔没有用心领导。

在 B2C 行业，生意非常难做，但戴夫的公司是最成功的公司之一。而身处一个商机无限的高利润行业，乔的公司却日渐式微。戴夫的公司创下了行业内有史以来最低的员工流失率纪录，而乔的公司的员工流失率则一直徘徊在 50% 左右。在制定重要决策时，戴夫发现越来越不需要由他来主导，这样他就有了更多时间从战略角度考虑公司的长期发展。而乔事无巨细，事必躬亲，因为除了他，没有人觉得自己有权力做任何决定。

是什么让一个既不是科班出身也没有什么管理经验的人成为值得效仿的优秀领导者，而一个具备所有领导技能和特质的人成为糟糕的领导者？

回答这个问题是本书的关键，而现在，也到了一个亟须回答的时刻了。

当今日益严重的领导危机

毫无疑问，我们正处于一场日益严重的领导危机中，在政治领域如此，在商业领域也是如此。之所以这样说，一个最明显的原因是人们对工作缺乏兴趣。根据盖洛普的调查数据，三分之二的美国人"对工作和工作场所态度消极，没有热情"，50% 的人正在积极寻找新工作。人力资源管理协会（Society for Human Resource Management）的另一份报告显示，25% 的美国员工实际上"害怕去上班"，因为他们"在与工作相关的问题上发表意见没有安全感，在工作中觉得得不到尊重和重视"。在同一份报告中，84% 的员工表示，不称职的管理者给他们带来了不必要的压力。

虽然很难准确量化这些害怕和低参与感的情绪造成了多大损失，但盖洛普估计，自愿离职（人们辞职）每年给经济造成了总计 1 万亿美元的损失（这还是 2021 年大辞职潮之前的数据）。而那些没有离职但消极怠工的员工又因为生产力低下把经济增速拉低了 10%。

为什么这么多人觉得害怕、不受尊重，对工作没有积极性？经过调查，我们发现原因很清楚：太多人在乔这样的领导者手下工作，这些领导者不放权，缺少好奇心，没有意愿或者没有能力与他们的团队建立真正的感情联结。

员工们希望，领导者能看见并欣赏真实的他们，看见并欣赏他们独特的才能。但在太多领导者眼里，员工与机器上的齿轮相差无几。

我们在商业和政治领域的一线做了几十年的教练，深感用心领导的重要性，而身处这场日益严重的领导危机中，我们觉得现在亟须弄清楚为什么有些领导者能与员工建立心与心的联结，有些领导者却不能。

自我介绍

在进一步探讨之前，不妨先介绍一下我们自己。我们是约翰和爱德华。30 多年前，约翰从圣何塞州立大学商学院教授的职位上离职，帮助苹果大学开发领导力课程，从此加入领导力教练行业。之后他在为苹果做教练的基础上成立了自己的第一家教练公司。约翰热爱摄影，重视家庭生活，喜欢与家人和孙辈待在一起。

爱德华大约在 15 年前进入领导力教练行业，先是与政治顾问詹姆斯·卡维尔（James Carville）一起为美国及世界各地的政治候选人提供咨询服务，之后在将近 10 年的时间里与硅谷和纽约的创业家和《财富》500 强公司的高管一起合作。

约翰是学者型教练，注重数据分析；爱德华擅长运营，有出色的直觉。尽管我们不太一样，但我们有一个重要的共同点：我们都热衷于释放客户的潜力和创造力。我们绝不会声称自己对领导力了如指掌，但我们有幸在职业生涯的大部分时间里与一些真正杰出的领导者合作。从蒂姆·库克、史蒂夫·乔布斯和菲尔·奈特这样的巨头，到瓦莱丽·阿什比（Valerie Ashby）、贾斯廷·麦克劳德（Justin McLeod）和徐迅（Tony Xu）这些即将家喻户晓的新星，我们都与他们合作过。

和许多旅程一样，本书之旅始于一个问题：真正的变革型领导者与其他领导者有什么不同？

每年都会涌现成千上万本新书、无数篇文章和博客，向人们传授各种业已验证的经验和技巧，从如何领导公司、如何育儿，到如何打高尔夫球、如何烤鸡，内容包罗万象，不一而足。受到众多自诩为专家的人影响，我们相信不管干什么事情，都有正确的方法和错误的方法。但是，事实就像畅销书作者、曾任哈佛商学院教授的菲尔·罗森茨魏希（Phil Rosenzweig）所说的那样："虽然有那么多成功的秘诀和模型，有那么多自诩为思想领袖的人，但是商业成功还是和以前一样不可企及……可能比以前**更加**难以企及。"

既然有那么多领导指南，为什么杰出的领导者仍然是凤毛麟角？

带着这个问题，我们决定对其中一些领导指南和所谓的简单领导技巧做一个压力测试。我们俩加起来有40年的领导力教练经历，其间与很多顶级的商界和政界领导者合作，积累了大量的笔记和数据。我们深入研究了这些笔记和数据，以期从中找出一些趋向。我们相信，如果这些最成功的客户身上有什么行为和习惯方面的共同点，我们肯定会找到它们。

但是，在仔细研究了这些数据后，我们发现，那些在最重要的方面取得最佳业务成果和组织成果（即增长、退出、离职率、员工满意度）的领导者在领导行为和习惯上各有千秋，大不相同。只要观察十几个优秀的领导者，你就会发现，他们的领导方式有极大的差异。

- 有些人外向，说话鼓舞人心，感召力很强；有些人内向，更喜欢通过书面备忘录或私下交谈来进行交流。

- 有些人会设定非常清晰的未来愿景，绘制大胆的前进路线；有些人则对问题领域或客户情况做个大概的观察，然后让团队负责找出创新性的解决方案。
- 有些人有固定的晨练习惯，每天早上 5 点钟起床冥想，或是跳上动感单车或跑步机做运动，或是做瑜伽拜日式；有些人没有固定的起床时间，何时起床全凭自己心意，喝很多咖啡，满脸疲惫地来到公司。

我们在数据中到处寻找这些客户在特征和行为方面有什么共同点——传统上那种领导者和高管该做的和不该做的事情——但我们发现，他们呈现出的差异比任何人群都大。

有什么是我们没看到的呢？

于是我们加倍努力，继续深入研究之前积累的领导力教练档案，看了更多文件和文章。不过这次，我们问了一个不一样的问题：这些杰出领导者的团队成员，也就是跟他们接触最多、每天都受他们启发的人，是怎么评价他们的呢？

我们意识到，原来答案一直摆在我们面前，就在我们的眼皮底下：

- "他对自己有非常清楚的认知，也从来不怕认真地审视自己。"
- "她在我身上看到了连我都没看到的潜力。"
- "他每次都知道说什么话能让我重新变得积极起来。"

- "她帮助我克服了自我怀疑，让我开始相信自己。"
- "他对我的提问和反馈让我在做人和专业方面都有所成长。"

这些领导者有没有极具感染力的演讲才能，有没有每天和一位不同的员工共进午餐，有没有把桌子放在办公室中间以显得自己平易近人，这些都不重要。重要的不在于他们的策略、习惯和技巧。

相反，我们的研究显示，杰出的领导者有 5 个核心特征，这些核心特征能够帮助他们与员工建立真正的人与人之间的联结。

1. **他们知道团队的需求**。在满足哪些需求后，自己和团队才能富有创造力，才能机敏能干？他们对这一点非常好奇。满足基本需求，是所有高层次思考和工作的基础。在没有把自己照顾好，或是没有安全感的时候，我们是不可能呈现出最好状态的，也不愿意问犀利的问题，或提出有一定风险的建议。

2. **他们直面团队的恐惧**。恐惧让他们的团队犹豫不决时，他们敢于直面恐惧。恐惧让我们不敢冒险，也会驱使我们做出错误的决定或伤害他人的事情。如果你的团队成员发现危险的苗头，但因为缺乏安全感而不敢说出来，你会一直忙着"救火"。

3. **他们理解自己以及团队的欲求和驱动力。**他们实事求是地对待自己及其团队的核心欲求和驱动力，并且确保它们被控制在合理的范围内，以免自己或团队被欲求带偏，走入歧路。

4. **他们知人善任，充分利用自己及团队的天赋。**他们深入挖掘自己和团队隐而未现的天赋。顶级的技能和天赋往往因为缺少伯乐而徒然虚耗。用心领导要求领导者放下你和团队擅长什么的想法，而是深入发掘，找到你和团队卓越的才能。

5. **他们志存高远，有明确的努力目标。**最后，他们有明确的核心目标，并帮助自己的团队成员确立目标。最伟大的工作都是由那些相信自己正在为社会更大利益工作的团队完成的，而最容易犯的错误，则是以为自己的团队只关心金钱或名气。

凭借这些独特的能力，那些曾与我们合作的杰出领导者能够启发员工的创造性思维，帮助员工确立目标，让员工觉得自己被看见，从而最终提升了企业的业务成果。有一位科技公司的 CEO 非常乐于做伯乐，从员工身上发现他们自己都没意识到的才能和天赋，经常对他们委以新任，激发出他们强大的、新的潜能。有一位约会 App 的 CEO 看到自己由上而下的管理方法扼杀了公司的士气和创造力，于是改变方法，把全部产品问题和设计问题，以及团队成员们急需的职权都下放给团队。有一位社交网络的创始人认识到，由于他害怕失败，所以他和他的团队不敢冒险，不敢大胆用人，也无法从客户反馈中学习成长。

这样的例子还有很多。

我们发现，这个时代最杰出的领导者绝不仅仅遵循管理模型或策略，而是对自己和员工有着最持久的好奇心、关怀和理解。他们有勇气和好奇心来展开对话，讨论那些在工作场所常被视为禁忌的话题，讨论我们真正需要什么才能拥有安全感和创造力，以及我们害怕什么，我们最深层的渴望是什么，我们最擅长什么，我们最高远的志向是什么。这些对话让他们能够改变自己，改变团队，也改变他们的组织。

这就是我们所说的用心领导。

一点用心，大不相同

用心领导不仅仅是对人一团和气，让他人感觉良好，而是消除恐惧和孤立感，创造一个安全的、彼此之间关系良好的环境。我们来看一下，与恐惧主导的公司相比，用心领导的公司在企业文化和最重要的业务成果方面有何不同（见表 0-1），以免你认为用心领导是无关紧要、可有可无的事情。

表 0-1　两种公司的特征和结果

用心领导的公司	恐惧主导的公司
离职率较低	离职率较高
分散决策	决策时过度依赖权威，效率低下
员工可以自主承担适当的风险，进行创新实验	员工回避风险，很少进行创新实验
有健康的和建设性的冲突	没有冲突或暗箭伤人，遮遮掩掩
在会议中进行严谨的辩论，寻求真相	在会议中尴尬地沉默，寻求批准
各部门在战略上协调一致	部门之间争权夺利
共享资源，以支持公司目标	囤积资源，以支持本部门目标
关键信息无缝流动，能够及早发现问题	隐瞒关键信息，导致不必要的危机

你可以看到，用心领导并不是创造一个放任自由、只想不做或绩效低下的环境，而是去掉恐惧、匮乏和自我的遮蔽，在人与人之间建立良好的关系。用心领导为自己和组织实现突破。用心领导是在某些时候把所有会议和待办事项放在一边，与员工在一个更深的层次，即更真实、更可靠的层次上建立良好的关系。有意思的是，与员工建立更深层次的良好关系后，再做待办事项清单上的那些事情就容易多了。

利用对话来激发创造力、确立目标和取得成果

面对危机时，大多数人都想知道该怎么办。是的，我们想要答案。但作为教练，我们的工作不是给出答案，而是举起一面镜子，问正确的问题，利用对话的力量帮助客户自己

找到答案。所以，当你只想要一个容易的答案或简单的破解方法时，我们的回答只有一个，这与我们给客户的回答是一样的：现在，有什么是你没看到的？要更加用心地领导团队，你需要进行哪些对话？

你可以把阅读本书的过程当作一次接受私人教练指导的过程。在接下来的几章里，我们会为你详细地讲解教练过程，这个过程与我们在现实中给领导者做教练的过程完全一样。我们会邀请你就一些话题展开对话，以帮助你深入全面地认识自己和你的团队。

我们可以和你展开对话的话题数不胜数，它们能帮助你对自己和团队产生兴趣，让你对自己和团队有新的认识。不过，在这些数不胜数的话题中，我们找到了5个核心话题，它们能在最大程度上帮你开启一种崭新的看待自己和他人的方式。而这5个核心话题，也与上述最成功领导者的5个核心特征直接对应。

可能有些人天生就有洞察自己和他人的本领。但说来遗憾，这样的人我们还没遇到过。大多数人都需要一个不断探询的过程，才能深入地认识自己和他人。下面是我们设计的一些话题，本书对这些话题的详细探讨就是这个不断探询的过程。

这5个能够激发创造力、确立目标和取得成果的话题都从貌似非常简单的问题开始，但千万不要被它们的表象迷惑——每个问题的用意都在于穿透表面，进入更深的层次，每个问题都可能引出一个又一个问题，延伸成一场丰富的对话，帮助你从一个更真实、更诚实的角度来看待自己和你的团队。我们希望你在沿着这些问题不断深入探索的过程中，获得越来越深刻的洞察，让你和团队不断释放出新的潜能，并去除那些阻碍你用心领导的障碍。

怎样达到最佳状态

一盆花枯萎了，我们不会冲它大吼大叫，给它加工资，或是让它参加绩效提升计划，而是多浇水，把它挪到光照更好的地方，给它足够的营养，直到它的叶子挺立起来，由黄转绿，重新焕发出勃勃生机。

人也一样。用心领导不容易。拿出勇气和好奇心，直面自己的脆弱，进行犀利的对话，这些事情无一不需要我们付出很大的精力。为此我们需要保持高度敏感，满足自己在身体、情绪和环境方面的需求，以免自己陷入低效状态。

与同事发生矛盾时，与其指责对方，不如拿出好奇心，看看是不是因为自己或同事的需求没有得到满足。我们能否时常问问自己：我们和团队真正需要什么才能成功，才能蓬勃发展？

我们吃得好吗，睡得好吗？上次锻炼是什么时候？我们需要更多自由相处的时间吗？需不需要减少视频会议？延长午餐时间？少用 Slack 聊天群组？多一点指导？下午散步一个小时？冥想 20 分钟？配备康普茶和冷饮？

为了帮助你思考"我需要什么才能成功？"这个问题，我们为你提供了各种工具，以帮助你了解你和同事最深层次的需求。更重要的是，我们还会花点时间探讨一下，为什么即使我们知道该怎么做才能满足自己的需求，也仍然做不到？有哪些事情会抢夺我们的时间和注意力，干扰我们满足自己的需求，比如得到更多休息时间，与支持我们的人在一起，或是住在一个能激励我们的地方？

哪些恐惧让你退缩

所有人都会时不时因为恐惧而退缩。退缩时，我们会对自己会产生一些消极或自我限制性的想法。而发现是哪些恐惧让我们退缩，同时对哪些恐惧让团队退缩保持强烈的好奇心，我们就可以慢慢去掉压在我们心头的障碍、不实的想法、由来已久的失败主义者的想法，以及所有那些因为恐惧而发生的无益行为。

在组织层面，高级管理者自身未被看到的恐惧往往会造成逃避冲突、完美主义、自以为是、有困难不寻求帮助，以及冒牌者综合征。而这些往往会成为整个组织的文化准则，进而在组织层面造成普遍的回避风险、无法给予和接受反馈，以及无法进行建设性辩论等问题。

在"哪些恐惧让你退缩"这一章，我们会讨论恐惧的 3 种基本反应，以及各自的独特"表现"（tell，玩扑克时对面玩家虚张声势时表现出的样子被称为 tell）。我们会讲述一些客户在教练的帮助下如何应对恐惧的故事，从这些故事中，你会发现被恐惧困扰的领导者和那些学会应对恐惧甚至克服恐惧的领导者有什么不同。

我们也会让你思考几个犀利的问题：哪些恐惧让我退缩？我在哪些方面害怕被别人评判？我紧紧抓住哪些对自我的看法不敢放手？面对恐惧，我有哪些常用的、容易识别的应对机制，可以让我或他人当作我感到恐惧的信号？

我们还会讨论另一种情况，即如果他人出现恐惧反应，我们该如何识别和应对？他们会出现什么明显的迹象？我们该如何说服他们，让他们打消恐惧的念头，并抱着好奇和开放的态度重新与他们建立良好的关系？

哪些欲求是你的驱动力，其中哪些欲求会让你偏离轨道

我们最深层的欲求会成为极其强大的动力之源。感到自己能赢，感到自己在做贡献，感到自己有影响力，这些都会成为我们早上起床的动力。但是，如果欲求失控，它们则有可能让我们偏离轨道。

在这一章，我们会探讨 5 个核心欲求。这 5 个核心欲求是我们大多数行为背后的动力。它们分别是对归属感、影响

力、取胜、成长和学习、贡献的欲求。了解你和你团队成员的欲求，你会获得更深层的灵感源泉。另外，了解健康的欲求和不健康的欲求之间的分界线，你会知道如何把握界限，避免误入歧途。

如果不讲几个硅谷的警示性故事，这一章好像不够完整。在这几个故事里，你会看到煽动欲求的火焰——希望被人喜欢、证明我是对的、疯狂地冒险、掌控他人——会如何导致一个人走向自我毁灭。

你最大的天赋是什么

我们合作过的杰出领导者都颇具慧眼，能发现员工身上尚未被发现的天赋。他们的目光不会局限在员工自认为擅长的技能上，而是能洞悉这些员工最擅长的技能是什么。当员工头脑中升起自我限制性的想法和自我怀疑的声音，这些领导者会帮助他们克服对失败的恐惧，重获勇气，实现跨越式的进步。

有时候，我们的天赋来自很不寻常的地方，比如我们的悲伤、缺陷，甚至我们最黑暗的时刻。我们会了解到，为什么我们经常低估自己和他人天赋的价值。我们还将探讨如何拨开眼前的迷雾，更清楚地看见自己和同事。

谈论自己的天赋有自吹自擂之嫌，而当面说出对方的天赋则有奉承之嫌，所以我们一般会回避这些话题。在这一章，我们会给你一些工具，帮助你在不涉及自吹自擂和奉承的情况下展开丰富的对话，以真实地对待自己和他人的天赋，并善用自己和他人的天赋。

你的目标是什么

一般来说，在工作中能感受到较强的意义感并且对工作有远大目标的人，工作更积极，对工作的满意度也更高。他们的寿命更长，生活也更幸福。那么问题来了，这种意义感和远大目标究竟来源于何处？

我们在研究中发现，与目标有关的话题实际上是我们想对世界产生什么影响的话题：我（或我们）在这里是要做什么？我（或我们）在这里是为谁服务的？

在这一章，我们会带你认识一些力图在某个缺乏社会服务的社区发挥影响力的 CEO，以及一些以改善人类命运为使命的人。我们还将探讨艺术家、演员、对冲基金经理、计算机科学家等各行各业的人如何在工作中找到意义，以及在失去意义的时候，如何找回意义，重新燃起对工作的激情。

总之，这 5 个貌似简单的话题旨在让你和你的团队洞察你们行为和状态背后的原因。通过深入审视自己，深入观察你的团队，发现你们的远大目标、天赋、核心欲求、恐惧和需求，你将获得一整套新的工具，帮你重新聚焦自己的视角、精力甚至是职业。

在最后一章，我们会探讨如何用心领导整个公司，即如何在组织层面思考和展开 5 个关键对话。你将了解到我们的客户在遇到危机、压力和事态不明朗的情况时，如何利用这个框架来管理和解决冲突，提高多样性和包容性，提升绩效，并鼓舞士气。这一章的重点是几个非常有效的练习，帮助你在整个公司层面运用用心领导的原则。

用心领导难在何处

对大多数人来说，用心领导不是自然而然就能做到的事情，主要原因有二：一是工作／生活迷思，二是存在一些盲区。

工作／生活迷思

首先，大多数人在耳濡目染中形成了所谓的"工作／生活迷思"，也就是对工作和生活的关系形成了一些错误观念，而用心领导与这些观念是相互冲突的。在这些错误观念的影响下，我们相信，我们应该有工作自我和家庭自我，而这两个自我绝对不能同时出现。

100 多年来，在我们的"工作"和"真正的生活"之间一直存在一条非常明显的边界。吃晚饭的时候，或是度假的时候，一旦有可怕的"工作电话"响起，我们便觉得自己真正的生活受到了干扰。或者，家人或朋友没有急事的时候往你办公室打电话，你会压低声音对他说："我跟你说过，我上班的时候不要给我打电话。"

在着装上也一样。就在几十年前，几乎所有员工在上班前都要穿上某种工作服，不管男性还是女性，都要穿上特定的制服，表明他们处于工作模式。20世纪50年代，出现了商务装。20世纪80年代，着装稍微宽松了一点，人们开始穿商务休闲装。而最近在硅谷，羊绒帽衫、黑色牛仔裤和200美元一双的运动鞋成了时下最流行的工作着装。

虽然在心理上把工作和家庭分开可以营造专注、自律和高效的氛围（这也是军人要穿军装的原因之一），但这种区分也传达了一项极其重要的信息：在工作中是不可以做自己的。因此，大多数人在上班前会在心理上给自己穿上工作服。

总有客户跟我们这么说："我觉得上班前我得穿上一件盔甲。""走进办公室的那一刻，我必须让自己进入战时状态。"有人干脆说："家里鸡飞狗跳的，我已经尽力在工作中做到职业化了。"这样看来，不管我们穿什么衣服，我们在心理上仍旧穿着工作服。

2020年的全球新冠疫情让很多人提前消除了自己心中的工作 / 生活迷思。在视频会议中，我们第一次看到彼此的家里是什么样子。公司CEO在卧室里向股东提供最新情况分析。电视台的主持人在家里主持电视直播节目时，会有孩子或猫爬进他们的怀里。很多人好几个月一直只穿运动服。

虽然现在大多数人都喜欢这种工作和生活混合在一起的工作模式，但在情感上我们仍然对工作和生活有所区分。在工作中，我们仍然认为有些话题不该讨论，有些恐惧和不安不该分享，有些需求不该表达。

既然我们给自己加了这么多名目繁多的不能在工作中做自己的条条框框，难怪用心领导是难事了。我们诚挚地希望，本书能带给你和你的同事一种新的语言，在它的帮助下，你们可以尝试打破这些条条框框，与更多人建立真诚的、良好的关系，也与更多人启动真诚的对话。

盲区

即使我们想消除工作自我和真正自我之间那条想象出来的边界，恐怕也不容易做到，因为我们大多都有所谓的盲区，让我们无法看清自己，也无法看清他人。在我们的教练词汇中，盲区是指让我们难以看清上述 5 个问题答案的信念体系或思维模式。

有时候，领导者有幻想盲区，他们过于乐观，把幻想当作现实。活在幻想中的领导者会认为他和团队里每个人的关系都好得不得了，而实际情况是大家都受不了他，也绝对不会把实情告诉他。鉴于创业的成功率只有10%，对创业这样算不上理性的事情，每个创业者都需要有一点过于乐观的心态才行。但如果我们完全忽视现实，幻想就有可能导致毁灭性的后果。

有些领导者有多疑盲区，他们很悲观，害怕根本不存在的威胁。有个多疑的领导者不相信团队的数据和报告，她担心竞争对手时刻在向她逼近，或者以为董事会随时会把她解雇。有一点点多疑是好的，可以让我们保持谨慎，但过分多疑会严重妨碍我们正常的工作和生活。

当领导者看不到或者不接受一些痛苦的事实时，他们就陷入了否认盲区。否认事实的领导者看不到危险来临的不祥之兆：这个世界正在与他们擦身而过，他们要么创新，要么毁灭。在管理上否认事实会让领导者看不到自己的团队已经对他们失去了信任，看不到自己或者团队胜任不了扩大公司规模的工作。

最后，有些领导者有怀疑盲区，他们比较悲观，看不到事情实际上有多好。过于怀疑他人的领导者经常管得太细，试图控制员工的每一个工作步骤，对于从团队那里能学到什么东西也丝毫不感兴趣。

在本书中，我们会讲述被这种或那种盲区困扰的领导者的故事，带你走进我们的教练课程，看看我们如何帮助他们走出盲区，学会用心领导。我们希望你能在这些故事中看到自己的影子，以诚实和充满好奇心的态度对待自己的盲区。

如何充分利用本书

阅读本书的最好方法，是慢慢读，一边读一边用心思考。这不是那种你随意翻一翻，看看里面讲了什么主要观点的书，而是一本用来深入内心，问自己一些犀利问题的书。从这个意义上来说，这本书更像一个体验过程，而不是一件消费品。

在每一章的末尾，我们为你总结了该章的要点，方便你为自己和团队萃取实用的洞见。我们也在每一章附上了一些"用来开启对话的问题"，帮助你更加深入地认识自己，认识你的团队。最后一章有团队练习，供你和同事一起进行探讨。

本书的目的是通过对自己的经历和偏好进行内省，从而建立起属于自己的真正的领导风格。无论你处于职业生涯的哪个阶段，无论你是一名 CEO 还是一名学生，经历这个自省的过程可以在很多方面改变你，其作用远远超过任何自传、成功故事，或是一长串的"领导技巧"。

在我们的教练过程中，最重要的是进行一系列的对话，帮助我们保持好奇心，看清自己和他人，对自己诚实和真实，并打开自己。有时候你可能会觉得这样做很有挑战性，有时候你会产生对抗心，但相信我们，这个过程也足以让你受益匪浅，备受鼓舞。

谢谢你信任我们，让我们在这个旅程中做你的教练。

| 第 1 章 |

怎样达到最佳状态

如果花儿不绽放，你要调整的是它的生长环境，而不是花儿本身。

——Alexander Den Heijer

欧内斯特·海明威和弗吉尼亚·伍尔夫站着写作。马克·吐温和杜鲁门·卡波特更喜欢躺着写作。本杰明·富兰克林和维克多·雨果喜欢工作的时候去掉所有衣服的束缚，据说托马斯·爱迪生小睡之后最有灵感和创意。玛雅·安吉洛[○]喜欢在大清早写作，贝拉克·奥巴马说他在晚上 10 点到凌晨 2 点工作最有效率。滚石乐队的基思·理查兹只有吃了

○ 玛雅·安吉洛（Maya Angelou），美国著名黑人女作家和诗人，代表作有《我知道笼中鸟为何歌唱》《我仍将奋起》等。——译者注

牧羊人派才开始演出。艾迪·范·海伦⊖演出的时候后台休息室要有一碗 M&M's 巧克力豆，而且要把所有棕色的巧克力豆去掉。

在历史长河中，最多产的艺术家、思想家和企业家发现，他们最有创意和最具创新性的作品或工作都是在特定条件下完成的。至于特定条件是什么，则是因人而异的事情。大多数人都要通过实验和观察才能知道自己在哪些条件下状态最好，如果我们足够幸运能够发现的话。

不管你有没有认真观察，你和你的团队很可能有自己的偏好或需求，在这些偏好或需求得到满足的情况下，你们会感到自己最有创造力，效率最高，应变能力最强。有些需求可能让人觉得奇特甚至古怪，有些需求则比较常见。不管你的需求是奇特的还是常见的，都要认真审视并诚实面对自己，了解自己真正需要什么才能达到最佳状态，并了解自己的需求常常得不到满足的原因，需求得到满足才是优异绩效的基础。而了解如何帮助你的团队满足他们的需求，让他们达到最好的状态，则是杰出领导力的基石。

根据需求层次研究的鼻祖亚伯拉罕·马斯洛的理论，人

⊖ 艾迪·范·海伦（Eddie Van Halen），传奇音乐人，美国著名重金属乐队范·海伦乐队的创始人。范·海伦乐队与演出场地所签的合同中注明了演出主办方必须为乐队在后台休息室准备一碗 M&M's 巧克力豆，并把棕色巧克力豆去掉。——译者注

类需求主要分为两类：匮乏需求和成长需求。匮乏需求是指食物、睡眠、水、住所、基本的人际关系等，如果这些需求得不到满足，个体就容易出现疾病或危机。成长需求是指我们想充分发挥自己潜能的需求，如归属感、得到肯定、智力挑战、户外活动等。

用心领导需要在情感上付出巨大的努力。我们在饥饿、不安、没有安全感或缺乏创见的时候，是无法学习如何在情感上支持自己以及团队的。作为教练，我们的首要任务往往是帮助客户准确了解他们的需求。一旦他们充分了解了自己的需求，就更容易对团队的需求产生好奇心，帮助团队成员蓬勃发展。

在第 1 章，我们的目标是帮助你更加清楚地看到，你和团队需要哪些实践、条件和环境因素才能达到最有活力、最机敏、应变能力最强的状态。另外，我们也希望你能意识到，有哪些东西在消耗你的精力，扼杀你的创造力，或是让你在风险面前更加退缩。

更重要的是，我们还会探索是什么阻碍了你满足自己的需求，或者如何做才能帮助你的团队满足他们的需求。我们会通过一系列的故事和练习，努力帮助你更好地理解那些无意识的需求或未表达的需求到底是什么。

基于马斯洛的需求体系

作为教练，我们将需求视为一个综合体系。马斯洛于 1943 年首次提出了包括食物、水、住所、爱、归属感、尊重和自我实现的需求层次模型。与马斯洛的模型相比，我们的需求体系模型包括物质需求、情感需求和环境需求这三个主要组成部分。

在与客户合作的过程中，我们注意到人们不一定按照马斯洛的线性层次结构来满足自己的需求。根据马斯洛的理论，只有在物质需求得到满足之后人们才会顾及自己的情感需求，从低层次到高层次，以此类推。但我们发现，其实在一些低层次需求没有得到满足的情况下，人们的一些较高层次的需求也可以得到满足。马斯洛晚年得出了同样的结论，最近的研究也支持这一观点。

在我们担任教练的公司，还有在旅途中，我们都发现了这种现象。在发展中国家的一些地方，我们遇到过一些连基本的食物和住房需求都没有得到满足的人，但他们看起来满心欢喜，笑声不断，因为他们对联结和社群的情感需求得到了很大程度的满足。此外，不同的人对不同类型的需求有不同的要求。破译自己和他人独特的"需求地图"，可以解锁我们深入研究用心领导模式的能力。

如上所述，我们会从三个层次来看待需求。首先，我们发现高绩效领导者的物质需求远远超出生存所需的基本需求。他们想保持最佳的身体状态，因此他们往往有额外的需求，如根据自己的身体状况调整饮食和睡眠，量身定制锻炼活动，做正念练习等。我们稍后会详细讨论，在这里暂时只说一点，你说出"我今天真的需要去锻炼一下"这样的话很正常。我们相信你是真的想去锻炼。锻炼身体是实际需要。

其次，在归属感、安全感和自主权等情感需求得到满足时，高绩效领导者会处于最佳状态。我们对归属感、安全感和自主权的需求程度不同。有些人是独行侠，有些人则需要不断的互动与反馈。有些人在拥有很大自主权的时候表现优异，另一些人则喜欢有人提供日常工作指导。不过，有一件事情是人人都需要的，那就是心理上的安全感。我们会在本书中探索如何获得这种安全感。

最后，除了上述物质需求和情感需求，我们的需求体系还包括环境需求这个重要的组成部分。马斯洛在20世纪70年代的演讲和写作中提到，他越来越意识到人有"审美需求"。我们的模型在基于最新研究和自己经验的基础上，在这一层面比马斯洛的模型更进了一步。

物质需求

我们在此假设，手拿本书的诸位可能已经满足了自己的大部分基本需求。你无须为吃住发愁，时不时能睡个好觉，在婴儿时期与他人建立了足够的情感联结，幼小的生命没有因受到忽视而枯萎。

在这个前提下，我们在物质需求方面的重大问题是：在你的基本需求之外，你还需要满足什么需求才能达到最佳状态？更重要的是，如果你的需求没有得到满足，原因何在？我们能做些什么？

物质需求分为四个关键组成部分：吃什么、怎么休息、怎么运动、怎么训练大脑。我们先看几位客户的经历，快速了解这四个问题。我们希望你在了解了他们的经历后，能诚实地询问自己真正需要什么。之后我们会花更多时间深入探究为什么我们的需求没有得到满足。

饮食：真正的随机变量

据说猫王曾经乘坐他的私人飞机从孟菲斯飞往丹佛，去吃他心目中全国最好吃的三明治：the Fool's Gold loaf。这是一种在烤得金黄酥脆的酸面包上涂上满满一层花生酱，再佐以培根和香蕉的三明治。

总的说来，我们的客户在饮食方面有非常独特或多变的喜好。他们在反复尝试后知道哪些食物和饮食模式能让他们精力旺盛或者让他们浑身倦怠。理想的饮食模式应该让我们感到精力充沛、健康有活力，同时又不会带给我们太多限制。

限制性极强的饮食模式会让人觉得吃饭简直像一份全职工作，让忙碌的高管们在饮食上耗费太多时间。

我们不是营养学家，不会告诉客户和读者应该吃什么。我们要做的，是鼓励你抱着极大的好奇心，去分辨哪些食物让你精力充沛，哪些食物让你倦怠无力。我们来看一位客户的故事，看看他对自己的饮食模式有什么令人惊讶的发现。

布莱恩是一家《财富》500 强公司的高管。几十年来，他一直遭受着偏头痛的折磨，发作起来痛苦不堪，已经影响到了他的工作。他看了很多医生和专家，但没人能搞清楚他的病因是什么。他们认为布莱恩的病肯定是压力所致，让他去看了很多精神科医生和心理医生。但诊断结果毫无二致，除了偏头痛，布莱恩在心理和生理上都非常健康。

在一次教练课程上，爱德华说布莱恩的偏头痛有可能是饮食引起的，建议他去看过敏反应科医生（爱德华曾与自己的过敏症斗争过几十年）。经过一长串费时费力的检查，布莱恩得知自己对麸质过敏。原来让他饱受折磨的偏头痛不是由某种可怕的神经系统疾病引起的，而是他钟爱的比萨和意大利面引起的。可是，即使布莱恩知道吃麸质食物会引起过敏，他也很难戒掉麸质食物。

另一位客户阿曼达在一家排名前十的科技公司担任总法律顾问。在一次教练课程中她向约翰抱怨说，她一直感到疲惫不堪，头脑昏沉。约翰分析了她的基本需求，了解到她正在按照自己的理解实行地中海饮食计划。但她没有按标准的地中海饮食计划吃大量健康的水果和蔬菜，而是每天晚上喝半瓶红酒入睡，每天早上喝三杯咖啡让自己清醒。

咖啡因和酒精的反复刺激破坏了阿曼达的新陈代谢，也让她无法获得高质量的睡眠。她喝酒从来不是为了喝醉，所以她不算一个酒精成瘾者，但她无法戒掉喝酒的习惯。她说，她和母亲几乎每晚都通个电话，她们非常喜欢一起喝点酒。

我们怎样才能帮助布莱恩和阿曼达改变他们的饮食习惯和喝酒习惯呢？

睡眠：被低估的生命必需品

在硅谷的众多传说中，最危险的传说之一是年轻的企业家连续几周废寝忘食地埋头于工作，累了就在桌子底下小睡一会儿。这样吧，在进一步讨论之前，我们彻底把这件事说清楚：了不起的领导者都会保证充足的睡眠。

在与客户合作的过程中，我们注意到睡眠不足会导致烦躁易怒、决策失误、焦虑和抑郁。这方面的研究结果也证实了这一点。事实上，睡眠不足会导致更严重的健康问题。根据美国国家卫生研究院的报告，睡眠不足会增加罹患高血压、糖尿病、肥胖、抑郁症、心脏病和中风的风险。

有位客户是一家知名科技公司的工程部负责人，他来找我们是因为他无法与团队中的其他领导者和睦相处。他的老板是这样说他的："道格很出色，独立完成工作时，他的业绩不错，但没人愿意跟他一起工作，我觉得这样不行。"

约翰用我们公司的常规领导力 360 度评估工具为他做了深入的分析。做这种分析时，我们会从客户的同事那里收集反馈意见，对客户的状况进行评估。不出所料，这位客户的评估数据与他老板的评价相符：情商低，情绪调节能力差，不善于团队合作，只想着自己，不为公司考虑。

在一次前期会谈中，约翰向道格反馈了这份 360 度评估报告。道格对此嗤之以鼻："你饶了我吧！我的工作是开发产品，不是跟人处好关系。"问题是这个年轻人正在争取升职，除了写代码，他还需要学会如何与人合作，如何领导他人。

"说实话，道格，我不这么看。"约翰说，"你在争取升职，而新职位的工作描述明确说明，除了写代码，你还得学会与别人处好关系。所以，也许我们该看看你现在有什么问题。"

没有什么比一大桶冰水一样的现实更能唤醒客户了。

约翰向道格了解详细情况，请他描述一下在什么情况下他的思维能达到最佳状态。"我喜欢在半夜到凌晨 4 点这段时间工作。那时候没有电子邮件，也没有 Slack 信息打扰我。我终于能进入状态了。"

"很好，不过你什么时候睡觉呢？"约翰问道。

"睡觉？我才 28 岁，我不需要睡觉。我每晚睡 4 个小时就够了。"

每晚睡 4 个小时？几乎所有每晚只睡 4 个小时的人都会变成烦躁易怒的讨厌鬼。

然而，约翰面临着一个难题。道格需要更多的睡眠，但他在下半夜没人打扰的时候工作状态又最好。如果其他团队成员很晚了还给他发邮件或 Slack 信息，那么让他像正常人一样白天工作，晚上 10 点或 11 点上床，他就无法在不受干扰的时间段高效工作。

运动：一味灵丹妙药

贾斯廷·麦克劳德是约会应用程序 Hinge 的 CEO，他每天都要进行严格的瑜伽练习，他觉得多亏了瑜伽，他才能应对一个初创公司创始人每天要面对的繁重工作。不过，每次贾斯廷在电话里显得有点不在状态，爱德华就会马上问他："你的瑜伽练习做得怎么样？"十有八九，贾斯廷已经几天没做瑜伽了，特别准。

虽然我们不是健身教练，但密切关注客户的运动习惯是我们工作的重要内容，因为运动对情感和精神健康非常重要。有多重要呢？杜克大学的一项研究对比了用药物治疗抑郁症状的人和用运动来治疗抑郁症状的人（每周运动 3 天，每天 30 分钟），发现前者在治疗后重新陷入抑郁状态的可能性是后者的 5 倍。

　　既然医学界和心理治疗界的所有专家都一致同意有规律的运动对于身心健康非常重要，那为什么养成有规律的运动习惯这么难呢？

　　我们曾跟一个直销健康品牌的创始人特雷莎深入探讨过这个问题。特雷莎的公司资金雄厚，刚刚完成了 B 轮融资。你可能会想，她现在应该是一副欢欣鼓舞的样子，但爱德华觉得她好像状态不佳。她过去积极热情，现在却一副悲观沉重的样子。于是爱德华和她一起做了我们的日常需求分析，她的饮食和睡眠看起来都不错，最近也没有分手或家庭方面的问题（如果客户想成为更好的领导者，我们会跟客户深入探讨他们的个人生活）。虽然她的工作压力很大，但也没有比公司刚成立那两年压力大。

　　这是怎么回事呢？

　　爱德华知道特雷莎上大学的时候是学校的运动员，有跑步的习惯。她现在参加了一个跑步俱乐部，大多数早上都会跟着俱乐部成员一起跑步，有时候甚至穿着运动鞋和运动服来上教练课。但是，爱德华注意到她最近的穿着打扮很像一个典型的科技公司 CEO——黑色长裤、丝绸衬衣和皮鞋。

　　爱德华问她最近在跑步俱乐部的活动怎么样，她大笑着说：“嗨！你觉得我还有时间跑步吗？我现在的团队有 50 多人了。我每周接受两次媒体采访，每天早上 8 点开站立会议，我连吃饭的时间都没有，更不用说跑步了。我不能再当运动员了，爱德华，我现在得当 CEO 了。"

对特雷莎来说，既能成为自己心目中理想的 CEO，又能保持让自己注意力集中的跑步习惯，这是不可能的事情吗？

冥想：玄虚但有效

Stillpath 是一个禅宗静修中心，坐落在硅谷和太平洋之间一座小山的山脊上，四周高大的红木林错落有致。每年冬天，该静修中心都会为硅谷一些最有名气的思想家和领导者举办一个只有受邀才能参加的冥想周末。Facebook、推特、谷歌、苹果和其他 10 多家公司的高管们聚集在一起，静静地坐上一个周末。他们来的原因很简单：冥想让他们成为更好的领导者。

过去 30 年里，人们对冥想的功效进行了详尽的研究和记录。乔恩·卡巴金（Jon Kabat-Zinn）是最早研究冥想功效的人之一。他于 1990 年做的一项研究表明，冥想在临床上对焦虑和抑郁有明显的正向影响。卡巴金也是 Stillpath 禅宗静修中心的负责人。

之后几百份研究证实和扩展了卡巴金的发现。科学家已经证明，冥想可以减轻压力，提高注意力，降低罹患各种慢性病的风险，并且在总体上让你成为一个更幸福的人。

最近一项由美国陆军资助的研究表明，正念冥想练习能帮助士兵更好地为高压力的战斗情况做准备，并提高他们的整体认知弹性和表现。

事实上，因为冥想如此有效，许多领导者现在都把每天的冥想练习列为必须做到最好的事情之一了。赛富时（Salesforce）的 CEO 马克·贝尼奥夫（Marc Benioff）、推特的杰克·多尔西（Jack Dorsey）、Bombas 的戴夫·希思、Hinge 的贾斯廷·麦克劳德，以及 MasterClass 的 COO（首席运营官）马克·威廉森（Mark Williamson），都有每天冥想的习惯。

他们为什么把每天冥想看得这么重要？因为领导工作很难。如此大的压力、如此多的信息、需要做的决定不计其数，这完全超出了正常人的承受能力。对我们的神经系统来说，运营一家快节奏公司所承受的压力和处于持续战争状态所承受的压力相差无几。

根据斯坦福大学、加州大学伯克利分校和加州大学旧金山分校三所院校的研究人员于 2015 年所做的一项研究，参与研究的企业家罹患或曾经患过以下心理疾病的概率大大高于非企业家：抑郁症（30%∶15%）、多动症（29%∶5%）、药物滥用（12%∶4%）和双相情感障碍（11%∶1%）。换句话说，与普通人群相比，企业家患抑郁症的可能性是后者的 2 倍，患多动症的可能性是后者的将近 6 倍，患药物成瘾的可能性是后者的 3 倍，患双相情感障碍的可能性是后者的 11 倍。

一位名叫丹尼尔的客户饱受烦躁易怒和情绪不稳定的困扰。虽然他给员工提的改善工作流程的建议几乎都对，但是他提建议的方法不是特别恰当。他的360度评估结果显示，几乎全公司的人都不喜欢跟他一起工作，很多资历较浅的人还很怕他。

爱德华做了深入的研究，针对他说话尖刻、情绪不稳定的问题给他提出了各种各样的建议。让丹尼尔感到惊讶的一个方法是爱德华建议他冥想。不过，丹尼尔不是那种喜欢表达感情的人，爱德华第一次提到冥想时，他对此嗤之以鼻。在他看来，大男人才不要做什么冥想。

为什么我们的基本需求得不到满足

改变与基本需求相关的习惯很难。碳水化合物和酒精会让人上瘾。孩子夜里哭闹，或是心里有压力，会让我们睡不好觉。运动后身体确实会酸痛，也占用很多时间。冥想看起来很无聊，或者说有点奇怪。这种种难处，我们都知道。

不过，我们也知道，改变与基本需求相关的习惯对我们来说是最有利的事情。比起基本需求得不到满足的领导者，那些吃得健康、休息得好、身体处于良好状态、能够保持警觉的领导者，更能胜任与情感息息相关的领导工作，也就是用心领导。这是无可置疑的事实。

那么，为什么在基本需求方面培养新习惯这么难呢？

我们自己的经验以及大量的科学实验表明，是我们的信念体系，而不是意志力，使得我们无力改变自己的习惯，即使是在健康或工作面临危险时也是如此。发展心理学家罗伯特·凯根（Robert Kegan）在《变革为何这样难》（*Immunity to Change*）一书中对习惯的形成做了开创性的研究，他将那些阻止我们做有益事情的潜在信念称为"对抗性信念"。

我们回顾一下刚刚谈到的客户，看看他们可能有哪些对抗性信念。

- 布莱恩觉得做个"有男子汉气概的人"是非常重要的事情，他认为在餐馆里点沙拉或是特地要求无麸质比萨是很娘娘腔的行为。
- 阿曼达每晚都要跟老家的母亲通个电话，她相信打电话的时候一起喝一杯（或三杯）葡萄酒是"加深母女感情的关键"。
- 道格决心不让自己成为那种要求"关闭 Slack 时间"的员工。所谓"关闭 Slack 时间"，是指有些人在工作日的时候为了专心工作而关闭 Slack 的那段时间。
- 特雷莎一心想成为一名"正儿八经的 CEO"，那种 CEO 没时间去做能给自己带来快乐和团体归属感的事情。
- 丹尼尔想当"硬汉"，不想像个嬉皮士一样去做什么冥想。

这些客户都坚持一个想法，即维护自己的形象比满足基本需求更重要。但这种想法对他们极其不利，让他们无法达到最佳状态，他们作为领导者的工作表现也受到了影响。

有时候跟客户讨论他们的对抗性信念是需要仔细斟酌的事情。因为在每个信念的背后，往往是他们坚信的某种假设。

- 布莱恩：我认为，如果我有特殊的饮食需求，别人会觉得我不像个男子汉。
- 阿曼达：我认为，如果我不跟我妈妈喝酒放松一下，我们的感情会变淡。
- 道格：我认为，如果我让他们别打扰我，他们会觉得我很弱。
- 特雷莎：我认为，只有我随时待命，沉着稳重，人们才会尊重我。
- 丹尼尔：我认为，如果我冥想，那些跟我一起看球的朋友们会叫我加州嬉皮士。

这些对人影响深刻的假设，也称自我限制性信念，往往左右着我们的决定。尤其是在我们没有积极满足自己的需求，而是去做一些不符合自己最大利益的事情时，更是这些假设在背后起了决定性的作用。

挑战假设

看看这些客户对自己的假设，你注意到了什么吗？没错，这些假设都是为了维护他们在别人心中的形象。我们在下一节会谈到，每个人都有强烈的归属感和被认可的心理需求，由此看来，这些心理需求与基本需求有可能发生冲突也是不足为奇的事情。

问题在于，我们以为我们需要做某件事，才会得到某个人的认可或爱，这种假设往往是过去几十年来萦绕在我们头脑中的某个想法造成的。对麸质过敏的布莱恩那么在意自己不挑食的男子汉形象，也许因为在某个感恩节聚会后，他听见他那很有男子气概的父亲批评他姑姑是个"挑剔的素食主义者"。至于阿曼达，也许因为她是在葡萄园里长大的，葡萄酒一直是他们家族几代人传统的一部分，或者因为她曾在家庭聚会上看到妈妈和姥姥在浅斟低酌间加深了母女感情。

不管这些自我限制性的信念背后有什么样的故事，它们往往可以追溯到我们在童年时期经历的某件事情。从那件事情中，我们知道了怎样做才能得到他人的认可。我们作为教练要做的事情和你作为领导者要做的事情，就是帮助人们正面挑战这些假设，让他们看看自己害怕失去哪些人的爱、哪些人的支持或友情，激励他们与这些人进行直接对话。

- 布莱恩可以说："嘿，哥们儿，我发现我麸质过敏，以后我们出去吃饭的时候，要是我不吃面包，你们可不准说我。"
- 阿曼达可以说："妈妈，我发现我每天晚上喝酒睡不好，可是我又特别喜欢和你聊天，要不以后我还是喝茶吧。"

- 道格可以跟团队里的人说："各位，我不分心的时候工作做得最好，所以我打算每天下午 2 点到 6 点期间关掉 Slack。"
- 特雷莎可以跟大家说："健康是我们的核心价值之一，我们鼓励每个人按照适合自己的计划锻炼身体。"
- 丹尼尔可以提醒自己："阿诺德·施瓦辛格和克林特·伊斯特伍德也冥想，他们都不是嬉皮士！"

现在我们该问问你了。你有什么基本需求很难得到满足？是什么对抗性信念使你无法满足自己的需求？再深入一层，这个对抗性信念背后的假设是什么？你害怕让谁失望，害怕谁不再尊重你，或者不再跟你联系？

这些问题一开始可能很难回答，但如果要揭示你行为背后的真相，这些问题起着至关重要的作用。在大多数消极行为或无力改变的事实背后，几乎都有一个想得到爱的良好意图。我们的任务是发掘这些良好的意图，明确这些意图，并消解这些意图背后的假设。

我们再来看看你的团队，你可以问他们同样的问题，从这些问题开始一场对话。对话的诀窍在于，透过那些看似不负责任的行为，看看背后有哪些未得到满足的基本需求。阿曼达开会的时候昏昏欲睡，注意力不集中，并不是因为她需要多喝点咖啡，也不是因为她需要专注或约束，而更多的是因为她睡眠不足，而睡眠不足的原因是一些善意的对抗性信念和自我限制性的信念。

当我们透过人们的行为，试图更深入地看到行为背后的对抗性信念和假设时，我们就迈出了用心领导的第一步。

接下来，我们会继续深入讨论需求体系，对情感需求展开进一步的探讨。

情感需求

如果说满足物质需求能让我们感到滋润、精力充沛、健康和安定，那么满足情感需求则会让我们有安全感，有较强的适应能力和能够投入地做事情。在满足物质需求方面，我们每个人都有自己独特的要求，同样，在满足情感需求方面，每个人也会有不同的方式。

有些人喜欢深居简出、独来独往、有些人需要广泛活跃的人际交往。有些人需要很多认可和赞扬，有些人的内在驱动力比较强。有些人忍受不了别人告诉他怎么做，有些人则渴望得到指引和辅导。有些人需要很多休息时间，需要外出度假，才能觉得身心完整；有些人则喜欢一直忙碌，不明白人们为什么喜欢海滩。

我们也有一些共同的心理需求，特别是安全感和归属感。在心理上有安全感就是知道你不会因为说出自己的想法、表达自己的疑虑或做错事而受到惩罚或羞辱。没有心理上的安全感，就无法卸下心防，从而没有好奇心，没有创造力……没有心。

我们在本节的任务，是帮助你了解自己的情感需求，以及你的团队的情感需求，这样你便可以就你们的需求进行开放的、有成效的对话。唯一的问题是，情感方面的投入不像物质方面的投入那样可以测量。比如，我们吃饭的时候可以控制分量，喝水的时候可以精确到多少毫升，睡觉的时候可以用数字手表来确保我们得到适量的睡眠。但是情感投入不一样。我们怎么测量我们给别人提供了多少归属感？怎么知道多少赞美是足够的？我们在哪里可以找到一个测量仪来测量同事的心理安全感？

这些东西在本质上是无法测量的。我们必须依靠自己辨别是非的能力。对于什么感觉好，什么感觉不好，什么让我们感到安全，什么让我们感到不安全，我们必须对这些事情保持强烈的好奇心，并做到绝对诚实。然后，我们必须能够与他人沟通我们的需求，也帮助我们的团队感到足够安全，愿意与我们沟通他们的需求。

我们希望下面的故事能以某种方式对你有所启发。这些小故事里的人物是不是特别像你或你的同事并不重要，重要

的是你是否认同其中的动力，认同故事中人物的感悟，以及
哪些事情让他们最有创造力和最有成效。

被重视和被尊重的需求

在纽约一个阳光明媚、异常温暖的秋日，维多利亚意识
到自己完了。她在一家顶级科技公司做了 3 年企业产品销售
主管，现在准备辞职了。

她经手的销售项目都被搁置了。同事们似乎把她排除在
会议和消息通知之外。她的上司刚刚把她的绩效评估报告提
交上去，上面写着"未达到预期"，这对她的职业生涯无疑是
个巨大的打击。

她觉得自己失败了，巨大的羞耻感汹涌袭来。她生长在
芝加哥郊区的一个中国移民家庭，家人们对她是有期望的：
30 岁之前完成结婚、生子、成为医生三件大事。如今 32 岁的
生日马上临近，维多利亚却依然单身、没有孩子、处于被解
雇的边缘。她觉得自己被淹没在如潮水般涌来的耻辱中。

"感觉我给自己设定的里程碑我一个也没达到，这太让我
痛苦了。"在一次辅导电话中，她这样对爱德华感叹道。

假如你在晚宴上遇到维多利亚，你会有完全不同的想法。
在外人看来，维多利亚就是成功和幸运的代名词：常青藤院
校毕业，在排名前五的科技公司工作，在曼哈顿有一套很好
的公寓，甚至有钱有闲到在克罗地亚度假时学习驾驶帆船。

但此时此刻，在她自己看来，她看到的只有一系列的失败和未达到的期待，没达到自己的期待、老板的期待，也没达到父母的期待。

爱德华做维多利亚的教练后，注意到一种模式，那就是维多利亚公司里的领导者正在纷纷离开。和维多利亚关系最近的同事转到了另一个部门。从谷歌招聘来的一位女性高级主管，职级介于维多利亚和她的上司之间，入职仅仅六周后就离开了。就连从波士顿咨询公司招聘来的分析师也纷纷离职。

这些人和维多利亚唯一的共同点是他们都在同一个上司手下工作。

这位上司就是蒂姆。他四十多岁，咨询顾问出身，维多利亚入职时他已经在这个部门做了几年的负责人。蒂姆跟他的上司和上司的上司关系处得很好，他总是能完成指标，也注意与上司保持密切沟通。蒂姆的向上管理做得非常好，他能预见上司需要什么，并且在上司提出要求之前把东西交给他们。

然而，对于他的直接下属，他不是预见他们的需求，而是主动忽视他们的需求。蒂姆做的是我们所说的"管理任务"，而不是管理人。对于下属，他唯一关注的是不计任何代价都要完成指标，不幸的是，这是以损害团队的心理健康为代价的。

蒂姆和像蒂姆这样的管理者不知道的是，这样的管理方式在咨询公司可能是可行的，因为大多数员工只打算在那里待两年，好在简历上加上一个在咨询公司的工作经历。但是在产品开发和销售周期较长的科技公司，与职位相关的知识非常重要，而且招聘成本高昂，这样的管理方式会造成人才流失问题。

在爱德华看来，问题很明显，维多利亚被重视的情感需求没有得到满足，但在维多利亚看来，问题出在自己身上。在一个不能相互扶助或者情感上对人有伤害的工作环境里，我们很容易错误地把原因归结到其他事情上。所有的指责和情感上的操纵行为，都会让员工认为问题出在他们自己身上。在外人看来，很明显，维多利亚的工作环境往好里说是缺乏支持，往坏里说简直是有毒。但从她自己的视角很难看到这一点。

有时候，教练提出的问题"其中哪一部分是你的责任？"或者"其中哪一部分是你可以控制的？"会引导人们得出明确的结论。在维多利亚的案例中，她唯一能控制的部分是她决定继续留在公司，期待事情会有所不同。

起初，维多利亚很难发现她长期受到忽视和情感上的伤害，更难发现工作环境中男性的这种行为和她小时候家里男性的行为如出一辙。在她成长的大部分时间里，父亲对她比较冷漠，要求也极其严苛。她从小就对这样的行为司空见惯了。在潜意识里，这样的行为很熟悉。不过，现在该让她看到这是不正常的了。

有时候，在被重视和被尊重的需求得到深深的满足后，我们才意识到以前自己在这方面的需求受到了多么严重的忽视。从她与爱德华的辅导对话中，维多利亚开始明白，男性也可以用肯定和鼓励的态度对待他人。在之后的时间里，随着一次次对话的深入，她开始改变她头脑中自己应该得到何种对待的想法。她开始看到，她值得他人用肯定的方式来对待自己。最终，她开始把想法化作行动。

意识到她在职业生涯中从未感到被重视和尊重，也从未有过安全感，维多利亚想到一个能给予自己这三种东西的团队中工作。想到这点，她决定辞职，找一份新的工作。她在社交网络上发布了找工作的信息，开始陆陆续续收到一些推介。一些科技公司的女性高管在领英上联系她，讨论能否合作。很多风险投资公司和知名公司也开始向她抛出橄榄枝。很快，她在一家公司找到了新的工作。

加入新团队后，随着对同事的了解，她能感觉到这里有些东西跟原来的公司不一样。每个人的话语里都透着一种合作意识与尊重。没有人抢功。大家开心地庆祝每个小小的成功。虽然每个人都才华横溢、业绩优异，但他们都非常欣赏和钦佩维多利亚的经验和专业知识。她无意中进入了一家领导者力图让每个人都成功而不是眼睛只盯着任务有没有完成的公司。

畅销书《相变》（*Loonshots*）的作者萨菲·巴赫尔谈到，领导者必须更多地考虑如何让团队成功，而不是如何让团队完成任务。在一次电话中，他跟我们分享道："领导者经常会考虑他们需要做些什么才能让团队完成任务，但这不利于长期发展，因为我们不可能跟踪每一项任务。如果他们改变一下想法，把团队成员视为娇嫩的花，会怎么样呢？假设我们的职责不是让团队在某个日期之前完成任务，而是让团队成员成长为最美的花，会怎么样呢？这是有利于长期发展的。"

移植到更肥沃的土壤中后，现在的维多利亚是一朵盛开的美丽的花。当然，她像我们所有人一样，也有自我怀疑的时候，但长期消极的自我对话和充满羞耻的日子已经一去不复返了。

这个故事的寓意看似非常简单明了：摆脱有毒的关系，无论友谊、工作还是恋情。但是许多人却在自己的需求无法得到满足的环境中待了太长时间。

当我们想做的一切就是绽放，而周围的人却指责我们没有绽放时，我们很容易认为问题出在我们自己身上。这时候，我们往往需要一个外部人士，比如朋友、教练或治疗师，举起一个闪亮的大牌子，上面写着："这种情况不正常！你的需求没有得到满足！"

你可能想知道蒂姆怎么样了，我们来看一下蒂姆后来的情况。如果说公司要求他为自己的行为负责，那肯定是人人称快的事情，可是尽管因为他公司流失了大量人才，人力资源部门也接到了一些关于他的投诉，但公司领导层并没有采取任何措施谴责他。对这种明目张胆的霸凌行为不采取任何行动的做法，正是造成有毒文化的原因，这种做法越来越多地让硅谷及其他地区的高管团队和董事会尝到了苦果。

只要有一个有与维多利亚类似经历的人把自己被霸凌的事情记录下来，鼓起勇气向媒体披露霸凌事件，就足以让公司的名誉受到毁灭性的重创。即使事情没发展到这一地步，公司也会得到一个有毒文化的名声，无法在当今竞争超级激烈的市场上吸引到顶尖的人才。

身为领导者，我们需要问自己，我们想建立什么样的文化？我们是想要一个能够创造性地解决问题的团队，成员们每天都精力充沛、兴致勃勃地帮助我们打造一些特别的东西，还是希望组织里全是一些只要完成任务就万事大吉的人？

巴赫尔总结道："最重要的是，领导者需要根据不同员工的驱动力和激发点，采取不一样的方式。你要根据不同员工的反应，采取不同的沟通方式。如果你倾听人们话里的'弦外之音'，你就会听到，他们需要什么才能取得成功。"

谈论这些话题时，一些可以激发对话的问题有：

- 哪些关系或环境不能满足你对肯定和安全感的需求？

- 你是否一直受到霸凌或忽视，而且一直认为你是那个有问题的人？
- 你如何尝试寻找不同的团队或人，并与之共度时光？
- 是谁或是什么让你觉得自己在真正绽放？

心理安全感与高管风范的迷思

麦肯锡最近的一份报告发现，"当员工不用担心负面结果，可以自如地寻求帮助，随意分享建议或挑战现状时，组织就更有可能快速创新，发展出多样性并受益于此，很好地适应变化"。

然而，尽管这听起来是很基本的事情，但只有26%的领导者为他们的团队创造了心理安全感，或者反过来说，有74%的领导者无法为团队创造心理安全感。哈佛大学教授埃米·埃德蒙森（Amy Edmondson）将心理安全广义地定义为一种氛围，在这种氛围中，人们能够自在地表达自己和做自己。埃德蒙森认为，要创造心理安全感，首先需要领导者明确地承认团队面临的棘手问题缺乏解决方案。当领导者强调没有简单的答案，而且他们也没有答案时，他们就向整个组织发出了一个明确的信息：可以有缺陷。

长期以来，外界灌输给我们的观念一直是，卓越领导力的关键之一是拥有"高管风范"，它的大致意思是只有拥有个人魅力和威严的气度，才能够赢得别人的尊重，激发他人的信心。拥有高管风范固然不错，但我们在研究和教练生涯中观察到，那些尽最大努力展现高管风范的领导者，往往结果最不尽如人意，团队的参与度也最差。相比之下，那些最自在安然地做自己的领导者，却能取得更好的结果，员工的忠诚度和参与度也非常高。

我们以休为例，她是网络安全领域一家上市公司的新任CEO。她之所以被董事会聘用，是因为她以办事强硬、势在必得著称。正如你想象的那样，休具有高管风范，她很有魅力，举止得体，口才极佳。

虽然这些都不是问题，但有一件事有点难办：休的新团队觉得她难以接近。她太完美了，她团队里那些穿着连帽衫上班的工程师和营销人员很难与她建立起良好的关系。她从来不承认自己犯过错误，现在她的团队也觉得他们不能犯错误。

休的管理哲学是"给我解决方案，不要给我问题"。虽然鼓励团队重视解决问题是个非常好的做法，但这种哲学的缺点是，当面对棘手的问题时，大家都觉得不能寻求帮助。下面这句话是值得一再重复的：如果下属闻到了烟味，但觉得说出来没有安全感，那么他们的上司就会一直忙着救火。

休的确在救火。在她建立的高管团队文化中，人们没有心理安全感，所以他们不反击，不承认错误，也不质疑规范。

这样一来，她无法及时发现问题的苗头，无法迅速处理问题，而是等到事情十万火急了，她才会注意到这些问题。这就是为什么她的团队经常被服务中断、错过最后期限和客户不满困扰。

她在教练课上跟约翰抱怨说，她"身边没有一流选手，无法让他们表现出卓越的精神"。约翰表示不同意，说她的领导风格和完美主义可能会让人们感到不安全，不愿意说出坏消息。听到这番话，休一开始很抵触。"约翰，"她说，"我没必要像照顾孩子那样照顾成年人，让他们觉得失败没关系。"

听到这句话，约翰知道休与很多人一样，误解了心理安全感是什么意思。

用埃德蒙森的话来说："心理安全感的重点不是对人友善，也不是降低绩效标准。正相反，心理安全感的重点是认识到高绩效需要开放、灵活、与他人相互依存，而这些只有在人们有心理安全感的时候才能形成，尤其是在情况多变或复杂的时候。"

休一点都谈不上开放、灵活、与他人相互依存，而是封闭、僵化、与他人相互对抗。虽然她这种管理风格在华尔街很奏效，但在硅谷，这种管理风格让她走上了一条危险的道路。

休和我们的很多客户一样，都是带着如何让团队进步的问题来到我们这里。他们抱怨员工总是交出二流的产品，这让他们每次都很失望。不过，这种抱怨几乎每次都表明，这位领导者不承认自己对不安全的工作环境负有责任。

约翰很清楚，休没有承认自己的责任。她被怀疑和否认蒙蔽了双眼，看不到自己在这一切中所起的作用。她坚持自己的说法，认为自己是一名高效的 CEO，周围都是低绩效的人。

改变这种说法的第一步通常是从团队那里获得原始和诚实的反馈。约翰为休进行了 360 度评估，她团队中的许多人第一次有机会把一些事情说出来。坦率地说，并不是所有的反馈都是建设性的。有些人心中积怨已久，正等着发泄出来。但不管怎样，约翰现在有了一套可靠的数据，可以和休一起讨论。

他们坐下来看这些数据，约翰确保休看到了她需要知道的真相炸弹。对休来说，看到有人用"霸凌者"这样的字眼来指代自己并不容易，但这很重要。通过教练辅导和 360 度评估，休第一次看到了她的领导风格如何在情感上影响了她的团队。她追求完美，导致她的团队对不完美有一种反常的恐惧。我们在下一章会看到，恐惧会让人的大脑停止运转，做出糟糕的决定。

对休来说，承担起责任，学习如何用心领导，通过对话为团队创造心理安全感，这是一段艰难的旅程。首先，她要去掉眼前的屏障，正视自己在造成不安全的工作环境中所起的作用。她过去 15 年在金融行业工作时学到的每一点管理知识都受到了挑战——她的职责是与团队建立良好的情感关系，而不仅仅是督促员工每次都按时、完美地完成任务。

请思考一下休的故事和旅程，根据自己的情况回答以下问题：

- 你可能在哪些方面为团队造成了缺乏心理安全感的工作环境？
- 你是否经常太晚才知道问题？这会不会是一个信号，提示你人们觉得早点来找你不安全？
- 你如何从团队那里得到诚实、匿名的反馈，从而如实得知你的领导风格对团队造成了什么样的影响？
- 哪些之前的关于高管风范的想法让你无法放下架子，无法与更多人建立良好的关系，无法成为一个更真实的领导者？

一切从信任开始

尼克是通过对冲基金成为创业者的。在跌宕起伏、紧张激烈的高端金融界待了 10 年之后，他决定要做一些"压力小一点"的事情。我们无法理解为什么他认为经营一家初创公司会更轻松，但不管怎样，这位 48 岁的有两个孩子的父亲，坐在旧金山一栋办公楼六层的办公桌前，试图彻底改变旅游业。

"我觉得自己被困住了，爱德华。"他悲叹道。他望向窗外，盯着对面大楼里的某个人看，而那个人可能正盯着这栋楼上面几层的某个人看。这种自己住在一个人类水族馆里的奇怪的感觉，对他们来说都不陌生。"我要求人们做很简单的事情，可是他们总是只做一半，做得很差，或者根本没做。为什么只有我一个人在认真做事情？"尼克的困境比人们认为的要普遍得多。也许你和他有过同样的经历。在快节奏的创业环境中，领导者似乎可以非常清晰地看到需要做什么，以及需要达到什么样的质量水平。他能看到公司的愿景。他的团队正在做一些以前从未做过的事情，所以对于什么是"好"并没有标准的定义。和许多 CEO 一样，尼克也很难解释他想要什么。他只有在看到的时候才知道，而他很少看到。

与领导者合作时，我们一次又一次地看到这个问题。CEO本能地知道"好是什么样子"，但不知道如何定义"好"，所以他们花了大部分时间来指出什么不好。这种模糊和失望的循环很少能带来好的结果，因为它只会削弱公司成功的最重要因素之一：信任。

尼克怀着最好的意图，在无意识中建立了一种公司文化，这种文化注定要让他继续失望，让他的团队苦恼郁闷，并且让整个公司都无法取得良好的成果。他根本看不到，他没有给予团队成员们现在最需要的东西：他对他们的信任。

研究人员兼作家保罗·J.扎克（Paul J. Zak）围绕信任的重要性以及如何在公司中建立信任做了大量的研究。他发现，与信任度低的公司的员工相比，信任度高的公司的员工表示他们的压力减少了 74%，工作精力增加了 106%，生产力提高了 50%，病假减少了 13%，敬业度提高了 76%，总体的生活满意度提高了 29%，倦怠感降低了 40%。

我们把镜头拉回尼克的办公室，他和爱德华正在详细地讨论他的领导风格。"你会经常表扬员工工作做得好吗？"爱德华问道。

"表扬？他们从来就没把事情做好过，或者按时完成任务。"

"好吧，你给他们设置了多大的具体的、能够达成的目标？"

"我们想做的是改变整个旅游业。我们想做的每一件事都似乎可望而不可即。所以我设定了雄心勃勃的目标，我断定他们不能按时完成任务，所以我把我实际期望的时间减半，告诉他们在这个期限内完成目标。"

"明白了。你会在多大程度上放手，让团队找到实现这些目标的最佳方式呢？"

"爱德华，如果我不全程领着他们，牵着他们的手，他们永远无法把事情做好。我想跟你说的是……"

从我们写的这些文字来看，很明显尼克是一个失败的领导者。但从尼克的角度来看，他正在尽他所能让团队朝着正确的方向前进。尼克不知道的是，他的一些做法——只有在失望时才提供反馈、在目标设定上模糊不清、控制员工的工作方式——造成了信任和绩效持续下降的负面螺旋，也违背了说服他人的基本规则之一。作家兼社会学家罗伯特·恰尔迪尼说，人们对自己喜欢的人说"是"的可能性比较高，而控制型的领导者是无法让员工喜欢他的。

这种情况非常普遍。尼克看到的是团队表现不佳。团队成员们看到的是领导者不信任他们，可以说在情绪上打压他们。回想一下维多利亚的故事，我们在尼克身上看到了类似的故事，只不过这次是从一个贬低员工的老板的角度。

尼克不知道，他违反了建立信任的前三条规则。这三条规则是扎克在研究中发现的：

1. **奖励优秀表现**。动机理论（motivation theory）一直极力提倡，我们要奖励我们想要的行为，而不是惩罚我们不想要的行为。无论是抚养孩子、训练狗，还是激励员工，我们都应该这么做。研究表明，对于每一个负面反馈，我们需要提供五到七个正面的评价。

2. **给出能够实现的挑战性任务**。当员工接到一份困难但可以完成的任务时，他们的体内会惊人地释放出积极的神经化学物质。他们会进入心流状态（我们会在后面做进一步的探讨），并增加与同事的交往。"如果目标模糊或不可能达到，人们往往在开始前就放弃了。"扎克指出。

3. **让人们自己决定如何实现目标**。能够自由决定如何完成任务是信任的关键标志之一。这是所有员工都渴望的事情，而所有微观管理者都会在这一点上犯错误。根据作家丹·平克的说法，自主性是人类的三大动力之一。当我们告诉人们应该如何做工作时，我们就消除了他们的自主性，而自主性对于更高层次的思考和创新都至关重要。

第一次担任 CEO 的人常常在这些问题上挣扎。他们很紧张，担心自己做得不对，他们视公司为"自己的宝贝"，热切地希望公司不要失败。可悲的是，在这三个核心规则上犯错误的同时，他们也讽刺性地为自己的失败埋下了伏笔。

我们回到尼克身上。沉默了很长一段时间后，爱德华问了尼克一个关键问题："如果你的团队觉得你信任他们，会有什么不同？"

听到这个问题，尼克立刻把视线从窗外收回来，看着爱德华的眼睛。想到得到伴侣和投资者的信任对自己有多重要，他顿时豁然开朗。他很清楚地看到，如果不信任团队，情况持续下去会是什么样子，那是一种恶性循环。

"他们可能会更有自主性，思考也更具创造性。"

"没错，你需要什么才能信任他们？"

"他们需要有自主性，思考也更具创造性。"他会意地笑着说。

啊哈！尼克一直在等待他的团队提高表现，能让他更信任他们。但是只有团队的信任需求得到满足，他们才能表现出尼克期待的行为。这是一个典型的先有鸡还是先有蛋的难题。

尼克现在意识到，他必须迈出这一步，给予他们信任，虽然他不确定他们是否值得信任。他知道，他必须迈出这一步。虽然这很难，但他现在可以很清楚地看到这有多重要。

不过，他怎样才能让团队知道他信任他们呢？这是一个好问题。好消息是，他只要积极主动地按照我们刚才讨论的那样做就可以了：奖励优秀表现，给出能够实现的挑战性任务，让人们自己决定如何实现目标。

这次辅导结束的时候，尼克同意每天花 15 分钟的时间，寻找团队中做得好的人，并表扬他们。我们把这种做法称为"及时表扬出色行为"。在给予表扬时，他同意使用久经考验的"情境 – 行为 – 影响"方法。

> 你好，萨莉，写这个简短的留言是想告诉你，今天跟顶级客户通电话时，你很好地应对了他们所有的反对意见，并且没有让他们感到不自在。你巩固了我们与客户之间的长期关系，你做得太棒了！

他还同意跟团队一起坐下来，把他们的总体愿景分解成更小的、更容易实现的目标。这似乎是显而易见的该做的事情，但很多有宏大愿景的领导者一考虑细节，就觉得很没意思。很抱歉告诉你一个真相：领导者不能只做那些让你觉得踌躇满志的事情，你还需要与团队一起界定职责，给他们清晰的、可以实现的目标。

最后，尼克同意，他会告诉团队，如果在他们执行目标时尼克对他们的干涉过多，他们可以告诉尼克后退一步。他会非常清楚地告诉他们，他正在努力给予他们更多的信任，他希望他们在他控制欲太强的时候告诉他，并支持他。

进行这些对话并不容易，但它们能起到疏解情绪的作用。很多时候，仅仅说你想更加信任团队就会带来动态的转变。他们看到你在努力改变，他们也会尽自己最大的努力提升自己，对工作更加投入。

现在，尼克的公司有了很大的改观。尼克对团队需要觉得被信任这个问题产生了强烈的好奇心，之后他在学习信任团队方面取得了很大的进步。受益于此，尼克的团队在协作性和创造性方面都有所提高。尼克也开始更喜欢他的工作。他感到不像以前那么孤独、害怕和困扰了。给予团队所需的信任后，他的内心也终于安宁下来，可以安心做一些更高层次的战略工作。即使他仍然像是在一个人类水族箱里工作，也没有什么大碍了。

请思考一下尼克在团队中建立信任的过程，根据自己的情况回答以下问题：

- 你用什么方式在团队中建立信任或是削弱了信任？
- 你还可以做些什么来及时发现下属的优秀表现？
- 你在哪些方面设定了模糊的目标，却又让下属达到具体的期望？
- 对你来说，放手让下属做事情是什么样子？

环境需求

1972 年 9 月的一个下午，亚伯拉罕·马斯洛坐在大苏尔海岸沿线著名的疗养中心——伊沙兰学院（Esalen Institute）的天然温泉里，凝视着夕阳缓缓落入太平洋。他正与新结识的朋友，哲学家艾伦·沃茨（Alan Watts）聊天，谈论住在伊沙兰对他的影响。在住在伊沙兰的这段时间里，他发现自己重新获得了力量，可以继续他对人类动机和需求的研究。伊沙兰有个高高矗立在海边悬崖上的菜园，下临咆哮的大海，马斯洛觉得自己在菜园工作时精力得到了提升。他也在高高的红杉下的小溪边冥想，每次都能体验到一种自然而然的喜悦。

就在这时，马斯洛意识到他最初提出的需求层次里漏掉了整个自然界。除了食物、水和住所，他所说的其他需求都是由其他人来满足的。他之前忽略了自然环境，没想到自然环境也会对我们产生同样深远的影响。其实，自然的光线、舒缓的声音、亲近自然、令人耳目一新的风景，这些都是让我们拥有创造力和应变能力的关键因素。

在接下来的篇幅中，我们将探讨工作场所或我们寻求灵感的地方对我们有什么不同的影响。我们做"知识工作"时，常常不太重视身边的自然环境。没有多少人的工作与天气、风或潮汐有内在的联系，所以我们很少关注这些因素。

然而，在我们创办公司、写书、与家人共度时光、激发新的社会运动的时候，我们呼吸的空气、耳边的声音，以及落在我们脸上的光，它们与我们的感官日复一日地互动。环境是我们创造性工作的背景，也许我们应该更加关注环境，并确保我们的环境需求得到满足。

用心领导需要讨论如何为自己和员工创造一个安全的、滋养性的工作环境，它不仅包括情感环境，还包括物质环境。我们希望你读到这些故事时，能开始用一种崭新的、更诚实的视角来看待你与环境的关系和你的团队与环境的关系。

设计满足我们需求的空间

从新墨西哥州圣达菲往北行驶大约一个小时，是一段蜿蜒的高速公路，公路两边是松柏林地和壮观的红色石崖。沿着公路行驶，你会发现在一个普通岔路口的旁边竖着一个牌子，上面简单地写着"幽灵牧场"。正是在这里，这个夕阳有着迷幻色彩，到处是奇幻般的、历经侵蚀的石林和荒地的地方，著名的美国艺术家乔治亚·欧姬芙在 20 世纪中期的 50 年里完成了她大部分的佳作。

视觉艺术家和激发他们灵感的地方之间有一种特殊的纽带，这毫不奇怪。克劳德·莫奈的灵感之源是法国小镇吉维尼宁静的花园和池塘。杰克逊·波洛克躺在东汉普顿的树下，从错落有致的树枝和落叶中找到了灵感。让 – 米歇尔·巴斯奎特找到灵感的方法是让自己沉浸在纽约格林威治村的涂鸦和混乱中。

在这些艺术家创作的作品中，我们可以切实地看到那些激发他们灵感的地方。但是现代的知识工作者呢？我们能在他们的作品或产品中看到他们工作的地方吗？

我们会说，能看到。虽然现在越来越多的人在家工作，但由于许多公司自新冠疫情以来采用了新的混合办公模式，我们仍然必须在某个地方工作。一些精打细算的初创公司创始人认为，把钱花在更舒适的办公家具、更适宜的照明和创新性的办公室设计上是一种奢侈，但研究表明并非如此。

实际上，员工的工作效率受到工作空间的光线、温度和设计的影响比人们认为的要大得多。2017 年的一项针对巴基斯坦软件工作者的研究表明，在其他条件相同的情况下，工作场所的家具和照明在员工绩效变化的影响因素中分别占

64% 和 45%，这一比例令人震惊。

研究还表明，对成年人和儿童来说，接近大自然，甚至只是短暂地看一眼，对认知都有好处。学校和家附近的绿地可以促进儿童的认知发展，提高他们的自我控制能力。

另一项研究表明，在完成一项具有挑战性的任务时，那些中途从教室窗户向屋顶花园看了 40 秒的学生所犯的错误明显少于那些从另一扇窗户向混凝土屋顶看了 40 秒的学生。还有一项研究表明，看过自然短片的大学生比没看过的大学生更有可能在复杂的任务中相互合作。

员工似乎凭直觉就知道这一点。2018 年，一项针对 1614 名北美员工的调查发现，自然光和户外景观是员工在理想的工作环境中最渴望拥有的东西，超过内部自助餐厅、健身中心和儿童托育等其他福利。2019 年的一项类似研究发现，自然光和新鲜空气分别是调查参与者最想要的第一和第二大工作条件。

现代办公空间的设计师已经将这些研究结果铭记于心。我们的客户之一，总部设在伦敦的 Second Home，因其办公空间沐浴在阳光下和摆满绿植而享有盛名。他们的里斯本分公司在主办公区有不下 1000 棵绿植，并配有落地窗和天窗。另一位客户在纽约肉库区（Meatpacking District）建立了一个明亮宜人的新总部，走进去就像步入丛林，这也难怪，他们在绿植上花了近 100 万美元，在设计上更是花了大手笔让自然光充满整个空间。

光线、空气和装饰并不是工作空间里全部的重要因素。办公室的布局如何影响我们的协作能力是另一个常常被深入研究的工作环境因素。

20世纪70年代，美国国家航空航天局（NASA）的托马斯·艾伦（Thomas Allen）进行了一项具有里程碑意义的研究，分析了为什么一些工程团队比其他团队更有效率、更善于合作。如今许多公司都根据这项研究重新设计了它们的办公室。令人惊讶的是，艾伦发现唯一与更高的工作效率相关的数据是工程师们办公桌之间的距离。如果工程师们不用起身去会议室或其他楼层就能见到同事，听到同事说话，那么他们有问题就能迅速得到解答，能及时和同事交流想法。他们不是作为一群个体在工作，而是像一个蜂群那样一起处理问题，从而能更好更快地解决问题。

这也难怪一些新的办公室大楼，比如谷歌位于加州芒廷维尤的大型总部，会把让员工之间产生更多"碰撞"作为设计目的，让任何两名员工之间的步行距离都不超过2.5分钟。

约翰早期在苹果公司做教练时，目睹了史蒂夫·乔布斯多么痴迷于为员工创造适宜的工作空间，从而让他们发挥出自己的创造力。1997年，乔布斯在离开了12个月之后回到苹果公司，充满激情地在公司创造方便大家协同工作的空间。

约翰在苹果大学工作时，有传言说乔布斯在库比蒂诺的苹果总部有一个秘密房间，他有时会把最重要的设计师和工程师"关在"那个秘密房间几天，解决一些重要的问题。据说这个房间非常舒适，可以让人们在头脑风暴时放松下来。很多苹果产品的重要设计决定很可能都是在那个房间里做出来的。

乔布斯还尽量让他的团队到户外去，创造更多利用发散性思维的机会，因此他们经常去湾区的各种静修中心，在那里他们可以更接近大自然。比尔·坎贝尔是乔布斯的朋友兼教练，他为乔布斯做的大部分教练课程都是在苹果园区或帕洛阿尔托附近的空地上边散步边做的。

讨论你和团队的物质工作环境时，用下面这些问题来开启对话。

- 什么样的空间和场所能让你和你的团队觉得效率最高？
- 为你和你的团队创造一个能启发灵感的工作空间有多重要？
- 你的家具和照明对你长时间舒适工作的能力有什么影响？
- 诚实地问自己：你工作场所的光线和空气流动是让你感到充满活力和灵感，还是让你感到疲惫和缺乏动力？
- 如果把你的环境弄乱，你这一天的生活会有什么不同？

声音对我们的影响

2019 年有一部票房惨淡的电影《心琴调音师》（*The Sound of Silence*），彼得·萨斯加德在里面饰演古怪的纽约人彼得·卢西恩。卢西恩是一个对城市里的声音非常敏感的人，他随身携带音叉，根据背景声音的音调频率绘制了一张全纽约的地图。西村？忧郁的 D 小调和弦。中央公园？明快的 G 和弦。下东区？一个刺耳的 E7#9。

在电影中，萨斯加德饰演的角色以给人们的公寓"调音"为生。患有急性焦虑症？这可能是烤面包机的嗡嗡声、散热器的嘶嘶声，以及调光器上那些紧凑型荧光灯不断发出的呜呜声造成的。

尽管这听起来有点可笑，但科学和经验都告诉我们，我们周围声音景观的细微差异会对我们的健康和专注力产生巨大的影响。一项研究发现，听自然声音（如夜间的蟋蟀声或海浪拍击海滩的声音）的受试者比听城市声音（如交通声或繁忙的咖啡馆的声音）的受试者在认知测试中的表现更好。

突如其来的撞击声会让身体迅速把皮质醇释放到血液中，皮质醇是一种帮助我们更快地从压力事件中恢复的激素。但是，头顶上灯光持续的嗡嗡声或旧散热器的嘶嘶声会让身体把皮质醇缓慢地滴入我们的血液，这时候我们就会感受到焦虑和压力所带来的不适。

无论你现在身在何处，请先停止阅读一分钟。闭上眼睛，听一听周围环境的声音。你听到了什么？也许你非常幸运，听到了鸟叫声或大海的声音。也许你会听到附近咖啡馆里欢快的说话声，或者建筑工地上电钻的声音。不管你听到了什么，都记下来。

现在，请再次闭上眼睛，当这些背景噪声起起落落时，注意你身体的感觉。它们是增加了你的平和与宁静感，还是让你的身体产生了不愉快的刺痛感？

在一本关于领导力对话的书中探讨这个话题似乎有点奇怪，但实际上它非常重要。就像我们从周围人那里获得的安全感会影响我们的机敏程度和创造力一样，深入了解适合我们的声音环境也会让我们受益匪浅。许多人发现，白噪声或背景音乐有助于创造性思维的开发。另一些人则说，嗡嗡作响的背景噪声会削弱他们的专注力和安全感。

仔细想想，其实直到几百年前，人类才听到除了自然声音之外的其他声音。想象一下，1730 年一个第一次来到维也纳的农民听到小提琴的声音时会是什么样子，或者人们第一次听到内燃机或手提钻的声音时该有多么害怕。

对于每天冲击我们的各种不和谐的声音和频率，我们的神经系统还没有进化到能够应对它们的程度。所以我们需要密切关注声音对我们的影响，并就此进行对话。掌握了更好的信息，我们就可以调整环境来适应我们的需要。

当你调整你周围的声音景观时，问自己这些问题：

- 你的工作环境中有什么样的背景噪声？
- 它们对你来说是积极的还是消极的？它们对与你共事的其他人有不同的影响吗？
- 你能做些什么来管理环境中的声音，以最大限度地发挥你和团队的创造力和生产力？
- 关于背景声音和音乐方面需求的对话是如何让你的团队变得和谐或不和谐的？

当我们需要换个环境的时候

养成严格的清晨作息习惯。选定一款衣服，买上十套，以减少决策疲劳。一日三餐喝 Soylent⊖，节省"浪费"在准备食物上的宝贵时间。

生活黑客、创始人框架构建者和斯多葛派认为，成功的关键在于有严格的习惯和节省时间的技巧。虽然我们同意健康的习惯和专注于重要的事情是至关重要的，但我们也反对单调和常规的束缚。从极端角度说，习惯可能会扼杀创造力、健康和快乐。

要想让自己感觉健康幸福，我们也需要放慢脚步，时不

⊖ Soylent：硅谷的一家食品科技公司，此处指代该公司生产的代餐食品。——译者注

时地换换环境。新的地方可以帮助我们建立新的神经通路，从而激发发散性思维。有时候，只是在一张新的办公桌上工作，或者走一条新的路线去办公室，就可以帮助我们以新的方式看待问题。想象一下，拿出一个月的时间去中美洲远程办公，或是乘着帆船度一个月的假会产生多大的效果。

很遗憾，大多数美国知识工作者都没能经常更换环境，而离开办公室（或家庭办公室）的时间较少对他们的心理健康、精神面貌，以及公司的最终效益都产生了负面影响。

根据 2018 年对 1025 名美国成年人的调查，55% 的美国工人没有使用完休假日。这导致 2018 年有 7.68 亿个未使用的休假日，比 2017 年增加了 9%。另外，根据 2021 年的一项调查，在那些设法溜出去度假的美国人中，有 56% 的人在度假期间每天至少与他们的上司或同事联系一次。

不过没关系，因为不休假说明你很敬业，对吧？你休假越少，就越有可能升职，对吧？

错了。

根据 2015 年的一项研究，那些休完所有年假的人获得加薪或晋升的机会比那些剩余 11 天或更多年假的人高出 6.5%。

休更多的假就更有可能加薪？这怎么可能呢？那些兢兢业业、周末加班、从不休假的人难道得不到晋升吗？

不是这样的，而是取得成果的人得到了晋升。根据各种研究，那些在一天中时不时休息一下，并且休长假的人的工作效率更高。

康奈尔大学 1999 年的一项研究表明，比起不休息的同事，那些在一天中不同时间段被提醒休息一下的员工的工作效率要高 13%。

而这仅仅是 10 分钟的休息时间而已。那些真正一次休息几周的员工说，他们感到更积极，批判性和创造性思维更活跃，倦怠感也减少，所有这些都表明休假可以提高 31% 的生产力，增加 37% 的销售额，使公司的收益增加两倍。

既然有这些数据，为什么休假、去其他地方远程办公或是去办公桌之外的地方吃饭的员工没有增多呢？可能是因为他们的领导者自己不休假。公司的创始人一般有长时间工作、不休息的名声，而且通常不会给员工树立榜样让员工知道休假或休育儿假不仅可以接受，而且公司还期待他们这样做。

2020 年，DoorDash 的 CEO 徐迅为公司员工树立了一个很好的榜样，在公司准备上市的时候，他因自己的第二个孩子出生休了一个月的育儿假。很少有 CEO 能树立这样的榜样。他们不明白，对他们自己和他们的团队来说，休息一段时间来获得新的视角是非常现实的需要。

这不仅仅是休假的问题。我们也经常建议我们的客户在一天中转换几次工作空间。当完成项目的压力变大，或需要对问题提出新见解的压力增大时，这尤其有帮助。作家和艺术家们早就知道，改变环境有助于提高创造力。

　　约翰有一位客户遇到一些无法想清楚的事情，需要换个环境。这位客户是一位第一次创业的 CEO，他因为一个重要员工要离职而心烦意乱，不知道该如何处理这种情况。约翰马上说："我们去散步吧！"

　　当他们离开大楼时，约翰可以感觉到客户内心的焦虑开始消散。客户开始表达得更清楚，语速也放慢了，并开始反思所有导致那个员工辞职的事情。

　　他们边走边聊了一个小时，回到办公室时，客户已经想好了如何与那个员工谈话。我们经常用这种方法让人们冷静下来，让人们不那么情绪化，并帮助人们更清楚地了解摆在面前的问题。这种方法很简单，但它总能帮助我们以一种更合乎逻辑和更理性的方式来看待问题。

　　人们经常看到林 – 曼努尔·米兰达走在纽约的街道上。他走路是为了打破阻碍他创作《汉密尔顿》这部伟大作品的写作障碍。据说，在创作这部音乐剧的这些年里，他走坏了好多双鞋。

　　虽然这些逸事都证明了走路提高创造力的说法很有道理，但科学研究是怎么说的呢？斯坦福大学研究人员的一项新研究表明，创造性思维在步行期间和步行之后的确都会得到改善。

　　我们自己也深有体会。本书中的许多想法和概念都是我们在圣巴巴拉、圣克鲁斯和纽约一起散步时想出来的。我们两人都发现，我们让客户发生极大改变的对话都是在散步时进行的。在坐班和居家办公的混合办公模式的年代，我们鼓励客户多在外出散步时开会，不管是跟其他人一起散步还是戴着耳机开远程会议，都尽量在开会的时候走出去。

在一个地方漫无目的地走动，会让我们产生一种特别的感觉，使我们放松下来，为新想法创造空间。在快步行走时，身体会不易觉察地释放内啡肽，这会减轻我们的压力，改善我们的情绪，让我们的头脑更清楚，这是我们坐在办公桌后做不到的事情。

思考休假和改变环境时，你可以问自己如下问题：

- 你上一次真正休假是什么时候？
- 你在休假、上班时定时休息和办公室的整体节奏方面树立了什么榜样？
- 在工作场所中，你无意中发出了哪些"尽职尽责"的信号？
- 如果你和你的团队把多转换工作空间作为优先事项，会有什么不同？
- 如果你多在散步的时候开会，会有什么不同？

控制是一把双刃剑

1957 年至 1978 年间，安格斯·坎贝尔（Angus Campbell）

和他在社会研究所（Institute for Social Research）的研究团队开始研究什么能给人们带来最高的幸福感。这在当时是相当具有革命性的研究，因为那时候大多数社会和医学研究的目的是了解什么让人们生病，而不是什么让人们健康。1981 年，坎贝尔和他的团队以"美国的幸福感"为题发表了他们经过辛勤研究得出的成果。

我们大多数人可能认为，传统的"幸福"的衡量标准，如财富、健康或牢固的社会／家庭关系，是个人幸福的最重要预测指标，但我们都错了。财富、健康或牢固的关系并不是人们最想要的，人们最想要的是掌控自己的生活。坎贝尔在最终报告中写道："与我们所认为的所有客观生活状况相比，对自己的生活拥有强烈的掌控感是预测积极幸福感的更可靠的指标。"

如果你认为现在的人跟 20 世纪 70 年代坎贝尔做研究时的人已经有很大的差异，我们可以看一项近期的研究。2014 年，花旗集团和领英公司的一项调查发现，近一半的员工愿意放弃 20% 的加薪，以获得对工作方式更大的控制权。

很明显，我们的员工要求自主权和独立，但我们常常想把事情做得"非常正确"，这让我们无法给予他们自主权和独立。

我们来深入地分析一下乔，他是我们在引言中讨论过的一家小型公共医疗保健公司的 CEO。谁都能看出乔是个有控制狂倾向的人。他对控制的个人需求与团队对自主权的明确需求形成了鲜明的对比。

在对整个公司进行的文化调查中，我们让员工说一件他们最想改变的事情，他们的回答是：

> "要相信人们能做好自己的工作。"
>
> "不要干涉，不要把事情复杂化。有时候简单就是好！"
>
> "让员工有更多的决定权。"

你懂的……

面对调查数据，乔很惊讶，并感觉有点委屈。"他们怎么能说我控制欲强呢？我只是要求严格。我只是在践行我们'挑战假设'和'提高透明度，寻求真相'的价值观。"

在公司成立之初，乔就制定了一套围绕透明度和坦率的核心价值观，但近年来，这些价值观已成为他控制团队的武器。乔宣称他只是对他的团队诚实，但实际上他只是在控制。过度控制是领导者最具破坏性的特征之一。它会影响员工的士气，导致决策失误，使更多员工流失，最终使公司无法扩大规模。我们在下一章会谈到，控制的"需求"根本不是一种合理的需求——它实际上只是恐惧，而恐惧往往是未治愈的童年创伤造成的。

看到这里，一些敏锐的读者可能会反驳说："史蒂夫·乔布斯是一个终极控制狂，可是看看他创造了多少东西。"没错，乔布斯是出了名地苛刻。但乔布斯在 20 世纪 80 年代末被苹果公司解雇之前和重返苹果之后在控制方面有很大的差异。很多人都说，离职前的乔布斯傲慢无礼，令人难以忍受。但乔布斯 1997 年回到苹果后，他已经学会了什么时候该提出高要求、什么时候该放手，也了解了个人成长和接受教练辅导的重要性。

这个故事想说明的是，我们都有控制自己生活的自然需求。身为领导者，我们需要控制这种个人需求，为团队在自主性方面的需求腾出空间。建立一个独立的、有自主权的团队是所有公司实现长期成功的关键因素之一。

作为领导者，你的工作不是控制过程，而是关注结果。通过指导你的团队像你一样关注或者比你更关注产品的质量、设计和品牌，你可以培养他们出色的工作能力。与其告诉你的团队如何写新闻稿或如何设计产品的包装，不如思考你该如何放手，如何指导他们自己解决问题。你该如何授予他们自主权，让他们接受你的愿景，并在此基础上加入他们自己的想法呢？

第 1 章要点

- 用心领导是一项艰苦的工作，我们只有满足自己的需求，才能提高自己的情感能力，全面提升自己，成为用心领导的领导者。

- 除了生存的基本需求外，我们都有一些必须得到满足后才会感到健康幸福的需求，这些需求可分为三类：物质、情感和环境需求。

- 只要我们非常留心自己在某些环境中、与某些人在一起、在吃喝某些东西时的感受，我们就可以非常清楚自己真正需要什么才能感到充满活力和创造力。

- 定期让自己的需求得到满足需要自律和严谨。就像我们不会等到盆栽枯萎了才给它们浇水一样，我们也不能等到我们觉得缺了什么时才想起这是我们的需求之一。

- 我们或团队的需求没有得到满足的一些明确迹象是：易怒、争论、焦虑、缺乏动力、缺乏创造力，而这些都容易引发我们的恐惧反应。

用来开启对话的问题：

1. 你的需求（物质上的、情感上的或环境上的）对你的工作成效和创造力有什么影响？

2. 什么方法能让你关注自己的需求，并确保你尽最大努力照顾好自己？如果你现在没有一个好的行动计划，问问周围的人，谁有好的行动计划可以供你借鉴？

3. 你在团队或组织中看到哪些未被满足的物质需求？你有什么计划来满足这些需求？

4. 在满足团队的情感需求方面，哪些方法是有效的，哪些方法是无效的？当人们感到无法融入或心理上没有安全感的时候，会发生什么？

5. 你对团队心理安全的程度有哪些盲区？

6. 想想你的办公室或工作空间，哪些关键因素最能让你和团队全身心地投入工作，并富有创造力？哪些关键因素最不利于你和团队全力以赴地投入工作和发挥创造力？你能做些什么不同的事情来满足你和团队的环境需求？

| 第 2 章 |

哪些恐惧让你退缩

> 阻碍你展现自我的不是恐惧，而是盔甲。所谓盔甲，是一些我们用来保护自己的行为。
>
> ——布琳·布朗

在帕洛阿尔托的学府大道上一间沐浴在阳光下的办公室里，肯正紧张地在二楼的落地窗前踱步。他头两侧的血管凸起，一边说话一边使劲挥动双手。街道上的旁观者可能以为他在排练一场激动人心的演讲。但事实并非如此，肯是因为一名团队成员试图侵犯他的权威而陷入了偏执失控的状态，没完没了地怒骂。这么说吧，这不是肯最好的一面。

爱德华刚刚和肯一起看了肯的360度评估结果，对肯来说，接受这个结果不太容易。总之，他的360度评估结果显

示，他的团队成员普遍不喜欢和他一起工作。他们说他控制
欲强、易怒、消极被动、报复心强。

　　肯刚刚上任时，一切都很顺利，但他和团队很快就陷入
了不信任、猜忌和微观管理的怪圈。虽然从表面上看，肯似
乎很有力量和信念，但据爱德华推测，肯在内心深处陷入了
恐惧的恶性循环，而这种恐惧以恶意和攻击性的行为表现
出来。

　　我们都会恐惧，这是人类的一部分。在商业世界里，恐
惧是很自然的事情，因为领导者总是担心输给竞争对手或犯
下重大错误。要避免陷入恐惧的恶性循环，关键是在激励自
己和他人时适度地平衡恐惧，不要让恐惧把我们最坏的一面
带出来。

　　在教练工作中，我们发现适度的恐惧可以起到**激励**的作
用，但极端的恐惧会**削弱**人们的活力。反过来说，完全没有
恐惧的公司往往也没有创造变革或推动取得成果的动力。

　　我们的一些客户往往对恐惧视而不见，因为他们建立了
各种应对机制，把恐惧隐藏到了视线之外。这样做可能会伤
害我们的身体，因为在极端情况下，恐惧往往会在身体上表
现出来，导致焦虑、恐慌、过度担忧和压力增大。即使在不
那么极端的情况下，它们也会对工作成效、决策和整个组织
的士气产生负面影响。

　　当领导者能够识别并讨论他们的恐惧，他们就有可能到

达"领导之旅"的一个转折点。他们可以学会把恐惧作为能量和动力的来源，而不是为恐惧所俘虏。当他们看到同事陷入类似的恐惧时，他们可以用自己克服恐惧的经历为跳板，对同事产生同情，与同事发展出更深层次的关系、同理心和信任，而这一切反过来又会带来更好的业务成果。

什么是恐惧

每个人都会经历恐惧。它是人类生活的重要组成部分。如果我们没有恐惧，我们早已不在人世。如果我们的祖先没有恐惧，我们兴许就永远不会出生。适度、合理的恐惧水平使我们不会走向迎面而来的电动自行车，不会被危险的动物吃掉，也不会在波涛汹涌的大海中到岩石边游泳。如果发展到极端，不健康的恐惧水平就会让我们不敢出门，不敢结识新朋友，也不敢在会议上发言。

虽然大多数人认为恐惧是一件消极的事情，也是应该避免的事情，但有些人喜欢故意触发恐惧，享受由此带来的快感，比如从飞机上跳下来、飙车、看恐怖电影等。恐惧反应会让身体释放内啡肽，有点令人上瘾，所以我们把这些人称为"肾上腺素瘾君子"。

大多数对恐惧的反应是以下三种标准反应之一：战斗、逃跑或冻结。在战斗－逃跑－冻结的反应中，大脑中最原始的部分，也是负责重要生存功能的部分——杏仁核开始起作用。当我们经历一些我们觉得可怕的事情时，比如在十字路口有一只可怕的狗或一辆公共汽车向我们冲过来，杏仁核会在几毫秒内发出信号，刺激自主神经系统产生身体反应。

恐惧不仅会由一些当前对我们身体有明确威胁的危险引发，还会由心理事件引发。对失败的恐惧可能会导致人们出现冻结反应，以避免任何出错的可能。害怕不被喜欢可能会引起逃跑反应，导致领导者避免冲突或逃避困难的对话。能力受到威胁可能会导致战斗反应，具体表现为愤怒或防御行为。

没错，当公司会计部门的弗雷德当着全公司的面问你一个你不知道答案的棘手问题时，数万年来帮助祖先避免被剑齿虎吃掉的恐惧反应仍然完好无缺地存在于你的体内，等待被触发。

我们给身为领导者的你布置一项挑战性的任务：说出你的恐惧，与恐惧对话，最终让恐惧成为你的盟友。这样做的好处是，你会更容易看到和说出别人的恐惧反应，从而可以让对话远离两极化的矛盾触发因素，回到建设性冲突的区域。

有点恐惧是好事

1974 年，汉斯·谢耶提出了"压力"的概念。安德鲁·科林·贝克在谢耶的基础上，写了一篇关于恐惧的益处的文章，创造了"EuFear"这个词，意思是"积极恐惧"（eu

是拉丁语中意为"好"或"积极"的前缀）。

谢耶认为我们对压力有一种积极的认知反应，这种反应是健康的，能给人一种成就感和专注感。同样，贝克认为，我们也需要一个新的恐惧模型，一个能看到恐惧的好处而不仅仅着眼于它的负面影响的模型。他的模型将恐惧重新定义为一种动力，并提出了一个从没有恐惧到极度恐惧的恐惧连续体的概念，其中积极恐惧是理想的功能状态。

如果一家公司没有恐惧，人们就根本没有动力去做很多事情。由于不作为不会造成什么后果，也不会失去什么，所以人们往往不愿冒险，也不愿主动。

相比之下，处于极度恐惧状态的团队往往会出现绩效大幅度下滑的问题。更重要的是，持续生活在极度恐惧中会导致身体受到影响，比如心率加快和血氧含量下降。

贝克的模型表明，没有恐惧和极度恐惧都不是理想的状态。他的研究表明，**有积极作用的恐惧**的理想水平是 4 分（满分为 10 分），略微偏向中间（见图 2-1）。当恐惧水平处于恐惧连续体的这个位置时，我们体验到的恐惧是积极的，它可以帮助我们最大限度地提高绩效。

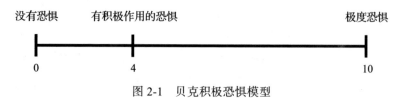

图 2-1　贝克积极恐惧模型

化恐惧为成功

为了说明恐惧可能带来的益处，以及如何利用恐惧的力量，我们来游泳池看看。这是一个看上去与恐惧不太沾边儿的地方。包括接力赛在内，迈克尔·菲尔普斯（Michael Phelps）总共赢得了 28 枚奥运会奖牌，包括 23 枚金牌、3 枚银牌和 2 枚铜牌。他比一生中奥运会奖牌总数第二多的运动员，20 世纪 50 年代末和 60 年代初的苏联体操运动员拉里莎·拉蒂尼娜多了 10 枚。也就是说，没有人能接近迈克尔·菲尔普斯在他 16 年的奥运生涯中所创下的霸主地位。

为了解释菲尔普斯在游泳池中超人般的成就，科学家和记者研究了许多理论。

有人说因为他有身体上的优势。菲尔普斯的臂展（两臂张开后指尖之间的距离）是 80 英寸[⊖]，比他的身高多 6 英寸，而大多数人的臂展和身高大致相等。此外，菲尔普斯的肘部、膝盖和脚踝是双关节的，所以他比其他游泳运动员的活动范围都大。例如，他那双 15 码大脚的脚面弯曲度超过常人 15 度，好像穿了一副脚蹼。

然而，研究人员分析数据后认定，虽然菲尔普斯有过人的身体素质，但这并不能解释他骄人的战绩。一些与他有相似身体条件的游泳运动员的成绩就差一些，而另一些身材比

⊖　1 英寸 =0.0254 米。

例不那么出众的人却偶尔能打败他。

也许我们能用菲尔普斯的训练方案来解释他的优异成绩？在他训练的巅峰时期，菲尔普斯每周游 80 多英里[○]，每天在水里泡五六个小时。这肯定比其他游泳运动员多吧？但是，我们再次听到一个响亮的"不"字。根据女子组游泳金牌得主杰茜卡·哈迪（Jessica Hardy）的说法，所有奥运会水平的游泳运动员每次训练都要游 6 ～ 12 英里，每天两次，每周6 天。

好吧，如果不是因为他的身体素质，也不是因为他的训练方案，那还会是什么原因呢？

美国奥委会运动心理学家肖恩·麦卡恩有一个观点。"预测谁会失败对我来说是最简单的事情。"麦卡恩在 2012 年接受《华盛顿邮报》采访时说，"那些心理脆弱的人永远不会在奥运会上取得成功，因为他们的弱点暴露无遗。"

麦卡恩说，相比之下，迈克尔·菲尔普斯似乎生来就具有异于常人的心理力量。总的来说，菲尔普斯的许多对手在竞争压力下明显出现了冻结反应，他们的紧张或恐慌情绪激增，这让他们的肌肉收紧，从而出现可怕的"窒息"反应，但菲尔普斯有一种天然的肾上腺战斗反应，当他面对同样的压力因素时，会产生巨大的能量和耐力。"心理脆弱的运动员

○ 1 英里 =1.609 千米。

无法赢得奖牌……不管他们的天赋或体能如何。"麦卡恩指出。当其他人出现冻结反应的时候，菲尔普斯在战斗。

在成长过程中，菲尔普斯在任何方面都不拔尖。他在九岁时被诊断出患有多动症，在学校里遇到一些困难。妈妈初次教他游泳时，他一开始都不喜欢把脸弄湿，所以他选择了仰泳。不过他很快就克服了这种恐惧，并发现自己在游泳池里可以找到在课堂上找不到的专注和成功。他把在学校里无法集中注意力的沮丧抛在脑后，越来越强烈地想在游泳池里"证明他们都错了"。他对恐惧的战斗反应是在多年的激烈竞争中培养和发展起来的。

不过，菲尔普斯这样极度关注比赛是有代价的。当他的生活里不再有游泳池、比赛和金牌，他觉得自己的生活好像没有了意义和目标。当奥运生涯结束，繁华散尽，他开始变得孤僻，远离了家人和朋友。他越来越深地陷入抑郁状态，甚至多次想过自杀。在游泳池之外，好像他对恐惧的反应更多的是逃跑而不是战斗，一旦他不再胜利，不再创造纪录，他就会逃离人群，逃离外界的关注。

然而，菲尔普斯奇迹般地再一次改写了他的人生，克服了恐惧。跌入谷底后，他开始寻求帮助。他说出自己的恐惧和抑郁，勇敢地与心理医生和教练讨论困扰他的问题，并从此成为心理健康的全球代言人。作为抵制抑郁症被污名化的斗士，他现在是那些试图克服恐惧的人的榜样。他发现，在游泳池中让他表现如此出色的坚韧不拔的精神，也可能表现为一种极端的脆弱。他对自己抑郁症和焦虑症的大胆公开让人们用正常的眼光来看待心理疾病及其康复，使数百万受困于心理疾病的人受益。

尽管菲尔普斯将作为现代最伟大的奥运选手被人们铭记，但他最值得人们铭记的胜利可能是他敢于直面内心深处的恐惧，并选择了一种更有成效的方式来应对这些恐惧。

在领导工作中利用适度的恐惧

企业的领导者如何利用恐惧来提高业绩呢？恐惧产生的影响什么时候会由好变坏？恐惧什么时候会变得具有破坏性，对领导者及其组织造成个人和情感上的伤害？

我们面临的挑战，是在太少恐惧和太多恐惧之间找到一个不太容易把握的点。太少恐惧会让我们陷入萎靡不振和无所作为，太多恐惧则会将我们或组织压垮，进而造成个人或组织的失能，以及不可估量的后果。

我们从教练工作中得出的经验是，许多领导者对影响他们的行为及其组织绩效的恐惧没有意识。我们来看看这些年我们合作过的几位客户的故事。

太少了……几年前，我们在一家公司做过一些教练工作，这家公司的管理团队被称为"快乐午餐族"。不管跟谁交谈，你都可以很清楚地看出他们没有紧迫感或责任感。员工很快乐，但工作效率很低。公司的规模不见扩大，董事会对领导层能否创造必要的利润缺乏信心。

我们把问题的根源归结为 CEO 特别喜欢正面消息。他召开的会议缺乏真实、诚实的辩论和冲突。公司的决策是通过达成共识的方式做出的，效率低到员工把决策过程称为"共识瘫痪"。他们回避艰难的决定，在关键的决定上又总是拖得太久。

约翰与 CEO 和领导团队合作，将适度的"积极恐惧"融入公司文化，提高大家的责任感和期望值。通过与 CEO 和领导团队的一系列反馈会议，他举起了一面"镜子"，帮助他们了解到底发生了什么。

这些会议进行得很艰难，但约翰建立了一套参与规则，明确规定了他们需要停止做什么、开始做什么，以及继续做什么。作为他们的团队教练，约翰帮助他们在每周的领导团队会议上应用这些规则。随着时间的推移，CEO 和领导团队变得更加开放、透明和负责。

太多了……另一位客户是一家资金雄厚的医疗初创公司的领导者，他把恐惧治理发挥到了极致。他在会议上大喊大叫，粗暴地批评他的团队，对小错嗤之以鼻，对相反的意见大加嘲笑，充满了敌意和批判。

你可以想象，公司里的每个人基本上都处于停摆状态。

最初反抗的人最终都选择了退缩和沉默。没有人提出新的想法。没有人得到授权。每个小小的决定都必须经过 CEO 的同意，所以公司无法扩大规模。

随着公司业绩持续下滑，CEO 变得越来越咄咄逼人，越来越多地指责下属。高管们纷纷逃离，公司陷入了可怕的死亡旋涡。如今的局面都是因为这位 CEO 不知道如何管理他的愤怒，因而也无法管理团队的恐惧造成的。

哈佛大学的约翰·科特（John Kotter）写了《领导变革》（*Leading Change*）一书，根据他的观点，CEO 最严重的错误之一是他们引发了团队的恐惧，让团队陷入瘫痪，不幸的是，这也是最常见的错误。科特在接受关于《领导变革》的采访时说："我经常看到那些想创造变革的领导者犯这个错误，他们有一种'房子着火了'的心态，在试图创造变革的过程中引发了员工的恐惧，这种恐惧会削弱团队的力量。""如果领导者有强烈的恐惧反应，那么他采取行动的时候，往往会导致公司无所作为。"

科特说，领导者有太多恐惧会导致人们产生冻结反应。

恰到好处……史蒂夫·乔布斯是出了名的喜欢在团队中制造恐惧和偏执的人。有些人认为这样的恐惧有点过界，但是看看苹果在乔布斯任期内的业绩，我们很难不同意这样的恐惧恰到好处。约翰在苹果手机事业刚刚起步的时候去苹果做教练工作，他发现乔布斯极其擅长在团队中制造恰到好处的恐惧，让团队绝对忠诚，并保持很高的绩效。

我们不清楚乔布斯是不是有意在团队中制造恐惧，但他肯定有这方面的直觉。与乔布斯开会之前，苹果的高管和团队会花几个小时甚至几天的时间为会议做准备，确保没有遗漏任何基本事项。苹果员工害怕让乔布斯失望，所以在跟他开会时都尽力做到尽善尽美。这就是积极恐惧的作用，乔布斯在公司里制造了一种恐惧，促使公司的一些人发挥出他们的最高水平。

团队中适度的恐惧会产生我们所说的建设性冲突。如果团队中的恐惧和紧张不足，那么像"快乐午餐族"这样的团队就会陷入《团队协作的五大障碍》(*The Five Dysfunctions of a Team*) 和《优势》(*The Advantage*) 的作者帕特里克·兰西奥尼所说的"虚假和谐"：回避棘手的问题和艰难的对话，对有争议的话题不进行充分讨论就做出决定。

在恐惧连续体的另一端，团队可能会发现自己变得极端化，就像我们前面讨论的医疗初创公司一样（见图 2-2）。这是一个黑暗的领域，团队成员会假定他人意图不纯，并因为他们的恐惧被激发而坚持自己是对的。

理想的做法是保持在中间地带，即建设性冲突的区域，就像乔布斯在他的团队中所做的那样。当团队发生建设性冲突时，位于中间地带意味着有足够的恐惧让人们保持警觉，认真负责，但不至于过度警觉和偏执。位于中间地带也意味着人们有心理安全感，因为他们所经历的恐惧是一种健康的紧迫感，促使他们想在竞争对手之前抓住机会，但这种恐惧不会让他们对自己在领导或同事面前的地位产生不确定性，也不会让他们辞职跳槽。

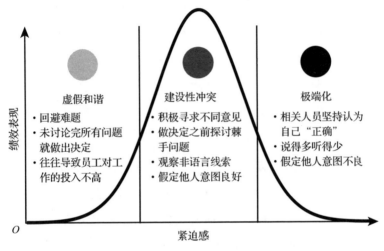

图 2-2　建设性冲突：调整优化，促成健康的辩论

领导者恐惧原型

也许你很难想象，领导者和其他人一样存在恐惧。毕竟，他们中的很多人都创办了成功的公司，达成了巨额交易，或筹集了大量的资金。此外，他们总是显得那么自信和有控制力。他们怎么会恐惧呢？

在《哈佛商业评论》上的一篇题为《CEO 害怕什么》的

文章中，罗杰·琼斯展示了他对 116 名 CEO 进行的一项研究。他发现大多数高管都有根深蒂固的恐惧："虽然很少有高管谈论他们的恐惧，但深层次的个人恐惧会激发防御性行为，对他们和同事制定和执行公司战略造成破坏性的影响。"

三大恐惧原型

领导者有三种典型的恐惧原型，每种原型对应一种恐惧反应：**战斗**、**逃跑**和**冻结**。每种原型都有一种未表现出来的潜在恐惧，以及一种"无意识表现出的行为"，即一种我们可以从外部清楚看到的行为方式（见表 2-1）。

表 2-1　三大恐惧原型

恐惧反应	原型	核心恐惧	外在行为
冻结	完美主义者	害怕出错	优柔寡断，吹毛求疵
逃跑	讨好主义者	害怕没有归属感，害怕不被接受	避免冲突，渴望达成共识
战斗	冒牌者	害怕他人认为自己不称职	傲慢、愤怒和易怒

为了进一步了解恐惧原型，我们来认识三位 CEO，看看他们是如何表现和管理恐惧的。当每位 CEO 的故事展开时，请问问自己：你觉得你和谁的共同之处最多？在不一样的情况或环境中，你和他们三个人都有共同之处吗？

还有，与我们书中其他地方一样，因为这些故事算不上正面例子，所以为了保护他们的隐私，我们修改了其中一些容易辨识的细节。

克丽丝：完美主义者

克丽丝是一家成功的安全软件公司 TeleSafe 的 CEO。她以优异的成绩毕业于一所常春藤盟校，在校时是学校足球队的中场球员。她在办公室里的一举一动无一不散发出一种优雅的气息。

克丽丝大学毕业后就被谷歌聘用，12 年后，她被视为一个很有前途的领导者，有朝一日可以轻松晋升到高管的职位。大家都知道她对待产品细致缜密的态度，只有确保一切都完全正确之后，她才会发货。她认为自己是"以流程为导向"的人，在工作中将正确的流程落实到位，与负责每个流程的人沟通，以确保考虑到所有的细节，让所有相关方都参与进来。

几年前，老同学菲尔找到克丽丝，希望她考虑跟他合作创办一家安全软件公司。他已经筹集了 100 万美元的种子资金，并在早期获得了一批很愿意追随他的客户，但他觉得自己能力有限，做不了 CEO。克丽丝素来了解菲尔是个适合做工程师的人，不适合做领导者，但是菲尔邀请她做联合创始人并且担任 CEO 的时候，她还是觉得受宠若惊。他说，他认为她丰富的领导经验和严谨的流程管理与他的产品和技术优势正好强强联合。

我们把时间快进到一年后。有一天，一位 TeleSafe 的投资者给我们打电话，问我们是否会愿意给克丽丝提供辅导。他透露，克丽丝正在苦苦挣扎，董事会成员已经开始质疑她能否胜任 CEO 的工作。这位投资者表示，克丽丝对教练持开放态度，她意识到公司存在问题，但是不确定应该如何应对这些问题。

约翰进行辅导的第一步是向克丽丝的团队和董事会成员收集反馈意见。从这些收集上来的反馈意见中，我们看到了这样一幅画面：这位 CEO 陷入了冻结模式，无法做出关键决策。处于冻结模式的 CEO 常常因为害怕做错决定而陷入瘫痪状态。克丽丝团队的一些反馈意见很能说明问题：

> "组织里的流程太多了。"
>
> "我们刻意不做关键性的决定。"
>
> "没有人对完成任务负责。"
>
> "我们拖延做决定，等错过最后期限了，我们再救火。"
>
> "克丽丝想确保产品的每个细节都正确无误，这就导致我们从来没有按时发过货。"
>
> "我们把事情搞得太复杂了，为什么不能简单点儿呢？"

在旧金山一个阳光明媚的日子里，克丽丝和约翰坐在她的办公室里。从她的办公室可以俯瞰岸边码头的景色。开始谈话时，克丽丝显得有些紧张。

约翰先是传达了团队的反馈意见，克丽丝很难接受这些意见。起初，她的行为都是防御性的，声称问题出在她的团队身上。她认为有些成员不称职，也认为自己没有及时让这些表现不好的人离开公司。

问题。他们讨论一些针对她的反馈时，约翰问了一个至关重要的问题："克丽丝，你害怕什么？"

她的回答清楚地表明，她最害怕的是出错，害怕拿出的产品达不到她或董事会的标准。她担心，如果她不花时间把事情做好，她将来会为此付出代价。但比起她说的话，让约翰印象更深刻的是她解释的时候有多么激动。当她谈到她靠把事情做好，不允许手中出现"垃圾"产品的原则一步步取得了自己的职业成就时，她哽咽了。她停顿了一会儿，声音轻柔地说自己是一个完美主义者。她辩称，她宁愿晚一点推出产品，也不愿第一次就搞砸了。

她强调必须开会，必须进行彻底的检查，以确保没有任何遗漏，说这番话的时候，她的声音越来越大，语气也越来越强硬。说完这些想法后，她接着说："我担心，如果我不坚定地把控产品的质量，其他人是不会管的。"

克丽丝和约翰反反复复地讨论了为什么这对她很重要，

这些信念和感觉来自哪里，然后讨论了她的行为对团队和组织的影响。她承认情况不太好，需要做出一些改变。她对产品延迟上市、最后一刻才改变、决策缓慢以及团队成员的拖后腿行为感到不满。

起初，她说她希望"团队能够承担更多的责任，积极采取行动"。但是，等到教练课程结束的时候，她说："我认为我需要改变，但我不确定如何改变，也不确定我能不能改变。我需要仔细检查每一件事，这一直是我的优点……也是我成功的原因之一。"

克丽丝的行为明显符合完美主义者原型。她非常害怕出错，会在犹豫不决中陷入冻结模式，永远无法按时完成任何事情。符合这种原型的领导者会让公司固守一种分析和严密审查的文化，而这种文化往往会使团队和整个组织陷入瘫痪。完美主义者过于依赖流程，缺乏及时的决策，经常处于"救火"状态，不断错过重要的最后期限。

这些领导者没有对决策承担起责任，也刻意避开艰难的决定。完美主义者把他们的恐惧和不安全感隐藏在吹毛求疵、严格审查和批评的面纱之下。

安德烈：讨好主义者

安德烈是一家成功的在线教育学习公司 EduSoft 的 CEO。这家公司成立于新冠疫情暴发前两年，目前已具备支持教师和学生在线学习的良好条件。总之，EduSoft 的工具、资源和软件产品都很热门！

　　安德烈在研究生毕业后与几个朋友一起创办了这家公司。爱德华第一次见到他的时候，他刚从硅谷几家顶级风险投资公司筹集到了 4000 万美元的投资。虽然进行了投资，但领投方担心首次担任 CEO 的安德烈在团队管理方面遇到了困难。他刚刚聘请了一些新的高级管理人员，董事会也听到了一些事情进展不顺利的传闻。

　　初次见面时，爱德华觉得安德烈是个开朗、友好、很有魅力的人。他倾听的时候非常专注，说话的时候面带微笑。总之，他表现得非常和蔼可亲。爱德华想，和这个人一起工作一定很愉快。

　　商讨后面的合作时，安德烈说了很多新团队成员的事情，还有他与新团队成员不合拍的事情。安德烈说："作为一个团队，我们最大的问题是不能协同工作。团队成员之间缺少尊重。"

　　进一步讨论后，安德烈和爱德华决定，爱德华需要关注安德烈的团队，成为团队的教练，帮助团队成员提高工作效率。他们都认为爱德华应该与每个团队成员谈话，然后对团队进行观察。

　　之后爱德华开始与每个团队成员面谈，并参加每周一次的高管团队会议。在这个过程中，他观察到安德烈所说的团队功能失调确实存在，但这些问题主要是安德烈的行为造成的。

很明显，每个人都喜欢安德烈，都认可他的专业技术水平。但同样明显的是，安德烈的领导风格，尤其是在团队会议上的领导风格，是问题的主要原因。他们的会议不像商务会议，更像是一场没有组织的朋友聚会。

会议没有一个明确的议程或重点，大家随意说出他们想要报告或反馈的内容，所谓开会，永远都是来来回回地争论那些事。因此他们开会没有明确的结果，没有人知道会议上到底做了什么决定。你可以想象，团队成员开始害怕安德烈没完没了又漫无目的的会议。

问题是，安德烈希望在关键决策上达成完全一致。如果没有达成一致，他就会搁置这个问题，因此在许多重要的议题上，公司从未做出任何决定。虽然安德烈善于倾听，并尽量听到所有人的想法，但当事情变得焦灼时，他就会退缩，回避冲突。

爱德华观察团队时，看到团队成员对于会议无法做出关键决定这件事有明显的挫败感。会议结束后，人们低着头，神情凝重地走出会议室。爱德华无意中听到一个团队成员用讽刺的口吻对同事小声说："这一个小时效率真高。"

会后，爱德华和安德烈一起回到 CEO 办公室，安德烈对团队无法合作表示很沮丧。"我想给他们空间，让他们有机会行动起来，一起做决定，但他们只是没完没了地争论。"

爱德华怀疑安德烈把问题外部化，把因自己缺乏决断力造成的后果归咎于团队，但爱德华想从团队那里得到更多的数据来支持他的直觉。他对团队成员做了访谈，访谈结果证实了爱德华的许多猜测，也表明了问题的根源在于 CEO 的一些其他行为。

几乎每个团队成员都以这样或那样的方式提到，安德烈过于维护一些早期加入公司的员工：

> "这些人已经无法再胜任他们的工作，但安德烈没有勇气让他们离开公司。"
> "他极其维护老员工（愚忠）。"
> "他无法告诉别人坏消息，总是回避困难的对话。"
> "我非常喜欢他，但需要他站出来采取行动的时候，他没有勇气。"
> "他缺乏决断力，这导致我们经常争吵。"

爱德华看得很清楚，安德烈符合典型的讨好主义者原型，这种反馈对他来说很难接受。讨好主义者对于拒绝有一种根本性的恐惧，这种恐惧导致他们避免冲突、避免给他人反馈，或者告知他人坏消息。他们想让每个人都开心，以牺牲问题的进展为代价追求共识。

爱德华的反馈将从根本上触及安德烈对自己的认识。他会代表团队承担责任，代表团队承认这些问题吗？这些反馈会让他措手不及，让他的领导力陷入瘫痪状态吗？安德烈在害怕什么？是时候找出答案了。

问题。进入反馈环节后，安德烈首先说道："我真的很期待得到反馈。我有一个很好的团队，我知道，即使存在问题，每个人也都是出于好意。"

天哪，爱德华心想，这比我想象的还要难！

接下来爱德华讲了团队的反馈，听到这一切，安德烈显然惊呆了。他几乎停止了说话，也不再看着爱德华的眼睛。几分钟后，他勉强回答了几句，问了一两个问题，但基本上他已经崩溃了。

进入反馈环节大约45分钟后，爱德华看到安德烈开始流泪。他用低沉而激动的语调告诉爱德华，听到这一切他有多么难受，他没有想到反馈会如此负面。他知道情况很糟糕，他可以做得更好，但他不知道他就是问题所在。"也许我应该辞职。"他喃喃地说，"说真的，如果他们认为我不适合这个职位，我可以去做别的事情。"

又是逃跑反应，爱德华心想。恐惧的逃跑反应通常表现为逃避行为：一遇到棘手的问题就转移话题，不正面解决问题，或者在事情变得困难时直接放弃。

爱德华找准时机问道："安德烈，要不要告诉我你真正害怕什么？面对这个团队，你有什么恐惧？"

接下来，这位 CEO 说起他需要得到团队的尊重，他很难接受团队不尊重他。他说了很多，他非常希望大家能和睦相处，互相喜欢。他说，他建立了一种让员工快乐工作、相互协作的文化，并为此感到自豪。之后他沉默了很长一段时间，沉默过后，他透露说，他觉得冲突让他很不舒服，因此会尽力让大家达成共识。

爱德华意识到突破就在眼前，所以他推动安德烈进一步探讨问题，让他说一下冲突如何让他不舒服，以及冲突为什么让他不舒服。他知道他们在挖掘问题真正的根源。"安德烈，"爱德华说，"我知道这对你来说很难……告诉我，当你想到被一个群体接受时，你会想到什么？为什么维持融洽的氛围、确保人们和睦相处对你来说如此重要？听起来这是一个老早就有的习惯了。"

安德烈长长地呼了一口气，望了一眼天花板，开始向爱德华敞开心扉。他说他想在学校受欢迎，因此千方百计地让同学们接受和喜欢自己。他说他酗酒的父亲总是和母亲吵架，他则被夹在父母和兄弟姐妹之间。他说自己在家里的角色是维持家庭和睦的那个人，保证每个人都能和其他人关系融洽。

他声泪俱下地说自己是多么痛恨父母吵架。他回忆起父母吵架时他的身体如何紧张，胃里如何产生那种绝望的痛感。他非常憎恨这一切，憎恨到了离家出走的地步。上高中之前，他离家出走过不下五次。高中毕业后，他去了西海岸的一所大学，尽可能远离新泽西父母家的压力和冲突。

爱德华现在可以清楚地看到安德烈的逃跑反应是怎么来的了。他的故事给了爱德华重重一击，因为爱德华也是在类似的家庭环境中长大的。生活有时会让拥有相同关键经历的人走到一起，从而促进彼此的治愈，这真是不可思议的事情。虽然我们不是心理咨询师，不能为安德烈这样的人提供深入治疗所需的长期治疗关系，但我们可以帮助客户看到他们的恐惧是如何影响他们的工作的，并为他们指出正确的方向，让他们治愈自己。

爱德华一边听安德烈说话，一边观察他。爱德华看出安德烈此刻有些焦虑。"我看得出来，光是谈起这些回忆，你就很焦虑。"爱德华说，"你的呼吸很短促，语速也加快了。你带领团队时是否也有过这种焦虑的感觉？"

安德烈的回答很能说明问题：他一直都有这种焦虑感，尤其是当人们相处不融洽、相互争吵的时候。他言辞激烈地表达了他有多痛恨员工找不到共同点，痛恨他们相互不尊重。他说，在那种紧张的情形下，他会极其焦虑，焦虑到想尽快采取行动解决冲突。用安德烈的原话来说，"我马上用我维持和睦气氛的技巧，带领团队重新找到一个可行的妥协方案。这种方法在当时很奏效，但我的团队似乎比以往任何时候都要糟糕"。

讨好主义者原型的特点是习惯性地对恐惧做出逃跑反应。这并不一定意味着安德烈在感到害怕或焦虑时，会真的从房间里逃出去，但他会竭尽全力逃离那个时刻，用转移话题、避免紧张或冲突的方法，尽一切可能让每个人都开心。

具有讽刺意味的是，避免公开冲突只会引发更多的个人恩怨。因为没有公开做出决定，团队成员就会私下钩心斗角来实现自己的目的，这往往会引起越来越多的不满。这种类型的人不容易帮助。我们发现"讨好主义者"改变自己需要更长的时间，而且需要进行深刻的反思和心理治疗。

路易斯：冒牌者

路易斯是哈佛大学博士、企业家、医疗保健公司 HealthX 的创始人。该公司的使命是使用以患者为中心的分析技术，为患者和医生打造一个更加有疗效和高效率的医疗保健行业。

约翰是通过路易斯的公司董事会的一位医生兼投资人介绍认识路易斯的，这位投资人非常看好这家刚刚完成 6000 万美元 A 轮融资的公司。虽然 HealthX 发展迅速，预计在未来几个月内将增加 50 名新员工，但这位投资人担心路易斯在这一快速发展时期压力过大，难以胜任 CEO 的职务。现在似乎是让路易斯接触教练的最佳时机。

第一次见到路易斯时，约翰觉得他看起来很愿意学习如何更好地应对 CEO 这个新角色带来的挑战。这是路易斯第一次做 CEO，他知道自己有很多东西要学。他希望教练能给他提供一些新工具，以便他能更好地领导公司，他还强调了自己取得成功的重要性。"我不想让任何人失望！"他说。

根据我们与这些领导者签订的教练协议，他们可以随时联系我们，讨论给他们造成压力的重要问题或决定。我们把这个称为 7 天 24 小时服务，于是路易斯开始频繁地使用这项服务。

一天下午，应路易斯的要求，约翰和他见面。在谈到如何平衡生活中的一切时，路易斯明显表现出一副压力重重和焦虑不安的样子。他的双胞胎刚刚出生，他发现自己很难平衡生活的需求和工作的压力。妻子希望他待在家里的时间多一些。他睡不好觉，在工作中很难保持冷静、控制不住自己的情绪。他还讲了自己几次恐慌症发作的经历。

为路易斯做 360 度评估时，约翰从团队成员那里收集上来的反馈描绘了这样一位领导者的形象：急躁易怒，很多时候防御心理很强，员工在会议上根本不敢说话。团队成员发现与他交流很困难，因为"每次都必须他是对的"，并且他"总是否定他人的想法"。同事对他那种"命令和控制式"的领导风格越来越失望。

在辅导课上，约翰向路易斯讲了员工对 360 度评估的反馈，很明显，路易斯的状态不太好。他看上去疲惫不堪，眼睛红红的，一副非常激动的样子。他开始滔滔不绝地说话。

坦率地说，他说的话没有什么意义。

约翰觉得有必要改善一下气氛，就建议一起出去走走。路易斯同意了，他们来到外面，在路易斯公司总部所在的旧金山南公园附近散步。路易斯确实需要跟人谈谈，这次散步促成了一次有意义的辅导。

约翰问路易斯怎么回事，他说他不知道怎么回事，但他睡不着觉。他说因为老是想着那么多压力，他前天晚上醒来时出了一身冷汗。"我做了一个梦，梦见我们开全体员工会议，我不得不告诉大家公司要解散了。那个梦太真实了，约翰！"

路易斯继续说他承受的压力，反复强调他不想让任何人失望，约翰在一旁静静地听他说。他们沿着球场后面的旧金山海湾漫步，一时间谁都没说话。最后约翰问道："路易斯，你害怕让谁失望？"

路易斯说他害怕让所有人失望，尤其害怕让他的父母失望。他讲了自己在新墨西哥州阿尔伯克基一个拉丁裔移民家庭中长大的经历。他家很穷，父母都全职工作，母亲打两份工，一份很早就要上班，另一份是夜班工作。

路易斯说他们家充满了爱和支持。他父母想给孩子一些不一样的东西。他有两个兄弟和两个姐妹，从小父母就告诉他们必须要上学受教育，并给所有孩子们都设定了很高的标准。

"我父母希望我们都能过上更好的生活，对他们来说，教育是头等大事。所以我们都拼命学习，考上了常春藤名校。"

路易斯的能量更深入了一层。他低声喃喃道："所以我考上了哈佛大学，成为一名博士。我只想让他们为我骄傲。"

他们默默地走了一会儿，路易斯继续讲他的故事。他开始讲述自己离开阿尔伯克基后遇到的挑战，他是哈佛大学为数不多的"棕色皮肤的孩子"（他自己这么说的）之一，也是医学院班上唯一的拉丁裔学生。他说同学们的评价让他很不自信，他们暗示他能进入哈佛大学医学院仅仅是因为学校的多元化招生政策。"如果他们是对的呢，约翰？！"

现在，作为硅谷为数不多的拉丁裔企业家之一，他也有类似的担忧。即使拥有哈佛大学的学位，他也觉得自己常常不被重视。他说自己必须付出特别大的努力才能树立正确的形象，而他并不符合典型 CEO 的形象。

用他的话来说："不知你有没有注意，我个头不高，也不是白人，我个子矮，棕色皮肤，说话还有口音。所以我就用更华丽的字眼、更响亮的声音、更快的语速来弥补这一切。我觉得我总是在推销自己……总是在装腔作势。"

他们继续默默地走了几分钟，约翰让他刚刚听到的一切在心中沉淀下来。路易斯在这里袒露了他的灵魂，约翰希望给予这个话题应有的尊重和空间。

又过了一分钟，约翰停下脚步，跺了跺脚来打断刚才的沉默。"那么，路易斯，告诉我，你的这些经历和不被重视的想法怎样体现在你的领导工作中。告诉我……你害怕什么？"

　　路易斯的肩膀微微下垂，不好意思地垂下眼眸。然后他耸耸肩，非常坦率地说："我最害怕人们发现我没有他们想象的那么聪明，害怕人们发现我是个冒牌货。"

　　就是这个原因！

　　很明显，路易斯正在成为冒牌者原型的牺牲品。"真面目被发现"是所有杰出人物最常见的恐惧之一，尤其是从未担任过 CEO 的新领导者。2019 年，一项针对 14 000 名参与者，综合了 62 项不同研究的综述表明，虽然冒牌者综合征在男性和女性以及不同年龄组中都很常见，但在"少数族裔群体"中尤为普遍。

　　近年来，关于冒牌者综合征的话题越来越多，这要归功于一些名人敢于大胆地披露自己，比如美国前第一夫人米歇尔·奥巴马、演员汤姆·汉克斯和艾玛·沃森、网球冠军塞雷娜·威廉斯、星巴克前 CEO 霍华德·舒尔茨等。

　　当感觉自己像个冒牌者时，人们会有不同的反应。有些人出现冻结反应，有些人出现逃跑反应。但根据我们的经验，领导者中的冒牌者往往表现为恐惧的战斗反应，就像他们试图用对抗和控制行为来掩盖他们对无能的恐惧一样。

　　符合冒牌者原型的领导者通常会穿上厚厚的盔甲，甚至对他们的团队摆出一副咄咄逼人的欺凌姿态。"如果我能指出别人失败的地方，"他们下意识地告诉自己，"他们就没有时间来关注我会不会失败了。"这是典型的过度补偿行为。

　　无论种族、性别或社会经济背景如何，冒牌者原型在创业者，尤其是首次担任 CEO 的创业者中非常普遍，不过冒牌者原型在我们合作过的黑人、印第安人和其他有色人种创始人中更为常见。用我们辅导过的一位创始人的话说："我们都是冒牌货；如果不装模作样，我不可能取得现在的成功。我只希望别人不会发现我是个冒牌货。"

　　路易斯用好斗的人格面具来掩饰自己对无能的恐惧。在他人生的大部分时间里，这种人格面具都很有效。然而，这一次情况不同了。身体和心理的双重影响对他和他的公司都造成了伤害。路易斯需要接受他的恐惧，而我们与他的旅程才刚刚开始。

让恐惧成为盟友

　　本章向你介绍了三位不同的领导者，他们都曾与恐惧做过斗争。"我害怕什么？"是个很难回答的问题，不是所有领导者都能找出影响他们、他们的团队和组织的恐惧。在五个用心领导的对话中，这往往是最难进行的、也最难带来改变的对话。

　　克丽丝、安德烈和路易斯都需要帮助，以确定他们内心的恐惧在其领导风格中所起的作用。他们每个人都以不同的方式经历和表达了他们的恐惧。

对克丽丝来说，她并不清楚自己内心的恐惧是什么，也不清楚内心的恐惧对她的领导能力的影响。她知道团队没有在最后期限前完成任务，但没有意识到自己因害怕失败而产生的完美主义者行为是问题的核心所在。

对安德烈和路易斯来说，恐惧已经开始影响到他们的身体和心理，他们的行为方式使他们成为无效的领导者，对组织造成了负面影响。

领导者可以用什么策略来应对他们的恐惧？克丽丝、安德烈和路易斯如何运用这些策略来处理他们的恐惧？我们怎样才能学会控制自己的恐惧？

我们开发了一个简单的框架，根据我们的经验，这个框架有助于指导领导者管理他们的恐惧。它包括：

1. 准确描述你的恐惧，接受恐惧
2. 向他人说出你的恐惧
3. 制订计划，选择不同的行为
4. 用讲故事的方式讲述你的恐惧

准确描述你的恐惧，接受恐惧

在工作中，我们发现当领导者愿意接受自己的恐惧时，辅导工作就会更加成功。要做到这一点并非易事，但抱着开放的心态准确描述并理解恐惧是一个良好的开端。

学术研究证实了直面恐惧的价值。托尼娅·杰克曼·汉普顿（Tonya Jackman Hampton）在研究领导者及其应对恐惧的策略时发现，当领导者能够准确描述自己的恐惧，他们就能更好地探索和接受应对恐惧的策略。她发现，虽然这些恐惧本身从未真正消失，但随着领导者找到新的应对方法，恐惧感就会开始消退。

有些领导者不把压力事件和恐惧视为阻碍自己成长的障碍，而是认为自己可以从这些挑战中学到一些东西，这样的领导者更有可能改善自己的表现。并不是所有的客户都能马上接受他们的恐惧。对有些领导者来说，打破这些障碍并走向改变需要时间。另外一些领导者无法面对他们的恐惧，这就可能导致公司走向失败。

对克丽丝来说，当她能够准确描述自己的恐惧，并认识到她的行为是导致团队和组织表现不佳的主要原因时，辅导工作就开始发挥作用了。准确描述了自己的恐惧后，她就可以与团队进行坦诚的对话，让他们参与进来，帮助她制订做出改变的行动计划。

起初，克丽丝很难接受自己的恐惧。她和约翰一起写下她的恐惧，清楚地表达了她的恐惧及其对组织绩效的影响。这样的记录行为至关重要，它可以让领导者承认并接受他们的恐惧。

向他人说出你的恐惧

准确描述并写下恐惧后，下一步就是向他人说出你的恐惧。我们经常要求领导者选出一小群人，让他们评价领导者的表现是否受到了恐惧的影响。这些人可以是团队成员，也可以是与领导者密切合作的其他人。

我们通常会指导领导者采用一个开放式的流程，首先让领导者说出自己的恐惧，然后我们鼓励团队成员说出这些恐惧如何影响了他们。以下是符合讨好主义者原型的安德烈对员工所说的开场白：

> 我收到的反馈意见是，我们的团队需要多一些冲突和开放性的辩论，以便能更快做出决策。缺乏决断力在团队中造成了问题，让大家担心无法做出关键决策。我意识到我是这个问题的主要原因，我原本促进合作和达成共识的愿望可能起到了适得其反的作用。我觉得自己很难应对冲突，担心太多的冲突会破坏团队士气。

在这个开场白的基础上，安德烈就可以提出以下问题，收集更多反馈意见：

- 你能帮我理解你的看法吗？

- 我的行为对你和团队有什么影响？
- 我应该停止哪些行为？
- 我应该开始哪些行为？
- 我应该继续哪些行为？

收集这种反馈意见有助于领导者承认并接受他们的恐惧。在收集了他应该停止哪些行为、开始哪些行为以及继续哪些行为的具体反馈后，安德烈准备更深入地了解情况。

在爱德华的帮助下，安德烈和他的团队就团队的动态进行了对话。爱德华建立了一个让每个人都感到安全的环境，这种安全的环境让一些人敞开心扉，跟大家分享他们的故事。

当我们拿出时间，了解了彼此的故事和恐惧，我们就能理解低效行为背后的原因。安德烈卸下心防的分享带动了其他人分享自己的故事。通过营造这种开放和透明的氛围，安德烈帮助他的团队放心地表达意见。他们制定了一套明确的参与规则，这有助于重新建立小组的决策方式。

制订计划，选择不同的行为

恐惧根深蒂固，难以改变。没有行动计划，什么也改变不了。"准确描述我的恐惧"模型是一个有效的工具，可以帮助领导者从理解恐惧转变为将克服恐惧付诸行动。领导者首先制订计划，团队会帮助他们扩展计划，并确保计划得到执行。我们发现，当领导者对自己的恐惧卸下心防，并表达出对此采取行动的愿望时，他们的团队会以有所助益的方式做出回应。

克丽丝的计划（见表 2-2）中达成的共识就像一份"合同"，让她和她的团队对克丽丝的改变负起责任。

表 2-2　准确描述我的恐惧

我的恐惧：我是一个完美主义者，我的完美主义者行为对团队和公司的业绩产生了负面影响。这些行为导致我们不断错过产品发布的最后期限，造成公司业绩不佳	
我的目标：避免分析瘫痪，努力更快做出决策	
停止 – 开始 – 继续哪些行为	
停止哪些行为	• 过度分析，想让一切都完美 • 不必要的会议
开始哪些行为	• 指派其他团队成员，让他们负责推动早日完成决策 • 限制问题的讨论时间
继续哪些行为	• 更快推出产品，同时做出高质量的决策 • 在激烈讨论后相互支持

相互卸下心防

从这个过程中可以观察到的一个结果是，团队成员也越来越多地卸下心防，经常袒露自己的一些恐惧。一位团队成员透露，他不愿意坦诚交流，原因是担心自己的意见不会带来任何价值。他跟大家谈了自己的恐惧，他害怕和房间里其他聪明人相比之后发现自己不够聪明。一旦他发现并说出了这种恐惧，他就开始积极地参与到会议中来。领导者卸下盔甲，接受自己的恐惧，就会激发其他人的积极回应。对克丽丝来说，一旦她承认了自己的恐惧，并承诺与团队一起制订计划来解决这些问题，变化就开始发生了。

用讲故事的方式讲述你的恐惧

要让恐惧成为盟友，最有力的方法之一就是精心准备并向更多人讲出你的故事。故事可以起到鼓舞和激励人心的作用，能帮助领导者与团队建立良好的关系。领导者的恐惧往往也是其他人正在经历的恐惧。在恐惧方面，本章讨论的每位领导者都有一个引人入胜的故事。

以路易斯为例，他的故事就具有震撼人心的力量——拉丁裔，出身寒微，总是要加倍努力来证明自己，不想让任何人失望，尤其是不想让父母失望。他害怕别人发现他是冒牌货，害怕失败，这些恐惧是影响他的行为的关键因素。由此看来，路易斯在改变自己的旅途中需要克服无数障碍。

路易斯必须创作一个引人入胜、真实可信的故事，同时还要让他在激励他人的同时卸下自己的心防。他的故事需要表现出他是一位正在不断进步和成长的领导者。

在一次辅导课上，他们第一次把故事元素整合在一起，约翰对此记忆犹新。他们先是进行了一次头脑风暴，约翰问：

"你想在你的故事里说些什么？"

经过一个小时的反复对话，路易斯想出了以下主题：

- "我想先谈谈我的家庭和我寒微的出身。"
- "我不想让母亲失望。"
- "我用智慧弥补身材上的不足。"
- "我学会了永不放弃。"
- "我想被认真对待。"
- "我学会了坚韧。"
- "我被击倒过很多次，但我总能站起来。"
- "我正在学习接受恐惧，学习对更多东西放手。"

路易斯根据这些主题创作了一个10分钟的故事，并答应在公司下次全体员工大会上讲述这个故事。他邀请约翰参加会议，这次会议成了约翰教练生涯中最难忘的经历之一。

路易斯先是讲述了他的原生家庭。谈到母亲时，泪水开始涌上他的双眸。当他讲到他发现了自己的恐惧所在，以及这些恐惧如何妨碍他耐心并坚定地领导公司时，他流露出了他的真情实感。在故事的最后，他把自己学会坚韧的经历与公司的文化联系了起来。他的故事在员工中引起了热烈的反响，也成为公司的传说之一。从那以后，每次有员工入职培训，路易斯都要向新员工讲述自己的故事。

看到他人的恐惧，应对他人的恐惧

读过克丽丝、安德烈和路易斯的故事，你对我下面说的话可能丝毫不觉得惊讶了：我们认为恐惧是办公室里许多无益行为的根本原因，是的，在家里也是如此。

老板重写你的 PPT。同事似乎总是"忘记"把信息抄送给你，或邀请你参加重要的会议。直接下属要么不沟通，要么只对人力资源部抱怨自己过度劳累、没有权力，就是不找你谈。董事会成员在电子邮件里措辞严厉，但在电话里永远是你最好的朋友。

每个人都需要培养一项重要技能，那就是学会进行正确的对话，正确的对话可以让我们的目光超越那些破坏性或有害的行为，找到激发这些行为的潜在恐惧。问题是，这真的很难，尤其是当有人阻挠你或讽刺你的时候。

恐惧驱动的人很少会表现得体。相反，他们往往会做出战斗、逃跑或恐惧行为，而我们却很难意识到这一点，因为我们很可能被他们搞糊涂了，或觉得被他们攻击或背弃了，这反过来又会引发我们自己的恐惧反应和行为，就这样循环往复。听起来是不是很熟悉？

如果有人开始打击我们，我们的第一反应可能是反击，或者只是避开他们，这取决于我们如何应对恐惧。如果有人开始忽视或冷落我们，我们可能也会这样对待他们，或脑袋一热，发一条鲁莽的信息。

我们都知道这种行为的最终结果是：陷入有毒的行为——无法合作，更糟糕的是，有人可能开始耍花招。我们完全想不到当成年人的自尊心受挫时，他们会做出什么事情。因为自尊心就是他们的一切，这么说毫不夸张。

我们最近为一家领先的零售初创公司的创始人团队开展了一个教练项目。三位创始人中的两位已经互相不说话了。他们说他们对公司的战略和愿景存在分歧，但是与他们一对一交谈并询问他们对公司的愿景时，他们之间的分歧可能只有一点点。

直到我们让他们把两人之间的关系追溯到关系良好的时候，或者至少还算客气的时候，我们才看到他们之间的一种相处模式。这种互不信任的工作关系往往不是由单一事件造成的。双方之间通常会有一种相处模式，随着时间的推移，信任不断被侵蚀，直到一方或双方说"够了！"。

这时，指责就开始了：

- "他总是把功劳据为己有。"
- "CEO 听她的话。"
- "我说完之后他立刻重复同样的话，然后人们就开始附和他。"
- "她背着我耍花招。"

但是，当我们问起他们如何看待自己的行为，以及这样的行为是否会惹恼同事时，他们却无辜地说：

- "我只是汇报团队的工作。"
- "难道我不能和我的 CEO 说话吗？"
- "我不想再改变现状了。"
- "我更擅长一对一的会议。"

我们之所以出现恐惧反应，是因为我们假定引发我们恐惧的人有负面意图，同时我们又坚信自己的意图是正面的。我们原始的恐惧反应并不通过前额叶皮层，所以它谈不上有什么道理或理由。只是看到同事在会议上打断我们说话或者不给我们面子，它就会发作，就好像那只传说中的剑齿虎正穿过大草原上向我们冲来一样。

本章大部分内容都与学习如何理解和管理自己的恐惧反应有关。本节内容的目的是帮助你拥有一双更敏锐的眼睛，以便发现自己何时触发了他人的恐惧反应。

在进一步讨论之前，我们先明确一点：你的工作绝不包括接受任何人的辱骂或不当行为。这一小节所讲的，不是在有人对你进行情感霸凌或做更恶劣的事情时，让你采取以德报怨的态度，而是帮助你学会识别由恐惧驱动的行为，并学会选择如何应对这种行为。

为了简单起见，我们把它分成两列（见表 2-3）：

表2-3 恐惧行为的表现和真相

看起来像是……	真相可能是……
同事不让你参加会议	战斗或逃跑反应：同事可能感到竞争激烈，害怕被你比下去
同事重做你的工作	战斗反应：同事害怕出错，总想强迫性地把工作质量提高百分之五
直接下属的工作经常不达标，或无法按时完成工作	冻结反应：直接下属在压力和挑剔的巨大打击下，不再努力
在绩效考核中，直接下属对你的负面反馈让你大吃一惊	逃跑反应：直接下属没有足够的安全感与你谈论他的问题，假装同意你和信任你
老板在最后一刻提出很多不合理的要求	战斗反应：工作节奏和压力触发了老板的战斗反应，无法从长远思考，试图控制一切
老板给的反馈只有寥寥数语，而且似乎总是对你很不满	战斗反应：老板觉得自己不胜任这份工作，这触发了他的战斗反应，并把他的"冒牌者综合征"外化到你身上

很明显，这都是一些随机的例子。面对类似的行为，我们的基本应对规则是：无论何时，只要有人向我们做出无益或可能造成伤害的行为时，我们都有两种选择：**做出反应**或**产生好奇心**。

如果我们做出反应，很可能会引发自己的恐惧，让恐惧占据主导地位，运行我们最擅长的恐惧脚本，从而使情况升级，也就是说要么反击，要么逃跑，要么沉默。

但是，当我们对不良行为产生强烈的好奇心，我们就有可能阻止恐惧的发生。如果我们选择好奇，选择面对自己的恐惧和他人的恐惧，我们就有可能对恐惧产生同情，进而有机会就恐惧展开对话。

我们周围的人无时无刻不在被恐惧操控。对恐惧的同情和好奇是我们的第一道防线。一旦我们看到这种恐惧，就会发现它往往见光死。有位客户是一家《财富》500 强公司的首席技术官（CTO），这家公司当时正在进行数字化转型，公司的 CEO 极其喜欢羞辱和指责别人。在他看来，一切都进展得不够快，每个人都是"白痴"（他的原话）。高管团队会议经常在大喊大叫中结束。任何质疑他行为的人都会遭到怒斥。他没有在用心领导，这是往客气里说。问题是他的想法都很有价值，只是表达方式既吓人又伤人。

通常情况下，我们鼓励客户通过勇敢的对话来解决冲突，但有时环境太恶劣，不适合这种直接沟通。为了解决这个问题，爱德华建议他的客户写一封充满同情的匿名信，大意是："你是我们这里最聪明的人。你的想法正是我们所需要的。但你现在被恐惧所驱使，如果你不解决这个问题，你会把大多数人都赶走的。"

CEO 第一次读这封信时，有可能非常气愤，但随着信的内容在他心中慢慢沉淀下来，这封信开始产生预期的影响。有时，在一个怀有敌意的环境中，需要用一种"出于无奈的360 度评估"给陷入恐惧反应循环的领导者泼一盆冷水。

在下一次高管团队会议上，当 CEO 举起那封信时，我们的客户屏住了呼吸。不过，CEO 说了几句为自己辩护的话后，感谢了寄信的人，并向团队承诺，他会找一位教练帮助自己改进。寄信事件大功告成。

不过，有时无论你怎么做，人们都很难放下恐惧。他们总是感到恐惧、委屈、压力过大或有其他类似的负面情绪。在这种情况下，你可能无法消除他们的恐惧，但你仍然可以选择如何应对。

知道对方是因为恐惧才攻击你或以某种方式伤害你，能帮助你的大脑避免触发你最容易出现的恐惧反应，从而防止情况恶化，这对每个人来说都是一件好事。

在识别恐惧驱动的行为方面，你不需要一夜之间就做到完美，但要努力逐步提高自己的能力。第一步是认识到，别人对你做出的几乎所有负面行为其实都是一种恐惧反应，要么是战斗反应，要么是逃跑反应，要么是冻结反应。

一旦你开始通过这种视角看待他人，你就会发现恐惧无处不在。有时候他们的恐惧是对你正在做的事情的反应，但大多数情况下不是如此。有了这种洞察力，你就可以选择如何做出更恰当的回应。

克服求助恐惧

在阻碍团队发展的众多恐惧中，害怕寻求帮助是最危险的一种，因此有必要在这里特别说一下。当人们觉得自己必须掌握所有问题的答案时，他们往往会把问题拖得太久，从而制造出更大的问题。领导者在组织内部解决这一问题的最好方法是以身作则，主动寻求帮助。

约翰对他的一位顶级 CEO 客户，姑且叫他尼尔吧，进行了一次特殊的辅导，这次辅导和其他辅导不一样。几乎一接通电话，约翰就能感觉到尼尔的状态不好。尼尔通常都很乐观，总是散发着正能量。约翰从来没见过尼尔这个样子。

尼尔讲了他在扩大公司规模方面的压力。他觉得自己肩负着向投资者交差的重任，因为投资者刚刚为他的公司提供了 2 亿多美元用于海外扩张。约翰和尼尔一起探讨尼尔的挫折和症结，发现尼尔在重大战略的决策上花的时间不够，而这些战略的决策将决定公司未来几年的发展轨迹。尼尔想在未来 18 个月内使公司上市，但他没有考虑全局，而是陷入了一些细枝末节的问题。

尼尔是公司的创始人，是一个天生的战略家，所以他认为制订战略计划是他应该能够独自完成的事情，但如今他对此也不确定了。"这是我第一次担任 CEO，在创业初期我知道做什么是对的，但公司扩大规模后我没做过战略计划。我有想法，但不知道什么才是对的那个。"

约翰问尼尔，是否知道有谁能帮他解决这些战略难题，但尼尔一开始有些抵触。难道 CEO 不应该通晓一切吗？如果我寻求帮助，在团队或董事会眼里，不会显得我很无能吗？

　　在商业世界中，害怕寻求帮助是一种非常普遍的现象。人们担心自己在同事眼中会显得糟糕或无能。但研究表明，事实恰恰相反。2015 年的一项研究表明，当处于领导地位的人请求帮助时，实际上在他人看来他们的能力**更强**了，与他们担心的正好相反。

　　与约翰交谈后，尼尔意识到，他希望团队中的其他成员能够更频繁地寻求帮助。他们都是非常出色的人，但没有充分利用彼此的资源。也许，如果他以身作则，就能向其他成员发出信号：寻求帮助不仅是可以的，而且是非常可取的。

　　他想了一会儿，然后提到了一位我们称之为吉姆的投资人，说他可以向吉姆寻求帮助。吉姆担任过 CEO，经验丰富、事业有成，经历过尼尔现在面临的许多挑战。随着讨论的深入，尼尔越发觉得这是个好主意。在剩下的时间里，他们讨论了尼尔想问吉姆的战略性问题。辅导结束时，尼尔说他已经下定决心，准备好向吉姆请教了。

　　几周后，尼尔向约翰汇报了和吉姆会面的情况。吉姆并不能回答尼尔的所有问题，但他给了他一些指导，告诉他现在和未来需要关注的关键问题。吉姆能够帮助尼尔更清晰地看待问题，让尼尔明白他应该把精力集中在哪里。

　　作为教练，我们经常鼓励客户在业务出现拐点时向导师寻求帮助。最近，我们为 DoorDash 公司的 CEO 徐迅联系了苹果公司的蒂姆·库克，库克在指导徐迅应对业务挑战方面给予了很大的帮助。

领导者陷入困境时，他们的第一反应往往是想自己找出解决办法。他们没有意识到的是，他们这样做是在向团队示范这种行为。害怕寻求帮助会传染，甚至会传染到整个组织。当你遇到困难时，谁是合适的求助对象？如果你有董事会，也许董事会成员可以提供帮助，或者他们能够推荐其他人。环顾四周，你一定会找到曾经成功应对过类似挑战的人。寻求帮助可以显示出你的力量和谦逊，为团队树立一个完美的榜样。

克丽丝、安德烈和路易斯后来怎么样了

人们常常问我们对领导者进行辅导的实际效果。辅导带来变化了吗？哪些事情发生了变化？变化有没有持续下去？

克丽丝： 克丽丝在领导能力方面取得了很大的进步，开始摆脱她的完美主义行为。现在产品能按时发货。她认为，消除障碍和改变行为的主要措施有两个，一是聘请了首席运营官，二是她与团队一起围绕她的恐惧采取了"停止哪些行为，开始哪些行为，继续哪些行为"的做法。两年后，她的公司上市了。

安德烈： 在辅导初期，安德烈取得了不错的进步。他的小组会议中出现了更多健康的辩论和建设性的冲突，新的基

本规则帮助小组更快地做出关键决定。但这种情况只持续了四五个月，然后安德烈又回到他以前的行为模式。团队成员的挫败感越来越强，关于离职的议论也越来越多。最糟糕的事情是安德烈无法开除一位长期以来表现不佳的高管，因为这位高管是他的好友。

辅导结束一年后，董事会聘请了一位新的 CEO，而安德烈成为董事会成员。安德烈非常需要别人的认可，而且厌恶冲突，这使得他越来越难以胜任制定决策和扩大公司规模的工作。虽然他在行为方面的变化没能持续下去，但辅导过程确实帮助安德烈接受了职务上的转变，让安德烈支持公司聘请一位更果断和更有行动力的领导者。

路易斯： 一旦路易斯接受了自己的恐惧，他就开始继续成长和学习。他的行为并没有在一夜之间改变，但随着公司的发展，他能够信任他的团队，并赋予员工更多的权力。他认识到，自己并不需要每次都当一群人中最聪明的那个。他认为，帮助他卸下盔甲、袒露自己恐惧的最重要方法是讲述自己的故事。路易斯的公司获得了巨大的成功，最后他以九位数的高价卖掉了公司。此后他又创办了第二家公司，许多原来的员工也追随他加入了第二家公司。

我们希望你阅读本章后，能够对那些可能阻碍你成为领导者的恐惧有所了解。一旦确定了你的恐惧，就可以准确描述你的恐惧，进而向别人说出你的恐惧，制订一个计划，你就能讲述你的故事，成长为一名领导者。当你停下来问问是什么恐惧激发了他人的行为时，有时你就能化解他人的恐惧。恐惧是可怕的，但直面恐惧的领导者更有可能做出持久的改变。

第 2 章要点

- 恐惧是一件很自然的事情，所有领导者都会经历恐惧。
- 所有恐惧的背后都是深层次的潜在情绪和未被满足的需求，发掘这些情绪对理解是什么阻碍你成为真正的领导者至关重要。
- 并非所有的恐惧都是坏事，在你的团队中找到恐惧的平衡点，可以帮助你最大限度地提高自己和组织的绩效。
- 了解战斗、逃跑和冻结模式及其相应的原型有助于理解和管理你的恐惧。
- 完美主义者、讨好主义者和冒牌者是领导者的常见原型；确定你的原型有助于你制定策略来管理自己的恐惧和团队的恐惧。
- 准确描述自己的恐惧、接受恐惧和向他人讲出自己的故事是帮助领导者管理恐惧的重要方法。
- 讲故事是使组织中的恐惧正常化的有效方法。向他人说出自己的故事是拥抱恐惧、与他人就恐惧展开对话的有力一步。

- 他人对我们做出的大多数无益或造成伤害的行为都是由恐惧引起的。当我们对伤害我们的行为产生好奇心并试图看到其背后的恐惧时，我们就更有可能解决冲突，不会让自己陷入恐惧之中。

用来开启对话的问题：

1. 当你感到有压力或遇到冲突时，你的恐惧反应是什么？你是更容易被惹恼，开始跟人争论，还是安静下来假装什么事都没发生，还是干脆离开这种环境？

2. 你觉得你跟哪位CEO的故事有最多的相似之处，为什么？你是否对多个故事中的某些部分有共鸣？

3. 在过去六个月中，你的恐惧反应对你或公司产生了什么样的不利影响？

4. 为了找出你恐惧反应的根源，你想与心理咨询师或教练探讨哪些更深层次的问题或过去的事情？

5. 哪些问题或他人的干预能把你从恐惧反应的边缘拉回来？

6. 你的团队成员最害怕什么？在引发团队恐惧的过程中，你扮演了什么角色？你怎样才能改变这一点呢？

7. 想想你有时在工作中（或家里）与之发生冲突的人。他们可能有什么恐惧反应？你可以做些什么或说些什么，使自己充满同情心地应对他们的恐惧，而不是让自己也陷入恐惧反应中？

| 第 3 章 |

哪些欲求是你的驱动力，其中哪些欲求会让你偏离轨道

爱能让我们做正确的事。爱会让我们做错误的事。
——THE REVEREND AL GREEN 乐队

在他的巅峰时期，他的名字是坚韧、敬业和胜利的代名词。他是有史以来获得奖项最多的运动员之一，在他所从事的运动项目中绝对首屈一指。他的个人形象就是不断挑战极限、努力工作、永不放弃。

他的训练方法堪称传奇，每天训练时间长达八小时，举重、跑步、骑自行车，还做任何能够提高他有氧阈值的运动。所谓有氧阈值，是指人体停止使用氧气和食物来产生能量，转而进入无氧过程燃烧体内储存糖原的那个极限点。推迟进

入无氧过程的时间越长，耐力就越强。

科学家们邀请他到大学实验室来研究他，好像他是外星人一样。他在实验室的跑步机上跑步，前胸和后背上挂满电极，随着他的跑动晃来晃去，那些穿着实验室白大褂的男女科学家们对着仪器指指点点，但大多数时候他们都在惊讶地挠头。他的身体怎么能如此高效地利用氧气？他怎么能如此迅速地将食物转化为能量？他怎么能在对手眉头紧皱、痛苦不堪的时候，那么轻松自如地取得胜利？他怎么能那么快从癌症中恢复过来，重新夺得桂冠？

的确，他似乎是个超人。当有人问他成功的秘诀是什么，他会坦率地说："很简单。成功来自比别人更努力，比别人生活得更健康，比别人钻研得更深入。"

比别人更努力，比别人生活得更健康，比别人钻研得更深入，这是多么鼓舞人心的话。

然而，就在他在万众瞩目中风光了十多年之后，就在几乎所有美国人，从奥普拉到约翰·克里，都戴过他的黄手环之后，就在他的粉丝们为他的基金会捐赠了超过 5 亿美元以支持癌症幸存者之后，就在他与贝比、阿里、老虎伍兹和乔丹等驰名天下的体育传奇人物一起被人们津津乐道之后，人们发现兰斯，这位得克萨斯州奥斯汀人的骄傲，一直在作弊。

不是他年龄渐长以后才作弊。

不是为了帮助他从睾丸癌中康复才作弊。

而是一直在作弊。

就这样，兰斯·阿姆斯特朗从世界上最受尊敬的运动员变成了最受诟病的运动员。事发之后，他失去了他的头衔、他的赞助、他的妻子和他的名誉。他还败坏了整个竞技自行车运动的声誉，毁掉了许多队友的生活，这不仅是因为这件争议性事件的余波，还因为他在事发之前的辱骂行为。

但是为什么呢？兰斯·阿姆斯特朗，这位有史以来最伟大的自行车运动员，这位有氧运动的完美人类范本，为什么要作弊？是什么驱使一个人背叛整个世界的信任？

读一下关于他的文章，就会发现答案很明显："我想赢得环法自行车赛。赢了一次之后，我就想再赢一次，再赢一次，再赢一次。我想一直赢下去。"他就是想一而再、再而三地赢。最终，他对胜利的渴望变得如此强烈，强烈到压倒了他的道德感、对车迷的责任感，以及对车队和竞争对手在公平和体育精神方面所负有的道德义务。

兰斯·阿姆斯特朗对自行车运动和前队友的负面影响不容低估，尤其是考虑到他作弊事件败露后，他依然过着优越的生活这一事实。即使在支付罚金并被剥夺冠军头衔后，他也仍然拥有约 5000 万美元的净资产，而他的许多前队友，也就是他不负责任行为的受害者，已经变得一贫如洗。

人类自然而健康的欲求——获胜、成长、助人、创作、被爱和被钦佩——可以推动我们去做伟大而令人钦佩的事情。

但如果走向极端，这些欲求也会变得不够健康，把我们变成阴暗的人，变成破坏关系、言语伤人、把组织和事业推向低谷的人。

用心领导的领导者会学习如何控制自己的欲求，善用有益的欲求，调节不太健康和无益的欲求，以确保他们不会因为负面行为而误入歧途，或者把团队带入歧途。

本章将通过生动的故事、练习和问题，帮助你更加深入地洞察自己欲求的本质，并为你提供与团队对话的工具，让你了解他们内心深处的欲求。在本书的所有章节中，这一章讲述的领导者失去人心的故事最具有警示性。为什么？因为满足人类的基本欲求，做那些短期内感觉良好的事情，正是让我们误入歧途且在长期内让我们偏离轨道的原因。

什么是欲求

如果把 100 个人聚集在一个房间里，询问他们内心最深处的欲求是什么，我们很可能会得到一些天马行空、五花八门的答案。没有两个人的核心欲求是相同的。但是，要撰写一个与欲求相关的章节，我们确实需要缩小范围，谈谈我们所发现的，以及相关研究所发现的最重要的欲求。

自古以来，哲学家和学者就试图将人类行为的核心驱动力提炼成几个独立的主题。亚里士多德和其他希腊哲学家认为，我们的核心欲求可以分为两类：身体的欲求（食物、水、睡眠）和头脑的欲求（好奇心、道德感和归属感）。到了 19 世纪，弗洛伊德认为所有的动机都归结为一件事：性。在 20 世纪，号称享乐主义者的人认为，人类的所有行为都可以解释为寻求快乐或逃避痛苦。

用一两个令人印象深刻的说法来解释人类的所有行为固然很好，但最近的研究表明，人类的行为要比这复杂得多。当我们试图深入探究特定个体的行为动机时，如果过于简化，就有可能得出大错特错的结果。我们的核心欲求和驱动力要比身体与头脑、快乐与痛苦、性与禁欲的说法有更为细微的差别。

21 世纪初，为了加深我们对人类驱动力的了解，心理学家史蒂文·赖斯（Steven Reiss）对四大洲的 6000 多人进行了一项广泛的研究。他和他的团队发现，驱动我们的有 16 种不同的欲求，而不是只有两三种核心驱动力。

其中很多种欲求，比如食物、美感和锻炼，我们把它们归为需求类。一方面，在我们的框架中，需求是指我们必须拥有的东西，只有拥有了这些东西，我们才能感到自己有十足的精力、韧性和意愿把工作做到最好。另一方面，欲求是我们内心的东西，它们能激励我们把工作做到最好。如果说满足我们的需求就像给汽车做保养和加油，那么欲求则可以说是踩下油门或刹车。两者之间的区别很微妙，也很重要。

根据我们的目的，我们将探讨赖斯和他的团队所概述的五组欲求，这些欲求在我们的客户和他们所在的公司中比较活跃：

- **接纳、爱和归属感。** 我们都希望得到接纳和爱。这些欲求促使我们宽容友善、接纳他人、与同事友好相处。这些欲求也会让我们偏离轨道，让我们去取悦他人，缺乏安全感，或沉溺于满足自己的欲求。

- **竞争、不满和报复。** "赢"是人类最基本的欲求之一，正是它让游戏充满刺激感。它激励我们精通某一方面的知识或技艺。然而，不惜一切代价赢得胜利，或者想惩罚那些比我们强的人，都会把我们最坏的一面带出来。

- **好奇心、学习和多样性。** 当我们拥有成长型思维时，我们会认为自己有无限的可能……没有什么是我们学不会的，没有什么技能是我们发展不了的，没有什么问题是我们解决不了的。但如果这种欲求发展到极端，就会导致过分自省和完美主义，出现分析瘫痪现象，要么不采取行动，要么采取过多没有目的的行动。

- **权力、地位和认可。** 总得有人来做领导者……这就是我们写这本书的原因。被认可也是一种动力。但是，当领导行为更多的是为了领导者而不是被领导者时，

我们就会陷入争权夺利、追求地位和其他不健康的
行为。

- **服务他人、正义。**虽然我们还有很长的路要走，但如
  果之前没有人设法废除奴隶制、支持妇女获得选举权
  或结束泛滥的空气污染和水污染，我们现在会处于什
  么状况？不过，当我们变得自以为是或出现自毁行为
  时，服务他人和正义的欲求就会偏离轨道。我们不必
  以服务他人的名义牺牲自己或自己的人际关系。

从表 3-1 中的行为可以看出，欲求是在激励我们还是在误
导我们。

表 3-1　激励我们或误导我们的行为

欲求	激励行为	误导行为
接纳、爱和归属感	<ul><li>妥善回应反馈意见</li><li>表达感激之情</li><li>表现出慷慨的精神</li><li>表现出健康的性界限</li><li>关注团队</li></ul>	<ul><li>不断寻求反馈和信任</li><li>囤积信息或预算</li><li>表现出不健康的性界限</li><li>关注自我</li></ul>
竞争、不满和报复	<ul><li>追求卓越</li><li>拥有追求卓越的内在动力</li><li>注重效率</li><li>创造和创新</li></ul>	<ul><li>易怒，喜欢批评</li><li>决策时道德感模糊</li><li>过分关注竞争对手</li></ul>
好奇心、学习和多样性	<ul><li>下放决策权</li><li>对新想法持开放态度</li><li>创造和创新</li></ul>	<ul><li>不能下放决策权</li><li>在创意方面呈混乱状态</li><li>系统性犹豫不决</li></ul>

（续）

欲求	激励行为	误导行为
权力、地位和认可	<ul><li>集中精力完成任务</li><li>提供指导和辅导</li><li>乐于亲自动手</li><li>对团队提要求时体现出尊重</li></ul>	<ul><li>注重头衔和福利</li><li>发号施令，过度授权</li><li>表现得好像"凌驾于"某些任务之上</li><li>对团队提出不合理的要求</li></ul>
服务他人、正义	<ul><li>使用包容性语言</li><li>对对话持开放态度</li><li>拥抱科学和数据</li></ul>	<ul><li>使用排斥性语言</li><li>更注重正确和错误，而不是做正确的事</li><li>拥抱边缘理论</li></ul>

这份人类欲求清单详尽吗？一点也不。它存在的意义也不是罗列事项。也许你有一个坚定不移的欲求，想要独自生活，收集漫画书、老爷车或漂流木碎片。这很酷，但我们在此并不想讨论人类可能具有的每一个欲求。相反，根据我们的经验，我们努力将清单简化为那些促使领导者做好领导工作或完全让他们偏离轨道的欲求。

读下面这些故事时，请问问自己：这些故事在哪些方面适用于我或我的团队？

接纳、爱和归属感

"我只想有人爱我。这有错吗？"如果你年龄稍大一点，还记得 20 世纪 80 年代末的《周六夜现场》，你肯定会记得艾尔·弗兰肯在节目中塑造的角色斯图尔特·斯莫利，他对着镜子唠叨一些自我肯定的话，乞求有人爱他。

我们都希望得到接纳和爱。问题是，为了追求这种接纳和爱，我们愿意付出多大的代价？我们在不知不觉中做了什么，使得接纳和爱成了我们无法企及的东西？或者，作为领导者，我们需要做些什么才能让同事感到被接纳和被包容？

我们对接纳、爱和归属感的欲求刻在我们的生物基因里。人类是具有社会性的。在建造大城市之前，我们的祖先以部落的形式聚集在一起。对一个年轻人来说，生活在遍地是狼、熊或美洲虎的森林里，被部落接纳是一件生死攸关的事情。只有通过共同努力，我们才能具备生存的许多基本要素。只有一起努力，我们才能创造文化，感受到爱，一起打胜仗。

在当今世界，对我们大多数人来说，与同事一起构成的群体，是最接近部落的一种形式。研究发现，最成功的公司都是那些能让员工产生忠诚感、友爱感，甚至是崇拜感的公司。当人们对自己所信任的"部落"有归属感和被接纳感，他们就会更加努力地工作。当他们在"部落"中无法获得良好的人际关系，"部落"的包容性较低，他们就会离开。

想想你的公司或团队。无论你是 CEO 还是前台接待员，你都知道自己所在的工作环境是不是具有包容性。如果你不确定，那就请留意。关键决策是不是关起门来做的？是否只关注必须完成的工作，不关注大背景下的来龙去脉以及事情发生的原因？我们稍后会更多地讨论目标问题，但这里需要知道的是，对目标、背景和成功之路的清晰理解会让人们有参与感。

包容性值得努力追求

包容性文化不仅更公平，而且会给公司带来理想的业务成果。里克是一家即将上市的媒体公司的 CEO，他对我们说，他有一个表现非常出色的高管团队，但在副总经理一级却遇到了他所说的"执行质量不高"的问题。不过和很多公司的情况一样，这仅仅是故事的开始。

高管团队由最高管理层和几位顾问组成，他们之间的关系极其密切，彼此非常信任。高管团队里很多人都是"公司的元老级人物"，也就是说，他们从公司成立之初就一直在这里工作。他们定期举行高质量的会议，进行健康、严谨的辩论，通常都能制定出雄心勃勃的战略决策。我们为自己的教练工作感到非常自豪，因为正是我们的工作让他们走到了这一步。

但是，在公司整体的文化和参与度调查中，我们发现了一个问题。尽管高管团队说副总经理一级执行力不强，但高级主管和副总经理们普遍对最高管理层与他们沟通不足表示不满。虽然最高管理层做出了正确的决定，但做决定的过程没有把副总经理一级包含在内。拥有二十年行业经验的副总经理们接到的都是命令，而不是让他们去解决有意思的问题。

用数字营销副总经理的话说："我来公司不是为了干这个的，我觉得自己像个快餐厨师，而不是受人尊重的、有想法的合作伙伴。"

包容性不高体现为多种形式。在一些公司，有没有觉得被包容是因为种族或文化的原因。而在这家公司则是因为在职时间长短的原因，在职时间越长，公司对你的包容性就越高。从某种意义上来说，这是有道理的。信任是随着时间的推移而建立起来的。经历了早期的不确定性、濒临破产的徘徊并仍然坚持了下来，这样的经历将人们紧密地团结在一起。

但在不知不觉中，这些元老们组成的高管团队囤积了信息和决策权，使公司的下一级领导者缺乏必要的情境信息和授权。这不仅会引起不满情绪，还往往会导致业务成果不尽如人意。副总经理和主管通常更了解实际工作，他们了解客户，能看到业务瓶颈和挑战所在。如果高管团队不让这些下一级领导者参与决策，那么高管团队可能对企业的许多实际情况一无所知。

这些二级领导者中的许多人往往也是因为他们的专长、人脉或通晓发展流程的知识而被花大价钱从其他好公司挖来的人，他们原本表现都非常出色。然而，来到新公司后他们却常常沦为没有权力的中层管理者。

里克与约翰一起研究这些数据，里克意识到有些事情需要改变。他把大部分时间都花在与高管团队成员发展关系上，没有意识到公司里有几十位高素质和高收入的领导者感到备受冷落。

约翰和我们另一位教练开始了一项长达数周的工作，记录副总经理们未说出口的不满、沮丧和被排斥的感觉。他们采访了公司的这些副总经理们，也采访了最高管理层，一字不差地记录了一些有代表性的话。

在纳帕山谷的一个静修中心，最高管理层和副总经理们花了几天的时间浏览数据，一起对话，以消除大家之前的不满。一旦这个话题被提出来，好像每个人都感到了前所未有的放松。未说出口的内耗终于被摆上了台面，二级领导者知道自己并不孤单，终于可以自由自在地分享自己的感受了。

像这样的高管团队包容性不高的行为，往往是出于一个常见但无益的想法：如果我们自己做会更容易。正如我们所提到的，许多快速成长型初创公司的高管团队都是由长期共事的人员组成的。他们彼此非常信任，形成了自己的语言体系和一个内部的小圈子。

他们也很忙，委派任务需要花费时间，况且完成任务的质量也不确定好不好。要想让下级取得理想的结果，就必须给下级提供充分的情境信息，给予指导和支持，并让他们做出最终决定。如果费了这么多心血，下级最终做出了错误的决定怎么办？当答案看似显而易见时，高管往往会觉得不值得费那么多力气。

但随着时间的推移，缺乏授权和包容性不高的问题会侵蚀运营杠杆，造成整个组织里都是执行决策的人，没有几个是做决策的人。从本质上说，有决策权的人太少。如果高管们让下一级领导者参与决策，后者就会学到"什么是好的决策"，在两者的合作下，公司很快就能做出更好的决策，优于在没有后者参与的情况下高管们单独做的决策。

这次活动后，公司决定努力推进包容性更高的流程和行为。高管团队明确了他们应该做哪些决策（即影响未来三四个季度的决策，不是那些只影响三四周的决策），并开始将其他决策权下放给他们的副总经理。

虽然这些变化在一开始造成了很多焦虑和不确定，但长期的结果堪称奇迹。几个月后，办公室的气氛开始发生变化。员工会议上涌现了更多有创意的想法。大家开始承担更大的风险。同事们之间也产生了那种他们所渴望的愉快的志同道合感。

用心领导需要退后一步，拓宽视野，对表面下发生的事情充满好奇。我们常常根据近期内最亲近的人觉得最有效的方法来做决定。但我们都知道，捷径很少能产生最好的结果。一开始，提高包容性可能会让人感觉效率变低，但最终真正的发展正来自包容性的提高。

关于如何在团队中开展与包容性相关的对话，这里有一些建议：

- 你的团队在哪些方面会排斥别人，或让别人感到被排斥？
- 你的公司是否有一个内部的小圈子做所有决定？
- 如果你的团队采用包容性更高的流程，情况会有什么不同？

他们想要另一个问题的答案

爱德华喜欢在辅导时带客户出去散步。走动有助于产生新的想法。尼采曾经说过："所有真正伟大的思想都是在散步时产生的。"

一次辅导散步时，一家快速发展的医疗保健初创公司的首席产品官埃米告诉爱德华，他们招聘 CTO 的进展极其缓慢，给她的团队造成了不小的混乱。每天都有人问她一些她根本不知道答案的问题：他们什么时候能招到人？技术团队的组成会有什么变化？谁将是技术团队 X 项目的新联络人？我们什么时候能推进 Y 项目？

这么多该问的问题，但当埃米向 CEO 或 COO 提出这些问题时，他们总是告诉她说："不清楚。对不起。我们知道更多情况后会告诉你。"

在初创公司工作的乐趣之一，是你要不断地做以前从未做过的事情，不断创建新的事物；而在初创公司工作最困难的事情之一，也是你要不断地做以前从未做过的事情，不断创建新的事物。所有这些新的尝试都会带来不确定性和模糊性。

长期以来，适应模糊性一直被视为高管成功的关键，尤其是在当今快速发展的初创公司环境中，几乎所有事情都可能瞬息万变。但在埃米的案例中，她所面对的中层经理们还没有发展出这种技能，她也不可能在几周内就培养他们掌握这种技能。然而，她越把高层那种"我们知道更多情况后会告诉你"的答复传递给她的团队，他们就越焦虑和困惑。

这时爱德华问她："如果他们想要的是另一个问题的答案呢？"

埃米茫然地看着爱德华，沉思了片刻，说："你这是什么意思？"

"如果他们想要的是另一个问题的答案呢？你花了这么多力气打听他们想知道的消息，但如果他们并不是真的想弄清楚这个问题，而是想弄清楚一个更深层次的问题呢？"

她眨了几下眼睛，两人继续往前走。爱德华的话让这个问题变得深入起来。

几分钟后，埃米问道："他们能问什么问题呢？他们为什么不直接说出来呢？"

人类有许多有趣的地方，其中之一就是我们常常不能完全意识到驱动我们行为的情感过程或欲求。当我们拿起手机浏览社交媒体或交友软件时，我们说自己只是无聊，但我们更多时候是在寻求认同。当我们打开冰箱找巧克力冰激凌时，我们说自己饿了，其实我们真正感受到的是孤独。如果这么说有点刺痛你，请原谅。

有时候，当我们在工作中要求知道明确的信息时，我们实际上是在寻求一种保证，即我们仍然属于这里，我们是安全的。埃米的团队真正想要的，是确保技术团队的人事变动不会对他们的工作产生负面影响，或者如果有负面影响，她会支持他们。他们想知道她会为他们而战，因为对她而言，他们是这个"部落"的重要成员。

这时，她停住了脚步，双手捂着额头，惊呼道："等等，什么？确实是这样啊！"

她现在能把这一切都看清楚了。所有关于另一个团队招聘进程的过于具体的问题，其实真正的意思是："对我来说会有什么变化？"

这看起来很简单，但在当时，我们往往会被对方的问题带偏。有人问了一个具体的问题，我们就试图找到一个具体的答案。但当问题的答案并不存在时，我们就应该试着深入探究，确定他们是否真的想要另一个问题的答案。

督促自己养成习惯，总是看得更深入一些：

1. 你上一次被对方的问题带偏，没有深入了解人们真正的要求，是什么时候？

2. 如果你牢记，当人们询问业务变化的具体细节时，他们其实是在询问自己的归属，那么你和你的团队会发生什么变化？

混淆包容与共识会造成官僚主义

值得重申的是，让人们感到被包容是用心领导的核心原则之一。有效的领导者会展示并奖励整个企业的包容行为。为什么要这样做？第一，这样做是正确的；第二，这样做对业务也有好处。

德勤（Deloitte）的数据显示，相对包容性低的公司来说，包容性高的公司的人均现金流是前者的 2.3 倍。高德纳（Gartner）的研究表明，包容性高的团队的绩效最高可提高 30%。波士顿咨询公司的研究发现，如果公司的管理团队在多元化和包容性方面的程度较高，那么它们的收入比那些多元化和包容性程度较低的公司要高出 19%。

作家兼人际关系专家埃丝特·佩瑞尔（Esther Perel）说，在对工作场所多样性的理解中，需要增加人际关系风格的多样性："在每个群体中，都会有人抓住机会滔滔不绝，也会有人有同样重要的话要说，但他们更尊敬他人、害羞、更倾向于完美主义、不自信，或者来自一个让别人先说的文化。有这样的差别完全正常。所有这些差别都造就了一个健康的群体。重要的是，领导者要指出这种差别并使之正常化。"

然而，尽管高包容性确实有很多好处，但如果没有经过深思熟虑的计划和执行，它也会产生负面结果。我们以一个客户的案例研究为例。

斯泰西是一个 DCT（direct to consumer，直接面对消费者）的热门护肤品牌的 CEO 和创始人。自公司成立以来，她在招聘和管理实践中一直注意将多元化和包容性放在首位，并因此营造了积极的公司文化，取得了优秀的业务成果。我们上次跟她交谈的时候，她正在争取大型传统品牌的各种收购要约。如今这家公司生意兴隆，但之前并非一直一帆风顺。

和斯泰西第一次见面时，她正经历着公司在扩张规模时遇到的典型困难（很多客户也是为此来找我们的）：缺乏明确的角色定位、虚线汇报结构混乱、30 人会议效率低下。坦率地说，这些问题在大多数公司都很常见，但在与我们合作的许多快速发展的初创公司中，这些问题尤为突出。

第一次跟爱德华坐下来交谈，斯泰西就明确说出了自己面临的问题："我们的员工人数是两年前的三倍，但感觉我们的工作速度只有两年前的一半。会议太多，审批层级太多。我们公司太年轻了，不应该这么官僚。"

如果你学过数学或数据科学，你就会知道，一个系统中每增加一个"节点"，其复杂性就会呈指数级上升。在任何一个由 n 人组成的群体（比如你的公司）中，可能存在的关系数量为 $n \times (n-1)/2$。因此，一个有 4 名员工的公司有 6 种可能的关系，一个有 8 名员工的公司则有 28 种可能的关系，而一个有 16 名员工的团队则有 120 种可能的关系，以此类推。CEO 尽力设计组织来抵消这种复杂性，但结果往往会造成官僚主义。

在美国反对官僚主义的斗争中，官僚主义似乎占了上风。根据《哈佛商业评论》的数据，自 1983 年以来，在美国职场中经理、主管和行政人员的数量增加了一倍多，而所有职位的人数加起来仅增加了 44%。员工们能感受到这一变化。在最近一项研究中，三分之二的员工表示，近年来他们公司的官僚主义问题并没有缓解，而是更加严重了。

当然，斯泰西的问题有一部分是结构性的，是由人数太多和组织设计造成的。但另一个原因是，她和她的领导混淆了包容与共识的概念。

在实践中，这种混淆体现为多种形式。首先，工作流程中会有太多专门的步骤和审批层级，以便让每个有意见的人都"感觉自己的意见被听到了"。每个额外的步骤或审批层级都可能成为重大项目的瓶颈，导致项目停滞不前。混淆包容和共识也会导致几十个没有足够理由参加会议的人"想参加会议"。

当爱德华第一次提出斯泰西可能混淆了这两个概念时，她大吃一惊："我们的核心价值观之一就是包容，爱德华，我不明白，如果不让人参与进来，怎么能做到包容。"

　　领导者必须非常清楚自己的价值观在实践中的含义。透明可能与没有隐私混为一谈。诚实可能与过度分享混为一谈。包容可能与共识混为一谈。

　　随着讨论的深入，斯泰西开始明白爱德华的想法。他们发现，问题的根源在于斯泰西让公司的每个人决定包容对他们意味着什么，而不是领导层告诉团队，包容对公司意味着什么。

　　健康的包容意味着，如果有人有真正有价值的观点，我们要确保主动邀请他们发表意见。包容性领导意味着在对话中为比较微弱的声音、传统上被剥夺权力的人以及代表性不足的人留出空间。在讨论特别困难的话题时，埃丝特·佩瑞尔建议分发便签，让人们在便签上写下自己的想法，这样能确保不遗漏那些较微弱的声音。

　　不过，包容性领导并不意味着要为每一个想在大家面前发言或者别出心裁地想掌控话语权的人留出空间。就像那句古老的格言所说的那样，有时候会议会发展到"什么都说了，但不是每个人都能说上话"的境地。

　　斯泰西面临的挑战是，她需要通过清晰的角色定位练习以及重新定义工作流程，明确每项决策应该有多少人参与，不要让一些人因为想提供意见而把事情搞得过于复杂。同时，她还必须确保那些能贡献有价值的观点的人不会被有意或无意地排除在他们应该参与的对话或决策之外。

对斯泰西和她的团队来说，实现这一转变非常困难。在这一过程中，斯泰西需要与很多人进行艰难的对话，告诉他们，公司很重视他们的观点，但是某些工作流程并不需要他们参与。她从各种会议邀请中删除了几十个人，同时注意保持各种声音的多样性，确保合适的人都来参加会议。她还制定了新的异步信息共享流程，这样就不会再有人说风凉话："这次会议本来写封邮件就能搞定的。"

斯泰西在做这些改变的同时，仍然坚持她在包容性方面的价值观。她努力帮助团队理解，她实施变革是为了提高工作速度和灵活性，不是为了平息异议。她仍然希望进行严谨的辩论，集思广益，但不能以牺牲工作进度和业务为代价。

进行关于包容和共识的对话并不难：

- 你的组织在哪些方面混淆了包容和共识？
- 如何在降低复杂性和官僚主义的同时确保听到不同的声音？
- 哪些流程经过的人手太多？哪些会议人数太多？
- 怎样才能就此话题展开讨论？

竞争、不满和报复

纵观历史，竞争一直是创新和卓越的核心驱动力。如果不是尼基塔·赫鲁晓夫领导下的苏联似乎已经领先一步，约翰·肯尼迪绝不会承诺在 20 世纪 60 年代末之前把人类送上月球。如果没有拉里·伯德的不断嘲讽，篮球巨星魔术师约翰逊也不会有那么神奇的篮球绝技。如果不是三星那则 2015 年的广告，里面的三星 Galaxy S5 在掉进水槽、饮料和马桶……后还能接着使用，苹果手机可能现在还没有防水功能。

竞争也会带出我们最糟糕的一面。研究表明，竞争会大大提高原本道德高尚的人做出不道德行为的可能性。这就使得竞争成为领导者激励团队的一个非常强大但又具有潜在危险性的工具。

本节将通过几个故事来探讨如何就获胜欲求展开对话，从而达到激励团队的目的。当一切都岌岌可危时，人们就会发挥创造力，找到尚未开发的能量储备。在成者为王的商业类型中经常出现这种情况。我们还将深入探讨几个过度竞争的警示性故事，并讨论领导者如何确定适当竞争和过度竞争的界限。

苹果与……整个世界

随你怎么说史蒂夫·乔布斯，但是在鼓励企业竞争这一方面，很少有领导者比他更厉害。从 1984 年超级碗期间那则力图打破 IBM 计算机垄断地位的经典广告，到今天与谷歌和三星为智能手机的市场份额进行持续的角力，苹果是与竞争对手展开较量最多的公司。在谷歌上搜索"苹果的竞争对手"，你会搜索到苹果与 IBM、苹果与微软、苹果与戴尔、苹果与 Facebook、苹果与 Adobe、苹果与三星、苹果与谷歌以及与许许多多其他公司的故事。

这背后是有原因的。管理学大师汤姆·彼得斯（Tom Peters）曾说："乔布斯可能是我这辈子见过的竞争意识最强的人。"据说因为幼年被收养的经历，乔布斯一直觉得自己要证明些什么。乔布斯的大学同学、苹果公司第 12 号员工戴维·科特基回忆道："史蒂夫一生都背负着这个想法，他没有安全感，总是想方设法取得进步，力图证明自己的存在。"

与成功的创始人合作时，我们发现他们中的许多人也觉得自己"需要证明一些东西"。事实上，最好的团队往往是由有类似心理欲求的人组成的。一位 CEO 告诉我们，这是他在招聘时最看重的一点："我要找的是那些没有科班背景的人。他们内心有一种更为自然的冲动，想证明所有的反对者都是错的。"

这种"证明他们都错了"的竞争动力，或许是乔布斯灌输给苹果公司的最重要的文化元素之一，这种文化一直延续到今天。在苹果公司，竞争从来不是通过模仿或"跟上竞争对手"来直接竞争。乔布斯希望走在前面，遥遥领先。乔布斯在 20 世纪 90 年代曾说："你不能看着竞争对手说你要做得更好，你必须看着竞争对手说，你要做与他们不一样的东西。"

今天，如果你与苹果公司的员工谈一谈，你会发现他们与竞争对手的关系几乎没有什么变化。"实际上，我们不会去观察竞争对手在某一领域做什么，也不会去模仿他们。我们把注意力放在钻研新领域上。"一位因苹果公司的保密文化而要求匿名的产品经理说。

苹果公司的员工极其专注于从创新和客户满意度的角度保持领先地位，他们很少耗费精力去想 Facebook、谷歌或三星在做什么。尽管苹果公司是世界上最有价值的公司，但苹果公司的员工仍然保持着叛逆者的神秘感，把整个世界的追赶者都遥遥甩在后面。

就如何善用竞争压力的话题展开对话时，可以参考以下问题：

- 无论你在哪个公司，或处于哪个行业，你如何从驱动力的角度来看待竞争？
- 你会聘用并奖励那些有健康的心理欲求的人吗？
- 你是否注重创新？或者你是否过于关注竞争对手，并试图跟上他们的步伐？

劳尔与传言的赛跑

西蒙·斯涅克（Simon Sinek）借鉴了学者詹姆斯·P. 卡斯（James P. Carse）《有限与无限的游戏》（*Finite and Infinite*

Games）一书中的观点，认为应将商业视为一场无限的游戏，而不是一场有限的游戏。在体育运动中，比赛或游戏结束时通常会有明确的赢家和输家，但商业与体育运动不同，在商业中，你只是暂时获胜，可能明天突然就有人胜你一筹。

有些公司领导者认为，游戏永远不会真正结束，他们总能再试一次，这是让他们感到莫大的安慰的一点。另外一些领导者则痛恨事情没有明确的终点。我们有一位客户就无法忍受创业领域的模糊不清。他叫劳尔，在进入科技行业之前有一段成功的政治生涯，在从政过程中，他养成了保罗·班扬⊖和他身边的蓝牛合二为一型的职业道德。

劳尔从来不清楚自己在这个新生的产品类别中是领先还是落后，这让他一点也没有信心。比如有人说，新的竞争对手出现了，或现有竞争对手正在开发新的功能，他都会听风是雨，然后惊慌失措地给 CTO 打电话。更糟糕的是，他会联系个别工程师，指示他们放弃正在进行的工作，在产品中加入类似的新功能。

不用说，给劳尔做 360 度评估时，我们从他的团队成员那里收上来的反馈不是很好。他们非但没有被激烈的竞争环境激励，反而被不断的打击彻底击败。有意义的竞争可以让人集中精力，提高绩效。但是由谣言和偏执助长的反复无常

⊖　保罗·班扬是美国民间传说中的伐木巨人，力大无穷，伐木像割草一样快，身边常常伴有一头名叫贝贝的巨大蓝牛。——译者注

的领导力，会让团队因缺乏专注和不断调整优先次序而变得焦头烂额。

约翰问劳尔，他是否能看到自己的慌乱和"严密防护"式的领导风格对团队造成了怎样的影响，劳尔起初有些愤愤不平："约翰，我们只有一次机会来做好这件事。竞争一天比一天激烈。我不明白，为什么只有我有紧迫感，只有我能看清楚！"

这就是原因所在了。"只有我能看清楚！"有一点点偏执是健康的——只要问问硅谷任何一位成功的 CEO 就知道了。是的，这是一个竞争激烈的世界。是的，有人想超过你。是的，你需要时刻保持警惕，预判竞争对手的行动。但是如果走极端，过度关注竞争对手，就会成为阻碍领导者看清事物的关键盲点之一。

劳尔不是以客户为中心，不是以产品为导向，而是沉迷于竞争。他非但没有取悦客户，反而在打造一个对客户越来越没有意义的"怪物"产品。他对竞争对手的持续的过度关注非但没有给他带来优势，反而造成了人才和客户的流失，并积累了大量的"技术债务"。但他看不到这一点。

约翰与劳尔合作，帮助他退后一步，获得更宽广的视角。他们进行了一次倾听之旅，与劳尔的领导团队进行交谈，这样劳尔就可以亲耳听到他花重金招募来的顶尖人才对他"与传言赛跑"的看法。直接听取团队的意见让他看到了自己对团队造成了什么影响。他意识到，他一直把所有的时间都花在了向外看竞争对手上，而不是向内看公司的客户和团队上。

劳尔和约翰一起制订了一项计划，让劳尔重新把注意力集中在正确的事情上。他不再只关注竞争对手的一举一动，无论真实的行动还是想象的行动；相反，他会把更多的时间花在与顶级客户和产品负责人直接接触上。他开始想了解客户的需求，并将他们视为合作伙伴来共同打造完美的产品。他还与 CTO 达成协议，不再绕过他对工程师指手画脚。

之后，虽然事情并不总是一帆风顺的，但劳尔一直坚守自己的承诺。他所做出的改变似乎发挥了作用。截至本书出版时，劳尔的公司又筹集了 1 亿美元，并准备公开发行股票。

以下问题可以帮助你和团队讨论健康的竞争是什么样子：

- 你在哪些方面过于关注竞争？
- 什么时候竞争会变得耗尽你的一切？
- 如何利用竞争让自己更专注，而不是更偏执和分散注意力？

当竞争分散了对核心业务的注意力

在过去的 20 年里，很少有公司像安德玛（Under Armour）那样从盛极一时沦为失败者。20 世纪 90 年代，安德玛的创始人，长期担任 CEO 的凯文·普兰克（Kevin Plank）在他祖母位于华盛顿郊区的地下室里创办了这家起初籍籍无名的公司，不过凭借引人瞩目的明星代言和在好莱坞大片中植入广告，安德玛很快有了知名度。

运动服装巨头耐克在早期可能没怎么注意到安德玛，不过当普兰克开始从耐克手中抢走大学联赛和职业体育的特许经营权时，他肯定引起了耐克 CEO 菲尔·奈特的注意。2000年，也就是公司成立仅 5 年后，安德玛成为很多球队的队服制造商，包括 8 支美国职业棒球大联盟（MLB）球队、近 24支美国职业橄榄球大联盟（NFL）球队、4 支北美国家冰球联盟（NHL）球队、数十支美国全国大学体育协会（NCAA）球队，有意思的是，还有美国奥林匹克射箭队。

普兰克等人可能认为，正是这些与体育团体的合作将公司推向了巅峰，但一些不愿透露姓名的老员工认为，在某些时候，公司对高调代言和体育赞助的高度重视分散了公司对主要业务的注意力。

安德玛的一位前员工说："有时候，要想在安德玛做得好，得到 CEO 的关注，不能光做销往迪克体育用品的东西，你得设计奥运会服装。但是我们公司 95% 的产品都是在像迪克体育用品这样的地方销售的。领导者关注哪块业务，团队就认为公司的重点在哪里。如果 CEO 因为耐克做奥运会服装就全力关注奥运会服装，那么很多不做奥运会服装的人就会觉得自己的业务不重要，这会打击他们的积极性。"

他说，需要正确看待那些高调的项目，"如果 CEO 跟大家这么说：'我们正在为奥运会做一项重要的公关活动，会往里投入 2% 的预算。不过大家都在为中学运动员做很棒的产品……你们做的是真正重要的工作，是你们在维持公司的生存，感谢你们工作这么认真！'要是他这么说，情况就会不一样。但他有时对这点强调得不够"。

在 15 年的稳步增长后，安德玛的销售额最终在 2016 年左右陷于停滞不前的状态。看来，普兰克太关注奥运会服装的狭隘思维最终让他陷入了困境。这位创始人宣布，他将于 2019 年辞去 CEO 一职。2020 年，在新的领导团队的带领下，公司重新开始关注业务的基本面，销售额再次出现了增长。

作为领导者，你要思考的问题是：

- 一边是在竞争中抢占风头，另一边是提振相对比较平凡的业务，你如何在这两者之间取得平衡？
- 为竞争而搞的公关噱头到什么程度会成为消耗精力和分散注意力的事情？

竞争的阴暗面

竞争有强大的力量，它能激发出我们最好的一面，也能激发出我们最糟糕的一面。一位优步的老员工对此深有感触。

扎克是优步的一位早期员工，他要求我们隐去他的真名。

扎克和约翰一起坐在帕洛阿尔托的一家露天咖啡馆里，回首六年来帮助公司在全球拓展业务的经历，扎克感慨万千。他说："大多数人都不记得这件事了，但一开始我们只是一家小公司，上到监管机构，下到一些不理智的群体，都想把我们打垮。""我们在很长一段时间里做得都非常辛苦。每件事情都十万火急……这很有趣，但不是所有事情都能激发出每个人最好的一面。"

扎克解释说，从一开始，优步的每个人都觉得自己是在为自己的生命而战。"我们在各个方面都比出租车根深蒂固的做法好，他们也知道这一点，所以他们一有机会就想尽一切办法干掉我们。"

从古至今，这种"大卫对抗歌利亚"[⊖]的动力一直激励着团队去完成看似不可能完成的任务。每个年代似乎都有这种标志性的故事：20世纪70年代，耐克对阵阿迪达斯；20世纪80年代，苹果对阵IBM；21世纪初，奈飞对阵百视达。到了2010年代，优步对阵"大出租车"。优步的公关团队为了贬低出租车公司，把全国数百家出租车公司组成的松散团体称为"大出租车"。

没有什么比面临生存风险更能激发人的斗志了。所有大

　　⊖　大卫和歌利亚通常用来形容一个弱小的对手和一个强大的对手。大卫和歌利亚的故事源自《圣经》，年轻的牧羊人大卫用石头击倒了巨人歌利亚，从而击败了非利士人的军队。——译者注

型科技公司的早期员工都会讲述"为某件事而奋斗""与人对抗"或"在世界上留下印记"的故事。特拉维斯·卡兰尼克（Travis Kalanick）是优步的创始人兼 CEO，他比大多数人都更善于利用这种对胜利的核心渴望，让团队发挥出超乎寻常的生产力。

卡兰尼克有意识地招募那些想证明自己的人。随着公司的发展壮大，他利用这些人的好胜心来推动团队取得越来越高的业绩。起初，优步的敌人是"大出租车"，但优步超级竞争团队发现，它们的终极共同敌人是挂着毛茸茸的粉红色大胡子的来福车（Lyft）[⊖]。

"来福车刚成立的时候，试图抄袭我们整个商业模式，包括我们的技术。"扎克语带讥讽地说道。七年后，他脸上仍然有明显不安的神情。"我们一直都知道我们更好，我们的技术更好，资金更多，市场份额更多……但他们想超过我们，这让每个人都非常抓狂。"

从那时起，优步的一些员工就开始突破底线，采取一些不正当的手段。2014 年，事态发展到了顶点，优步纽约分公司的一些高管被指控数千次在来福车 App 上叫车，但要么在最后一刻取消订单，要么上车游说来福车司机转投优步。有人可能会说这只是一些小手段而已，但乘客并不这么看。全

⊖ Lyft，中译来福车，美国第二大打车平台，其标志性的 logo 是一个粉红色的大胡子，最初挂在车头，后缩小放在挡风玻璃内侧。——译者注

国各地出现了抵制优步的呼声，乘客纷纷改用来福车。

在接下来的几年里，双方的竞争持续白热化，优步在民众中的名声越来越像一个校园恶霸。卡兰尼克越来越出格的行为让事态进一步恶化，最终被迫辞职。对那些希望激发团队竞争火花的领导者来说，优步的故事是一个很有意思的案例。把竞争作为驱动力的最佳方式是什么？做到什么程度？界限在哪里？

健康的竞争和不健康的竞争之间的界限有点模糊不清。没有足够的竞争精神，员工会缺乏活力。而如果团队中的竞争过于激烈，则会导致员工隐藏信息和资源，相互拆台。

虽然研究表明适度的竞争可以提高兴奋度和创造力，但如果竞争到了引起焦虑和恐惧感的程度，则会提高员工在工作中贪图省事或蓄意阻挠同事工作的概率。

在一项研究中，研究人员发现了公司使用胡萝卜加大棒的方法来刺激竞争会对员工的行为造成什么样的影响。业绩好有奖金，可能会促使销售人员多写电子邮件或多打电话；对业绩垫底的团队给予通报批评，把团队置于难堪的境地，这样的潜在威胁会"引发员工的焦虑，促使他们采取不正当的销售、欺诈和欺骗客户的手段"。

优步显然做了一件了不起的事情。它从根本上重新定义了我们的出行方式。在优步之前，"大出租车"属于零问责制运营。2010 年，如果你在旧金山打车去机场，打到车的可能性只有 50%。优步也让包括扎克在内的很多人变得超乎想象地富有。

但代价是什么呢？这么多年的过度疲劳值得吗？从事不正当的商业行为有必要吗？

扎克不确定。

"在优步工作是一项了不起的挑战。我和很多非常出色的同事一起共事。"扎克望着远方说。"但我心里也留下了一道伤疤。我现在不敢回去工作，因为我再也不想有那种感觉了……那么多焦虑和压力，还有模糊的道德边界。我现在都不敢再去初创公司。这真是太可惜了。"

好奇心、学习和多样性

我们天生就有好奇心和求知欲。看看孩子们在海滩上研究潮水坑，或是埋头读一本新书的样子就知道了。对成年人来说，很少有什么事情能比学习一门新的计算机语言、解决一个难题，或者在巴黎旅游时向街角的面包店店员想方设法表达出"两个黄油牛角包，谢谢"的意思更让我们兴奋的了。

反过来，也很少有什么事情能比研究一个枯燥的问题更消耗一群人才的精力的了。蒙特克莱州立大学的研究人员随机调查了 211 名员工，发现自我认定的无聊感与"产生负面效果的工作行为"之间在统计学上存在显著的相关性。

卓越的领导者要学会如何利用我们天生的学习和成长欲求，让我们免于无聊，同时不让我们陷入空想或永远无法做出决定的境地。接下来我们探讨一下鼓励探索和学习与制造持续性的犹豫不决之间有什么微妙的区别。

好奇心是一种竞争优势

从旧金山去往帕洛阿尔托的中途会路过加州雷德伍德城，桑迪普的公司就坐落在加州雷德伍德城一栋普普通通的办公楼里。他坐在自己光线充足的转角办公室里，身穿褪色的 Polo 衫、皱巴巴的卡其裤、棕褐色的勃肯鞋配黑色袜子，看起来和周围的环境有点格格不入。说实话，他看起来就像刚从床上爬起来。你永远也想不到，他是一家秘密创新实验室的研究总监，身价很可能超过 2000 万美元，可他喜欢穿成这样。

"我们跟大伙说要穿得舒服一点。"桑迪普风趣地说。他知道在这一刻，他就是"舒服"二字的化身。"我们不想让任何东西压抑他们的创造力。"

在过去十年间，"实验室"（我们答应不用真名，并更改了许多其他细节）发明了多项创新，这些创新进入了我们的生活并产生了重大影响。它们有些是新的消费品，有些是金融方面的创新。每项创新都以新业务的形式进入市场，而且每项创新的市场规模都有可能创造不少于 10 亿美元的年收入。"我们这里不搞小计划。"桑迪普打趣道。

在与桑迪普和他的团队合作的过程中，我们明显感觉到这里和其他创新中心的情况有点不一样。在你的想象中，创新中心可能有很多穿着实验服大褂的科学家，或者凌乱的工作空间里堆满了比萨盒子，但这里的感觉更像是心理咨询师的办公室。这里没有人在办公室之间跑来跑去，看上去一副压力重重和疲惫不堪的样子。如果你在这里遇到实验室的人，他们会不慌不忙地停下来闲聊几句，然后继续闲庭信步，仿佛他们有的是时间。

这正是桑迪普想要的样子。"我们不认为自己是风险投资家……我们是科学家。"从实验室聘用的一长串拥有博士学位的数学家和物理学家的名单来看，桑迪普的说法不无道理。"我的工作就是聘用世界上最聪明和最有好奇心的人，为他们创造一个玩耍的沙坑。"他说，"这些人如果从事其他技术工作，他们一天也撑不下去。因为他们的项目风险太多，耗时也太长。但是在这里，我们给他们时间和空间，让他们尽情玩，尽情探索。每隔一段时间，他们就会发现一个价值数十亿美元的创新点。"

在一个以工期紧、老板要求高、工作时间长而闻名的行业里，实验室却一反常态，给予员工自由，让他们以适合自己的节奏研究自己感兴趣的科学问题。一位团队成员刚花了八个月的时间开发了一个模型，用于预测气候变化将如何影响南美洲的降雨模式和农作物价格。另一位团队成员试图确定未来20年全球大流行疾病的发生频率，以及它们对政策和人口模式的影响。

无论什么课题，桑迪普都希望他们去探索。因为你永远不知道下一个绝妙的想法从哪里来。

并不是每家公司都有无限的预算，也不规定项目必须有明确的目标和截止日期。事实上，如果大多数公司想模仿这个实验室，这些公司几个月内就会倒闭。但是，关于桑迪普如何支持团队成员的学习欲求，如何满足他们的好奇心，我们能从这个故事中汲取哪些智慧呢？

第一，可自由支配的时间里蕴含着宝贵的创意。谷歌高层多年前就意识到，不管是下班后还是周末，工程师是在空闲时间里做出最好的创新和找到解决方案的。有一个故事现在已经成为谷歌的传奇。有一位工程师在一天深夜解决了公司广告服务算法中一个很难解决的漏洞，有意思的是，这位工程师都不是广告团队的人。有人问他为什么要通宵研究这个根本不属于他工作范围的问题，他愉快地说："我觉得这个问题很好玩儿。"

现在，为了满足团队成员似乎无穷无尽的好奇心，谷歌鼓励每名员工每周花一个工作日研究他们感兴趣的东西，这样他们就不必在下班后专门拿出时间来探索这些领域了。

第二，让团队成员产生好奇心并进行实验，不仅需要给他们可以自由支配的时间，还需要让他们明确知道失败是可以接受的。汤姆·沃森（Tom Watson）在 IBM 担任了 40 多年的 CEO，任职期间经历了两次世界大战和大萧条，他曾经说过："如果你想成功，那就把你的失败率提高一倍。"

可是，如今有太多公司没有向员工明确表明：失败不仅没关系，还是值得庆祝的事情。失败的实验会带来新的见解。没失败过的员工可以说没有承担足够的风险。就像一个从不摔倒的滑雪者一样，他们更关注的是看起来姿势漂亮，而不是挑战极限，看清楚自己的能力边界在哪里。

桑迪普团队中有些研究人员花了大半年的时间去研究一个想法，但结果一无所获。桑迪普每次都会庆祝这些失败。他说："一旦我们忘却研究的初心……一旦我们不再努力解决那些几乎不可能解决的问题，我们就失去了竞争优势。"

当好奇心造成混乱

在过去几年中，我们与一家公司进行了广泛的合作。这家公司有一支极富才华和创造力的高管团队，他们最喜欢的事情就是"吐槽"新想法，卷起袖子亲自动手做事情。

然而，第一次见到他们时，他们根本没有发挥出应有的作用。由于创意太多，他们很难做出决策，尤其是与战略相关的决策。他们的高管团队会议就是一个照进现实的兔子洞[⊖]。

　　⊖　兔子洞的说法出自《爱丽丝漫游奇境》，代表着人们对未知世界的好奇心和探索的欲求，也有无底洞和深渊的含义。——译者注

爱德华问这位 CEO，为什么允许他的高管团队会议如此混乱，他坦率地回答说：“可是我们所有的好点子都是在会上讨论出来的。”爱德华敦促他思考得更深入一点，因为很明显这些会议所带来的已经不是好点子了。这位 CEO 无限留恋地望着窗外说：“这是我们活力的来源……我们喜欢灭火。”

这是一个问题。

在一家员工超过 100 人的公司，领导团队的工作是确定战略重点，并确保公司围绕这些重点开展工作，而不是让公司跟随他们的奇思妙想朝着无数个方向任意发展。

“可是，可是……发挥创意和解决问题的感觉太好了！”

是的，我们知道。解决问题和拥有远大梦想确实令人陶醉。创造的过程会促进催产素、内啡肽和多巴胺等神经化学物质的分泌，让我们体验到类似坠入爱河或运动时的感觉。谁不想一直有这种感觉呢？然而，许多领导者没有意识到的一个关键问题是，当他们把所有这些创造性解决问题的机会都留给高管团队，他们实际上就剥夺了组织中基层领导者享受这些神经化学物质所带来的美好时刻的机会，这相当于把这些基层领导者降级为执行者。

是的，没错。每次你为别人解决问题，你就剥夺了他们分泌与快乐、满足感、自我价值和归属感相关的神经化学物质的机会。

那解决方法是什么，让高管团队不再开会吗？他们不应该再解决问题了吗？不，他们只是需要知道他们应该解决什么样的问题。

Harry's之于宝洁公司，就像大卫之于歌利亚。Harry's的CEO安迪·卡茨–梅菲尔德提出了一个简单的框架来回答这个极其重要的问题。我们非常喜欢他的想法。他认为，Harry's的高管团队在面对问题时应该特别关注问题的难度和问题的影响之间的交汇点。也就是说，这个问题有多难？其他人能像我们一样或比我们更好地解决这个问题吗？这个决定对业务的影响有多大？是影响我们下一个季度或半年的业绩，还是仅仅影响下一个月的业绩？它与我们的核心产品有关还是与一个小产品线有关？是影响我们的全球员工，还是只影响一个团队的少数员工？

如果某个问题同时符合难度高和影响大这两个标准，Harry's的高管团队就会努力解决这个问题。如果不符合，他们就会委派他人解决。

如果领导者和他们的团队认为解决某个问题"很有意思"或者"不相信其他人能像我们一样解决问题"，他们就会陷入困境。领导者的工作是解决重要的战略问题，而不仅仅是有意思的问题。对于那些仍然难以委派他人解决的小问题，高管团队最好用苏格拉底式的问题来指导团队成员解决，以提高团队成员解决问题的能力。这样公司才能真正发展起来。

讨论委派他人解决问题时，领导者和高管团队可以参考以下问题进行讨论：

- 你把哪些没必要亲自解决的问题留给了自己？
- 你在哪些方面剥夺了团队学习和接受挑战的愿望？
- 这种习惯如何影响了团队解决问题的整体能力？

权力、地位和认可

我们通常认为职场中的权力、地位和认可具有负面的含义。因此，谈到那些"渴望权力"或"追求地位"的人，我们经常会带着批评的口吻。

过多地追求权力、地位和认可会带来负面结果，但对领导者来说，追求并发挥一定程度的影响力是非常正常和健康的事情。对许多人来说，拥有更多权力后，完成工作和实现理想的能力就会增强，这也是他们成为领导者的首要原因。

这件事情的难点在于保持平衡。世界上每一个因痴迷权力而从高空坠落的 CEO（如 Theranos 公司的伊丽莎白·霍姆斯、优步的特拉维斯·卡兰尼克、WeWork 公司的亚当·诺伊曼等），都对应着几十位谦逊、勤奋、低调的领导者，这些领导者建立了极其成功的公司，并打造了活跃、健康的企业文化。

学术界对权力的研究结果非常精彩，却也自相矛盾。早期对权力的动力和行为影响的社会科学研究倾向于支持阿克顿勋爵的著名论断，即"权力导致腐败，绝对权力导致绝对腐败"。在 1971 年著名的斯坦福监狱实验中，一些实验对象扮演"囚犯"，另一些扮演"狱警"，由于"狱警"对"囚犯"的虐待过于严重，实验不得不提前终止。其他研究表明，如果一个人感知到自己的权力稍有增加，这个人"虚伪、信奉道德例外论、以自我为中心、对他人缺乏同理心"的程度就会加深。

不过，最近的一项研究引起了我们的注意，因为它让我们想起了我们与稳健高效的领导者合作的经历。在这项研究中，多伦多大学的教授兼研究员凯瑟琳·A. 德塞拉（Katherine A. DeCelles）试图回答这样一个问题："权力是否真的会使人堕落，还是只是揭示了一个人的真实品格？"或者换句话说："权力是否更像品格的放大器，而不是改变品格的因素？"

她的研究结果很令人信服。德塞拉和她的同事发现，"人们的'道德认同感'，即他们认为'关爱''同情''公平''慷慨'等对自我意识的重要程度决定了他们对权力感的反应"。那些在获得权力之前就富有爱心、坚守公平和慷慨的人，在获得权力之后会更加富有爱心、坚守公平和慷慨。而那些在获得权力之前就不那么关心他人的人，在获得权力之后更不关心他人。

对教练、领导者、投资者和员工来说，这项研究的意义在于鼓励我们所有人在聘用或提拔未来的领导者时，首先要关注他们的品格，而不是他们是否有远见和人格魅力。渴望权力的人往往出于错误的原因去追求权力。

我们来看看几个学会用不同的方式来对待权力的领导者。

分享才能产生力量

克劳迪娅是个自信也值得信任的人，无论她说什么，你都会相信她。要不是知道她在洛杉矶经营一个时尚的联合办公空间，你可能会以为她是当地电视台的新闻主播。

我们见到克劳迪娅时，她有一个很明显的问题：她感到非常孤独。她抱怨说其他人没有她那样的设计眼光，所以只要是涉及空间美学的问题，从墙面装饰和家具到香薰蜡烛和浴室里的装置，事无巨细都需要她来做决定。她还特意建立了一个"扁平化组织"，在公司营造一种公平和民主的感觉，但这也意味着她觉得团队中没有可以信任的领导者。

我们之所以把"扁平化组织"这个词加上引号，是因为相应的公司往往只是名义上的扁平化。虽然这些组织的某一层级确实是扁平的，但领导者往往高高在上，俯视着组织中的其他成员。虽然领导者可能认为她创建了以共识为主的民主制度，但实际上她创建的是一种独裁制度。

2002 年，为了打破官僚主义，恢复创业初期的企业文化，谷歌取消了所有的工程经理层级，试图彻底建立一个扁平化

组织。这一尝试只持续了几个月，因为太多人直接去找 CEO
拉里·佩奇，反映一些关于同事冲突、费用报告和其他烦人
的琐碎问题。

克劳迪娅在不知不觉中用铁腕统治着自己的领地，结果，
除了她的孤独感，除了她需要事必躬亲之外，她还面临着士气
低落、员工流失率高和员工缺乏创造性解决问题的能力等问题。

你有没有想过，为什么军队有那么多等级？有上尉、少
校、下士、中尉、少尉、中士等。为什么不是只有一位将军和
几千名士兵呢？

我们不需要用一整本书的篇幅来讨论军事理论，最简单
的答案就是：一对多适用于传递知识，但不适用于组织劳动。
一位作家可以写一本书，将她的知识传递给一千万人，但要
组织一群人完成工作，我们需要将自己分成更小的群体。

如今，公司高管平均有 5 ～ 10 名直接下属。从理论上来
说，每位高管下面可以有很多领导层级，具体多少层级取决
于公司的规模和工作流程的复杂程度。

虽然在一家 50 人的公司里提倡管理等级制度似乎有些可
笑，但与此相对的就是克劳迪娅所面临的情况：一边是孤独
的、疲惫不堪的 CEO，另一边是一群被剥夺了权力的员工。

约翰和克劳迪娅坐下来讨论她面对的难题，约翰直截了
当地问她："如果你在公司里有几个你信任的同级同事，你觉
得会有什么不同？"同级同事？多么疯狂的概念！分享权力，

共同决策？一想到这个主意她就很紧张。

她没有想到的一点，也是约翰让她大开眼界的一点是，分享权力并不一定意味着接受差一点的结果。事实上，如果安排得当，分享权力能带来**更好的**结果。

约翰帮助克劳迪娅分享权力的第一步，是让她把自己对公司品牌推广和审美的想法记录下来。如果"怎样才是好的"全在领导者的脑子里，那其他人就不知道。坐下来把自己的品位和喜好写在纸上可能是一件让人崩溃的事情，因为品位和喜好往往很难用语言表达出来。情绪板和其他可视化工具可能会有所帮助。更好的方法是聘请一家品牌推广公司。

第二步是确定公司中谁自然而然地得到了领导者和其他员工的信任。即使在扁平化结构中，某些人也拥有软实力或影响力。他们会自然而然地营造一个安全和包容的空间，为他人提供支持和反馈。他们还可能比大多数人更了解领导者的品位和喜好。克劳迪娅认为公司的社区运营负责人斯特凡尼是她最信任的团队成员。

第三步是尝试放手。有些领导者之所以多年来一直牢牢掌控所有的权力，是因为他们害怕一旦放手，公司就会偏离他们的愿景。好比一下子解开船头的缆绳会让船摇晃得太厉害，突然放手的领导者会感到焦虑，并企图重新拿回控制权。在克劳迪娅的案例中，她首先让斯特凡尼负责布置自助午餐的餐桌。这项工作一开始看似无足轻重，但之后，她开始委派斯特凡尼重新规划社区的休闲区。渐渐地，克劳迪娅越来越满意这样的安排。

第四步，也是最后一步，是正式任命。在像克劳迪娅这样从未进行过正式权力交接的公司，让斯特凡尼成为新的客户体验主管是一个重要的里程碑。这样一来，斯特凡尼就可以掌管正在筹备中的新联合办公空间的设计，而克劳迪娅就可以腾出手来处理筹资和招聘等更大的战略问题。克劳迪娅表现出的尊重和信任增强了斯特凡尼的信心，也提高了她对公司的忠诚度。公司里的其他人现在也看到了一条更为清晰的职业发展道路。

几个月后，克劳迪娅通过类似的流程任命了营销主管和业务开发主管。通过学习分享权力，给予团队成员正式的地位和认可，她迈出了组建高管团队的第一步，这让她扩大了运营规模，并在很长一段时间内第一次缓解了她的孤独感。

关于反思在公司中对权力和控制的运用，你可以参考以下问题：

- 你在公司或团队中是如何处理权力和控制的？
- 就规模和效率而言，这样处理权力会让你和公司付出什么代价？
- 对团队中的某些成员进行信任和授权的小型实验会怎样？

写给勉为其难的领导者的话

虽说自恋狂会招来众怒，登上报纸头条，但我们遇到的比较典型的 CEO 往往对权力的渴望并不强烈，也不能很好地给予员工权力、地位和认可。这些 CEO 通常是创造或发明了一种产品的工程师或设计师，他们的公司几乎是在偶然的情况下发展起来的。他们现在发现自己成为领导者是环境使然，而非有意为之。

以查尔斯为例，他是一家市值数十亿美元的金融科技公司的 CEO 和联合创始人。他的同事告诉我们："查尔斯是一个具有战略眼光的人。他确实知道如何做出具有远见卓识的决策。但他做得还不够。事实上，他根本没有真正发挥领导者的作用。我们从来没有从他那里得到过任何意见。我们一直都不知道我们做得好还是不好。"

查尔斯绝不是那种出现在头条新闻中的自大狂，而是一个勉为其难的领导者。和我们很多客户一样，查尔斯性格非常内向。几年前，他洞察到一个重要的市场机遇，并在此基础上创办了一家公司。但他从未想过自己会经营一家拥有 500 名员工、市值数十亿美元的公司。CEO 的角色迫使查尔斯变得外向起来，但这种外向程度超出了他的舒适范围。CEO 的角色也要求他为团队成员提供比较正式的架构和权力，而他觉得这并没有那么重要。

查尔斯和爱德华在查尔斯位于旧金山金融区的公司总部坐下来讨论查尔斯的 360 度评估，他向爱德华解释说："我不需要根据一个职位头衔来获知什么是重要的、什么是我应该做的。我不明白为什么其他人需要。"

像查尔斯这样勉为其难的领导者需要明白，授权不仅仅是相信下属能做好工作。在英文中，授权一词的字面意思是"给予正式或合法的权力"。

要做到这一点，领导者必须做到以下三点：

1. 让员工知道他们拥有哪些正式权力。
2. 相信他们能在授权范围内自主决策。
3. 通过公开表扬和认可来强化员工的权力。

然而，查尔斯没有对管理职位给出清晰的职位说明。他会事后猜测和推翻下属的决定，也不给予任何表扬或认可，这完全是剥夺他们权力的行为。

在查尔斯和高管团队的一次会议上，一名团队成员冒着风险，试图让查尔斯明白他这种剥夺下属权力的行为造成了多大的影响。"因为我们知道不管怎样你都要重做，所以我的团队就不会花太多时间去想好点子。我们只做最基础的工作，然后等着你告诉我们下一步该怎么做。"

查尔斯不是一个疯狂的微观管理者，也不是一个狡猾的自恋者，他不会让下属觉得自己被利用和被虐待。他只是关心得不够，不知道自己无意识做出的破坏性行为导致直接下属做出了与他的期待背道而驰的行为。像查尔斯这样勉为其难的领导者需要走出自己的舒适区，虽然他们自己不需要反馈，不需要表扬和明确的职位说明，但他们要满足员工的这些需要。这样做可能会让人感到很陌生甚至不真实，许多这样的领导者会因此退缩。"我觉得我整天这样嘘寒问暖的，太虚伪了。他们应该做好自己的工作！"查尔斯会这样说。

用心领导意味着需要满足人们的需求。有些人喜欢很多表扬和反馈，有些人则不然。领导者的工作就是了解团队成员的各种喜好和激励因素，并用他们喜欢的行事风格和语言去接近他们。

在反思公司员工对认可的不同需求水平时，你可以参考以下问题：

- 你在哪些方面满足了团队对权力和认可的渴望？
- 你如何无意中破坏了同事的自主性和自我价值认知？
- 办公室里有哪些关于影响力和认可的"语言"让你觉得不自然？如果你学会这些"语言"，你或你的团队会得到什么？

服务他人、正义

1961 年 5 月 4 日，13 名年龄从 18 岁到 30 岁不等的男女在华盛顿特区分别登上了多辆开往新奥尔良的灰狗巴士和Trailways 巴士。他们的目标很简单："惹点麻烦，但出发点是好的。"这 13 人中的一员，当时 21 岁的民权领袖，后来成为国会议员的约翰·刘易斯（John Lewis）这样说道。

为了对抗不公平的种族隔离，450 多名"自由乘车者"，包括教师、神职人员、大学生，甚至还有一名华尔街银行家，在那个夏天乘坐南方的公共汽车，故意违反当地的种族隔离法，他们遭到了逮捕，甚至多次被殴打。

是什么促使人们离开家园、放弃事业、置身于险境，为了自己信仰的事业去奋斗？对白人"自由乘车者"来说，这并不能改善他们的生活水平。

也许你自己也有过这种想要支持某项事业或奉献自我的感觉。如果没有大批志愿者和组织者孜孜不倦地无私奉献，社会正义就不会取得重大进展。

与我们合作过的优秀领导者都有这种目标感，我们将在后续用一整章的篇幅来探讨可以通过哪些方式来激发目标感，并就目标感展开对话。现在我们想探讨一下如何以正确的心态来鼓励他人为社会服务，以及如何善用人们与生俱来的"想成为英雄"的愿望。我们采访过的一位富有洞察力的投资者，他有一个简单的策略，可以让你以正确的心态做到这一点。

我们能成为英雄

如果你的前两笔投资给了推特（Twitter）和掘客（Digg），人们会说你很幸运，或者你是个天才。但是与 Floodgate Fund 创始人迈克·梅普尔斯（Mike Maples）相处超过五分钟，你就会发现这个人不仅仅是幸运的。在这些早期投资之后，梅普尔斯和 Floodgate Fund 团队又陆续投资了 AngelList、Clover Health、来福车、TaskRabbit 等很多公司。

在 15 年的投资生涯中，梅普尔斯见过数千名可能会成为杰克·多尔西（推特创始人）和凯文·罗斯（Kevin Rose，掘客创始人）的创业者，他从中总结出一个简单的方法，可以判断谁有做成一家初创公司的素质，那就是：他们认为自己是英雄吗？

"英雄之旅"已经存在了数千年，不过这一概念得到普及是在 1949 年约瑟夫·坎贝尔出版了他的《千面英雄》（*The Hero with a Thousand Faces*）之后。如果你看过的某本书或某部电影以一个英雄人物为主角，围绕着正义与邪恶的较量演绎了一段精彩绝伦的史诗之旅，那么这个故事很有可能完全遵循了英雄之旅的结构。

梅普尔斯认为，创建一家公司好比踏上一段英雄之旅，创始人必须知道自己在故事中扮演什么角色。在全球新冠疫情期间，梅普尔斯在一次 Zoom 电话会议上若有所思地说：

"许多缺乏经验的领导者犯的错误是，他们看看封面上印着乔布斯或扎克伯格特写的杂志，就认为 CEO 是英雄。他们认为 CEO 是电影《星球大战》里面的卢克·天行者，但是那些真正值得你尊敬的伟大的领导者，他们意识到自己的角色是卢克的老师——欧比旺·克诺比。"

梅普尔斯认为，初创公司的领导者是导师式的人物。我们从未这样想过，但完全同意他的观点。他们是欧比旺之于卢克，甘道夫之于佛罗多，墨菲斯之于尼奥，雅典娜之于奥德修斯。如果创始人真的很优秀，他们会让接触过的每个人，从早期员工、投资者到客户和消费者，都觉得自己也是英雄。

也许正因为如此，当你问硅谷的员工是否认为他们的公司正在让世界变得更美好时，比例高达 67% 的大多数人都会回答"是的"。有些人对这一回答可能会觉得惊讶，因为他们在餐馆和公共场所看到很多人漫不经心地刷手机，并质疑科技在社会中的作用。但对那些开发我们每天都在使用的应用程序和技术的人来说，大多数人真的认为自己在为改变世界而进行英雄式的探索。

"有洞察力的领导者看到的未来与我们看到的未来不同，"梅普尔斯说，"他们让我们明白，现在有一些问题需要解决，激励我们与他们一起踏上建设公司的英雄之旅。今天和未来状态之间的差距……就是我们要走的旅程。"

　　领导者犯的一个严重错误是，他们把团队或投资者视为自己完成英雄之旅的工具。我们在辅导过程中经常看到这样的情况：领导者把公司工作的重心放在自己身上，而不是放在员工、客户或投资者的英雄之旅上。这看似是一个细微的差别，但从视角上来说却是 180 度的转变。

　　用心领导需要接受自己在公司发展过程中扮演导师或教练的角色，而不是英雄的角色。

- 这种视角会如何改变你对工作的看法？
- 你是告诉人们为什么这段旅程对你很重要，还是帮助他们了解这段旅程对他们有多重要？
- 有了这样的洞察力，你可以做出哪些改变来满足团队服务社会的愿望，让世界变得更美好？

　　做做这个小测试：你的员工是否过度关注薪酬和福利？这是没有疑问的，员工理应获得丰厚的薪酬。如果他们得担忧养家糊口的事情，那他们可能很难全身心地投入到你的崇高愿景上，跟你一起彻底改变"问题严重"的干洗行业。但如果你感觉到公司里的人老是谈论薪酬和晋升的事情，那就说明你没有扮演好欧比旺·克诺比的角色。如果员工觉得自己与公司的目标息息相关，相信自己肩负的使命很有意义，那么他们就会把更多时间和精力放在"屠龙"本身上，而不是追问"屠龙"对他们有什么好处。

第 3 章要点

- 核心欲求是强大的动力，但也会让我们偏离轨道。
- 对爱和接纳的欲求最有可能带来长期忠诚，但如果陷入幻想和阴谋，它也会分散我们的注意力。
- 幻想、偏执和否认等遮蔽物让我们看不到实际发生的事情，也会导致我们被欲求带偏。
- 健康的竞争是让人们保持团结一致的强大动力，但它也可能成为不道德行为的诱因。
- 好奇心和求知欲只有在这样的环境中才能茁壮成长：有可自由支配的时间，并且允许失败。不过，如果过度放纵这种欲求，就会导致工作没有焦点。
- 权力和地位既有激励作用，也会让人得意忘形。过度依赖权力和地位作为激励因素会产生不健康的动力以及滥用权力和地位的行为。
- 为社会服务和为正义而战的愿望会激发我们的目标感，以及与超越我们自身的事物的联系。将其作为激励因素，需要让人们将自己视为故事中的英雄。

用来开启对话的问题：

1. 回看过去，想想在那些最努力和最专注的时期里，最能激励你的核心动力是什么？这对其他人有何影响？

2. 看看你周围的同事，你认为他们最关心的核心欲求是什么？

3. 你希望与同事进行哪些对话，以符合道德的和真实的方式
善用他们的核心欲求，帮助他们取得更大的成功？

4. 以前你曾在什么情况下被欲求驱使着偏离了轨道？现在你
可以寻求哪些支持，以确保自己不会偏离轨道？

5. 哪些盲区会让你看不清楚，并导致你在欲求的驱使下迷失
方向？

6. 你在哪些方面看到你的同事被自己的盲区所困扰？你能做
些什么来帮助他们突破盲区，与欲求建立健康的关系？

| 第 4 章 |

你最大的天赋是什么

在海关按要求填申报单时……

除了才华，我没什么可申报的。

——奥斯卡·王尔德

亚里士多德是最早提出幸福和成就感的关键是清晰地认识到自己的才能和天赋并善加利用的人之一。然而，两千多年后的今天，大多数人却不知道自己的天赋是什么，也不知道该如何利用自己的天赋。

我们认为这是非常重要的领导力对话之一，每个人都应该就此话题展开对话。如果我们能学会这一点，能看到自己和他人身上的天赋，分辨出是什么让我们真正与众不同，以及我们怎样做才能有所作为，我们就能释放出无穷的潜能，为世界做出有益的贡献。

但大多数人从未做到这一点，这里面的原因和我们不买廉价葡萄酒的原因是一样的。为了说清楚这个问题，我们带你去爱德华最喜欢的葡萄酒店，位于纽约西村的 Pop the Cork。

豪尔赫和约兰达·鲁埃达是好莱坞导演想在电影中刻画的那种纽约葡萄酒店的老板。走进店门，他们会叫出你的名字，也记得你喜欢什么。他们特别喜欢听你讲最近的旅行和冒险经历。即使你穿着晚礼服或长袍和拖鞋走进来，他们也不会眨一下眼睛，毕竟他们什么都见识过。

这家古色古香的葡萄酒店坐落在查尔斯大街和第七大道的拐角处，店里的酒没有一瓶低于 13 美元。在 10 月一个异常温暖的傍晚，爱德华来到店里，问起这个问题，约兰达笑着说："这附近的人拿起一瓶 8 美元的好酒会问'这酒好喝吗？还是我应该拿它做菜？'。"

豪尔赫不以为然地摇摇头："把一杯便宜的酒放在一杯很贵的酒旁边，大多数人根本分辨不出它们有什么差别。但他们本能地觉得酒越贵，味道一定越好。"

行为经济学家将这种现象称为"价格信号"。如果要在价格低廉的产品和价格适中的类似产品之间做选择，很多人会选择价格更高的产品。一般来说，我们认为价格是质量的信号。

回到我们的天赋上，就像我们本能地认为廉价葡萄酒的质量一定很差一样，我们同样低估了我们天生擅长的东西的价值，因为这些东西可以说是免费的，所以没有任何价值。与此相反，我们有时会高估那些我们花费了数百小时的努力或数十万美元的助学贷款才获得的技能和知识，比如编程、弹钢琴，或努力考取的医生或律师资格。

记住这一点对领导者来说很重要，因为正如我们在本书稍后几页将看到的那样，我们和团队取得的巨大成就往往建立在我们的天赋和才能的基础上，仅仅靠努力磨炼新的技能是无法取得巨大成就的。

是的，我们都应该拥有成长型思维，知道我们的技能、才能和智慧是有弹性的，可以通过努力得到扩展。但是，如果以天生的兴趣和能力为基础，我们就可能更快地实现这种扩展，并产生更大的价值和影响。

如果你能学会如何看待和利用自己以及周围人的天赋，你就会开始开启一个近乎无限的可能性之泉。

关于天赋的误区

首先，我们来消除几个常见的误区，帮你重新构建"拥有天赋"的概念。

误区 1：有天赋的人是世界上做某件事做得最棒的人（并且从小就显露出这种天赋）。

博比·费希尔 14 岁就称霸美国国际象棋公开赛。塞雷娜·威廉斯 36 岁时赢得了 23 个大满贯单打冠军，超过了世界上任何男女网球运动员获得的奖牌数目。披头士乐队在 30 岁之前就创造了世界上最伟大的流行音乐库之一（让人震惊的是，乐队在一起的时间才 6 年多一点，解散时他们的年龄才在 27 ～ 29 岁）。

大多数人想到有天赋的人时，通常会想到那些拥有一流能力的人，无论唱歌、表演、演讲，还是令人叹为观止的球技，都是如此。我们告诉自己，他们是精英中的精英，他们在各自的领域中处于领先地位，有可能从很小的时候就开始接触那个领域了。

换句话说，我们把有天赋的人放在神坛上，告诉自己他们和我们不一样。这往往会让我们产生这样的想法：跟他们相比，我们拥有的任何天赋都微不足道或毫不起眼。

我们现在就明确地说明：不管你是不是有史以来最顶尖的人才，每个人都有一些特殊的天赋。有天赋并不意味着你必须在全球，在你的国家，甚至在你的家乡首屈一指。只要你擅长一些别人觉得很难的事情，你就是有天赋的。价值就在于这种对比之中。

误区 2：天赋与演艺活动有关，如唱歌、表演或体育运动。

我们通常认为天赋是能让我们在电视上风光 15 分钟的才

能。但大多数人与生俱来的天赋没有那么显眼，这些天赋通常只有在某些情况或条件下才会表现出来。例如，约翰在创建教练框架和工具方面有着超乎寻常的能力，不过这一点无法把他送上《美国达人秀》。

尽管我们的流行文化崇拜运动员、音乐家和演员，但你不一定非要在体育、音乐或表演方面出类拔萃才算有天赋。你可能在谈判、组织或在紧张时刻安抚他人方面有天赋。你可能在倾听或共情方面有天赋。根据我们的定义，"天赋"是指任何与生俱来的、可以通过努力和练习使之不断提高的能力。

误区 3：如果在某方面有天赋，我们就不需要练习或努力。

每当你看到有人看似毫不费力、凭借直觉就能做成某件事情，比如有一位同事每次发言都能掌控全场，另外一位同事总能想出最风趣的宣传语，你的上司总能让你感受到自己的价值和动力，你都很容易告诉自己，他可能"天生"就有这种能力。但只要深入了解他们中的任何一位，你就会发现，他们的天赋建立在数百小时甚至数千小时练习的基础上。为什么我们知道这是真的？因为我们往往会多做一些自己擅长的事情。我们会很自然地花大量时间锻炼自己的天赋，因为擅长某件事的感觉很好。

下一步就是要有意识地在实践中下功夫。虽然你因为比较有个人魅力或者对数字有敏锐的直觉而领先别人一步，但这并不意味着你不需要培养和发展这种天赋，就能成为真正出类拔萃的人。

如果你不致力于在实践中培养自己的天赋，那么从长远来看，这些天赋有可能渐渐消失。例如，约翰从小到大都是个天才演说家，在大学还主修传播学，但是他在很小的时候就加入了加州长滩的一个餐后演讲俱乐部，进一步磨炼了他的演讲技巧。通过每周定期的练习，他练就了令他十分自信的、非常清晰的表达能力。

哪些关于天赋的误解让你无法发现和发展自己或团队成员的天赋？

关键在于你使用天赋的方式……

我们在前面概述了关于天赋的三个常见误区，现在我们来看一下人们究竟是如何使用他们的天赋的。使用天赋的方式将会对我们和这个世界产生完全不同的影响。

第一个层次：利己

被称为"华尔街之狼"的乔丹·贝尔福特利用其出色的说服天赋榨取老年人的退休金。电视布道家金贝克利用他公共演讲的天赋中饱私囊，并掩盖自己的婚外情事实。

虽然并不是每个完全利己的人都是腐败分子或骗子，但我们可以说他们没有充分利用自己的天赋对他人产生深远的影响。

我们发现，如果人们把天赋仅仅用于利己，他们很可能有某些需求没有得到满足。如果你或你的团队成员完全把天赋用于利己，那么为什么会是这样？到底是什么需求没有得到满足？如果通过其他方式满足了这种需求，会发生什么变化？

第二个层次：实用

莫扎特 23 岁时是一名受雇于宫廷的管风琴师。《霍比特人》和《指环王》系列的作者托尔金 38 岁时是一名大学教授，为了赚外快，还兼职给中学批改试卷。当莫扎特和托尔金发现如何把天赋用于更宏大的目标后，他们都取得了骄人的成就。

有一天，那些把天赋只用于实用目标的人可能会一觉醒来，发现自己"小打小闹"的时间已经太长了；也可能他们会继续对自己的潜能视而不见，永远走不到觉醒的那一步。

如果你发现自己说某人没有"发挥出他的潜力"，你就可以判断出他把全部天赋都用在了实用目标上。把天赋用于利己一不小心就容易演变成不道德的行为，而将天赋用于实用目标也很容易让人沦为平庸一族。

不过，这一基本真理很容易被忽视，因为"将天赋用于实用目标"往往被理解成"为了支付账单做必须做的事情"。莫扎特20岁出头时身无分文，所以他去宫廷当管风琴师，而托尔金则是为了维持生计去给中学批改试卷。

借用盖伊·亨德里克斯的话来说，数百万人就这样被困在自己的优秀状态，而永远无法达到自己的天才状态。也就是说，他们做自己擅长的事情并获得回报，但他们这样做只是为了糊口而已。他们从不冒险去寻找把自己的天赋发挥到极致的方式，所以他们永远无法在工作中做到得心应手、举重若轻，也永远无法最大限度地影响周围的人，而这两项正是达到天才状态的两个标志。

当我们将自己的天赋用于实用目标时，我们得到的回报和认可仅仅能够让我们继续生活，但永远不能让我们产生真正的成就感。真正的成就感通常只来自将我们的天赋用于高尚的目标。

第三个层次：用于高尚的目标

想一想把天赋用于高尚的目标的人，我们的脑海中会浮现出许多著名的人物：马丁·路德·金、亚伯拉罕·林肯、沃尔夫冈·冯·贝多芬、玛雅·安吉洛、玛丽·居里……这样的例子不胜枚举。但正如我们在本章前面讨论过的，不是只有影响高达数百万人才算有天赋。

当我们能"正确地"看待天赋和高尚的目标时，我们就会看到身边那些有天赋的人利用他们的天赋为高尚的目标服务：给我们鼓励的教练、为员工赋能的经理、出色的产品设计师、在街头弹唱鲍勃·迪伦的歌来给我们带来一天好心情的街头艺人。

这些人的共同之处是他们将自己的支持、同理心、设计天赋和音乐天赋与他人分享。其实，要想利用自己的天赋为高尚的目标服务，你只需要这样做：接受自己的天赋，在你认为合适的范围内有意识地与世界分享你的天赋。

看到这里，你可能会说："那我们教堂里的管风琴师或我家孩子的高中老师呢？"你是说这些人像早年的莫扎特和托尔金那样，没有把他们的天赋用于高尚的目标吗？

是，也不是。这真的取决于教堂管风琴师或你家孩子高中老师的内心感受。他们是否非常满足于在一个很小但有影响力的舞台上展现自己的天赋？这完全取决于他们自己的感受。

不过，当他们诚实地面对自己时，他们是不是看到自己或许可以产生更大的影响？是不是看到一条发展路径，让自己能为更多的人提供服务？是的，在这种情况下，我们会说，相对他们的潜力而言，也就是说相对他们自己或朋友和亲人在他身上看到的潜力而言，他们有点"大材小用"了。

利用天赋进入心流状态

我们要感谢爱迪生为世人发明了留声机、灯泡、电报机、电影摄影机、X光机，甚至文身笔等很多东西，但爱迪生最值得我们感谢的也许是他的现代职业道德，他的名言"我这辈子一天也没工作过，都是在做特别好玩的事情"就是最好的证明。

在今天的硅谷，我们发现与我们合作的最有影响力的人都非常热爱自己的工作。虽然关于怎样才能让员工快乐的理论层出不穷，但研究表明，人们感到最快乐的时候是他们受到挑战、感到自己学有所得以及把天赋用于实现自己最高和最值得奋斗的目标的时候。

正如作家、心理学家米哈里·契克森米哈赖（Mihaly Csikszentmihalyi）所说，今天最有影响力的员工比一百年前的员工有更多的时间处于"心流状态"，这在很大程度上提高了员工满意度和生产力。无论被称为"心流状态"还是"深度工作"，其概念都是一样的：当我们面临挑战，需要利用自己的天赋长时间、不间断地潜心解决棘手问题时，我们就会进入一种精神状态，很多人除了"深度满足"，想不出更合适的词来形容这种状态。

马克·威廉森是其中一位有很长时间都处于心流状态的客户。马克自2017年以来一直担任MasterClass的COO，在该公司的快速崛起中发挥了关键作用，该公司最初只有一门由作家詹姆斯·帕特森（James Patterson）授课的写作课程，如今已发展成一个全球家喻户晓的数十位名人，例如塞雷娜·威廉斯、马丁·斯科塞斯（Martin Scorsese）、安娜·温图尔（Anna Wintour）等都在这里讲课的公司。

虽然马克的工作时间很长，但他从紧张的工作节奏中获得了能量，因为他觉得自己本来就好奇心很强，而工作满足了自己的好奇心。马克解释说："我以'初学者心态'来对待大多数事情。这意味着生活变成了一场有趣的、永无止境的游戏，在这个游戏中，你不断积累知识，寻找真理，并将其运用到工作中，让世界变得更美好。"

马克的心态在我们许多科技行业的客户中非常普遍。大多数有才华的工程师都认为他们最大的天赋是解决棘手的技术问题。当他们的工作围绕着寻求真理或解决问题时，他们就不再有工作的感觉，甚至会认为这已经不是工作了。他们把自己所做的事情看作一场有趣又充满挑战、能把他们带入心流状态的游戏。

我们所有人面临的挑战，是如何让天赋更多地把我们带入"心流状态"。契克森米哈赖说，要做到这一点，关键在于确保我们的工作有足够的挑战性，能够让我们把自己的能力发挥到极致。在实践中，这意味着领导者要找到公司里最具挑战性的任务和问题，并且让团队最大限度地发挥他们的天赋。

根据我们的经验，这就是确保人们达到最好的工作状态的秘诀——让他们接受足够的挑战，确保他们不会感到无聊，但又不会因为挑战太大而感到焦虑不安和自我怀疑。

当天赋未得到充分利用时

有一位客户是一家社交网络应用公司的 CEO，他非常了解如何找到"最佳点"，让工作带给他足够的挑战，但又不至于让他不堪重负。无论以何种标准衡量，他都有充分的理由放松和满足：公司在成长，团队开心又能干，家庭也非常美满。

当然，一直接受挑战、全心全意地投入工作是不切实际的，他还是会时不时地感到焦虑和无聊。他的问题是他在很多事情上都很有天赋，当事情进展得有点太顺利时，他很容易感到无聊；当他的团队跟不上他那 500 马力[⊖]的大脑时，他也会感到恼怒。

因此，他本能地在公司里寻找其他问题来解决。他承认，这也会影响到他的个人生活。可以说他有时为了有事可做，会制造一些问题来解决。就像有一次，尽管没有人表示不满，

⊖ 1hp=0.735kW。

他还是主动联系人力资源部主管，要求重建整个薪酬体系。又比如，他有时会重写广告文案，要知道，他团队里一个 5 人小组已经为这个文案忙了一个多月。

可能你也懂一点这种心理。当工作或生活开始让人感觉有点乏味，我们就会在人际关系中制造一些戏剧性的场面，或者找一个新的项目来做。虽然这是人之常情，但对领导者来说，这是一个非常危险的习惯。

要满足这种对刺激的需求，最好的办法就是利用我们的天赋，寻找与企业未来相关的重大战略问题。这样做的目标是把关注点转移到更长远的未来，而不是在此时此地寻找需要解决的问题。爱德华与这位 CEO 讨论了这个简单的想法，这位 CEO 深受启发。现在，他和他的产品团队一起在应用程序中拓展新的收入来源，预计来年能大大提高公司的收入。在其他时间里，他为一些可以在公司内部孵化的全新产品制订计划。

遇到上述方法不起作用的情况，也就是他又陷入微观管理的旧习惯，给团队造成过大压力的时候，爱德华给他在纽约州北部的新农场设计了一系列项目，让他有事情可做。现在，他有地方可以释放他充沛的精力和智慧，从而让自己得以进入心流状态。

一位初创公司的客户也遇到了类似的问题，但不是他感到无聊，而是他的团队开始感到缺乏挑战。他非常注重营造一种平等和互助的文化，以至于有些出色的员工觉得缺乏挑战，因而离开了公司。

很多公司在发展到一定阶段后，都会出现这种情况，人们开始觉得自己受到忽视，或者觉得自己就像机器上的齿轮一样。流程变得过于烦琐，任务变得过于重复。管理者似乎有点萎靡不振，因此员工开始离职。这是一个危险的螺旋式下降过程，但实际上是怎么回事呢？

虽然有无数原因可以归咎于此，但罪魁祸首往往是失去了乐趣和心流状态。员工得不到成长。他们学不到东西。他们没有发挥自己的天赋，也没有被逼到极限。简而言之，他们没有达到工作的最佳状态。

好消息是，这是可以解决的。我们都希望自己在成长，而不是停滞不前。

问问自己这些问题，看看自己是做得太多还是太少：

- 你什么时候会觉得自己的能力已达到极限？
- 当你感到自己陷入无聊或焦虑时，你会怎么做？
- 看看你的团队，你如何看待无聊和焦虑之间的矛盾？
- 你如何帮助人们更好地利用自己的天赋为公司和客户服务？

在缺点中发现天赋

意大利中部的港口城市比萨在 11 世纪晚期是一个富庶之地。1063 年，比萨人洗劫了西西里的首府巴勒莫，再加上海上贸易的增长让他们获利颇丰，于是比萨人急于向外界炫耀他们的物质财富。

为了表明他们是一支不可忽视的力量，比萨人决定在市中心旁边开辟一片"奇迹之地"，并打算在奇迹之地上建造很多令人赞叹的新建筑，从大教堂到世界上最高的钟楼应有尽有，比萨人会把士兵们在地中海掠夺的珍宝都堆放在这里。

1173 年，比萨人制订了奇迹之地的计划。他们可能不知道"比萨"这个词来源于古希腊语，是"沼泽地"的意思，因此在动工 5 年后他们看到比萨塔开始倾斜时，都大吃一惊。塔下方的沼泽沉积物被压缩，这座本来建成后将是世界上最高的钟楼在建了一半的时候开始倾斜。

在沮丧和尴尬之下，比萨人停止了施工。在接下来的两百年里，这座未完工的钟楼一直矗立在那里，直到 1339 年才竣工。后来的建筑者们采用了各种先进的工程技术，又运用了一些光学技巧，使钟楼的侧向下陷变得不那么明显。

现在这座塔被称为比萨斜塔，不管是比萨人，还是所有的意大利人对它的感情都比较复杂。这座奇特的建筑为比萨吸引了数以百万计的游客，要是没有这座塔，比萨比起它旁边的佛罗伦萨只是个毫无吸引力的小地方。但对许多意大利人来说，这座世界上最著名的斜塔仍然让这个国家感到尴尬。

但这还不是有意思的地方。

更有意思的是，至少对我们来说是这样，那就是自从比萨斜塔在奇迹之地上破土动工以来的 850 年里，它经受了不下四次大地震的考验，其中一次地震的震级超过了里氏 6.0级。意大利数以百计的矮小建筑在这些地震中倒塌，但比萨斜塔却屹立不倒，挽回了它苦乐参半的尊严。

为什么？

虽然人们普遍认为比萨斜塔的倾斜是一个巨大的缺陷，但地震学家一致认为，正是这个缺陷使它得以幸存。简单地说，松软的土壤加上这座塔倾斜的角度，降低了它在地震中的晃动程度。

如果比萨斜塔与原来计划中的一样，那么它肯定早在几个世纪前就在地震中坍塌了。事实证明，比萨斜塔最明显的缺陷正是它最大的优点。

人也是如此。每个人都有并不引以为傲的品质或特点，或者自认为阻碍自己走向成功的品质或特点，如脾气暴躁、过度警觉、缺乏耐心。在某些情况下，这些特点可能被视为缺点，但在另一些情况下，它们有可能是能发挥催化作用的天赋。

我们以前有一位客户，姑且叫他帕特吧，总是不知疲倦地追求极致。他从不接受事物的表面价值，而是不断推动他的团队深入研究：这些数据到底说明了什么？我们怎么知道这是不是真的？如果我们认为的事实不是真正的事实怎么办？

许多成功的创业者都具备这种天赋，但他们展现这种天赋的方式往往会使团队成员认为这种天赋是根本性的缺陷。帕特的怀疑态度可能会打击团队的士气。随着公司的发展，情况变得越来越糟，风险也越来越高。他的怀疑态度已经变得如此令人生畏，以至于有可能让整个公司轰然崩塌。如果团队成员觉得他们做的任何事情都达不到你的期望，你从不庆祝团队取得的成功，那么他们很快就会失去动力。

约翰向帕特提出的建议是，学会更有策略、更有针对性地运用自己的长处。帕特不能总是对每个人都持怀疑态度，而是要学会分辨哪些情况需要怀疑，哪些情况值得庆祝。帕特对约翰的回答很能说明他的观点："你所谓的怀疑，我称之为警惕。如果我不保持警惕，仔细检查每件事，质疑每个人的假设，谁还会这么做呢？这是我的工作！"

我们都见过这种情况，是吧？不信任他人的 CEO 对每一个决策都吹毛求疵、穷追猛打，剥夺了人们工作的乐趣和创造力。帕特具有分析和注重细节的天赋，但当他过度发挥这些天赋时，却产生了意想不到的、令人忧虑的后果。和许多领导者一样，他过于专注"做好每一件事"，而对"帮助团队取得成功"关注不够。帕特对完成任务的短视，再加上他的完美主义，把那些真正优秀的人、那些要求自主权并希望得到信任的人都赶走了，只剩下一些不介意一直被人指手画脚的员工。

约翰对他摊牌："帕特，如果你不尽快改变这种模式，你就会把你团队最优秀的人都赶走。如果你不对他们吹毛求疵，而是帮助他们学会像你一样有敏锐的眼光，会有什么不同？这会给你带来真正的发展。"

这一刻对帕特来说是一个真正的突破。他看到了不幸来临的预兆，答应尽快做出必要的改变。他意识到，他的工作就是让公司里的其他人也像他一样善于提出尖锐的问题。帕特认为正是这一洞察让团队在准备上市的过程中一直对工作保持较高的满意度，也没有人离职，要知道，上市期间的压力都是比较大的。

学以致用：

- 你的哪些"缺点"实际上是一种天赋？
- 不完美有没有带给你什么好处？
- 怎样让你的缺点维持在一个平衡点上，既能让你和团队从中受益，又能保持公司稳健经营？
- 你的同事在哪些缺点中找不到闪光点，你如何帮助他们从他们眼中的"劣势"中找到价值？

有时候，我们的天赋不仅来自我们的缺点，也来自我们所经受的困难。我们来看看我们最困难的时刻是如何出人意料地帮助我们培养天赋的，这些天赋在日后的生活中对我们和他人都大有裨益。

痛苦馈赠的天赋

2008 年 12 月一个寒冷的下午，雪花飘然落下，75 名学生挤在哈佛大学肯尼迪学院 104 教室里，准备上罗恩·海费茨教授的"操练领导力"课程的最后一节课。在哈佛大学公共政策学院，海费茨教授的课堂是最活跃、最容易引发两极化观点的课堂，这天也不例外。

从"操练领导力"的教学大纲来看，这是一门研究生水平的普通课程，课程会安排阅读、组织讨论、撰写论文、给出成绩，等等。然而，"操练领导力"绝不是一门普通的研究生课程。有人把它叫作实时学习实验，也有人将其比喻为《蝇王》(Lord of the Flies) 与《幸存者》(Survivor) 的结合体。例如，上第二节或第三节课的时候，教授在讲到一半的时候会坐下来，显然是不想继续讲课了。学生们大感疑惑，面面相觑，不知所措：这是要我们讨论阅读内容吗？这是一次测试吗？也许我们中应该有人站出来主持讨论？

混乱接踵而至。每次都是如此。有些人试图建立这样或那样的秩序，但总有其他人抵制。学生开始出现派系。大家说话的声音越来越高，也越来越不客气。突然间，你眼里最沉得住气的那个人气得脸红脖子粗地冲了出去。

考虑到美国现在的政治状况，也许这是对未来事件的一次完美彩排。事实上，选这门课的学生会告诉你，与世界上其他大学的研究生项目相比，哈佛大学肯尼迪学院的校友中从政的是最多的。

但在那个清冷的冬日，教室里的气氛比往常要平静一些。因为这是本学期的最后一堂课，海费茨教授正尽力让大家更深入地理解一些重要的东西。像往常那样停顿了很长时间后，教授很随意地说："一个学期了，你们现在可能知道了，有些同学有令人惊叹的天赋或超能力，就拿爱德华来说吧……"

对，教授说的就是爱德华·沙利文，本书的作者之一。爱德华听到教授说起了自己的名字，便坐直了身体，有点不自在地笑了。

"一开始，很多人可能认为，爱德华不过是那些享有特权的白人之一，他不太需要靠内在的东西，光靠外在的东西就可以混得很好。"教授说到这里，爱德华的坐姿放松了下来。"所以，当你们发现爱德华其实拥有我们许多人从未见过的惊人的同理心和洞察力时，你们可能会很惊讶。好像他隔着房间也能读懂你的情绪。"

听到这里，爱德华的眉毛微微上扬，不明白这到底是怎么回事。

"酗酒者的孩子往往是这样。小埃迪（爱德华的昵称）无法知道爸爸的心情是好是坏，所以他不得不像蜘蛛一样敏锐地感知父亲的情绪，在一瞬间分辨出自己是安全的，还是必须逃走躲起来。我们的天赋就是这样，它一开始的时候往往是防御机制。"

那一刻，爱德华觉得自己就像希区柯克电影中的一个角色，镜头似乎在同时拉近和推远。他曾在办公时间拜访过海费茨教授，和海费茨教授谈论自己在课堂上的进步情况。海费茨是一位训练有素的心理学家，问过爱德华小时候的生活是什么样子。

这是真的：爱德华的父亲是个酒鬼。虽然他不是一直酗酒，但多年来时断时续，这足以让爱德华养成高度警惕的习惯。

教授突然在课堂上披露了爱德华的父亲酗酒且虐待年幼的爱德华，这让爱德华一时觉得羞愧难当，不相信教授竟然辜负了自己的信任。虽然这件事当时对他造成了不好的影响，但从长期来看可以说让他发生了彻底的改变。

爱德华从来不认为童年那些艰难的时刻有任何价值，更不用说把它们视为财富了。再者，他从未认为同理心是一种超能力。从很多方面来说，那一刻是爱德华多年来个人转变和自我意识提升的催化剂，也让他走到了今天的位置：一家顶级教练公司的 CEO。

当我们纵观杰出人物的成长历程，无论是在我们的客户队伍之内，还是在客户队伍之外，都可以看到一个非常明显的模式，即许多极其成功和具有极强影响力的成年人在童年时期都受到过某种忽视或虐待。

在我们的顶级 CEO 客户中，至少有三位是在极度贫困和被严重忽视的环境中长大的。奥普拉和玛雅·安吉洛（她们不是我们的客户）在年幼时都曾遭受过性虐待，埃隆·马斯克和史蒂夫·乔布斯的父亲对他们有情感和身体方面的虐待行为。金·凯瑞（Jim Carrey）和歌手 Jewel 在青少年时期都曾无家可归。

看看周围许多真正有天赋的人，你可能会发现他们的很多天赋都是在艰难的环境中形成的。那位想象力丰富的同事可能在孩提时代需要为自己创造一个全新的世界，以逃避痛苦的家庭生活。那位在组织和贯彻执行方面有惊人才华的同事，可能在混乱和不可预测的环境中长大，因此不得不学会为自己创造有序和稳定的环境。

要想从痛苦的经历中获得天赋，第一步就是要重塑我们对那些痛苦经历的看法。对爱德华来说，是一位研究生院的教授帮他重塑了痛苦的童年，让他明白童年给了他某些他尚未理解的天赋。

你想重塑哪些痛苦的经历？如果你的痛苦经历并没有明

确地给你带来任何好处，你可以寻求谁的帮助来帮助你实现这一目标？作为同侪、领导者或导师，你又该如何帮助他人重塑他们过去经历生离死别或遭受创伤的痛苦经历呢？根据我们的经验，这样做需要两个重要因素：示弱和信任。

就像爱德华做到了示弱，分享了一段艰难的童年往事从而赢得了你们的信任一样，为了与你们的同事和团队建立信任，你们也要迎接挑战，学会示弱，与同事和团队分享自己如何克服困难、发现自己天赋的故事。我们知道，这可能会让你们感到不自在，这么做感觉像是过度分享，但我们的经验和大量研究表明，这一点至关重要。

20 世纪 60 年代，研究人员埃利奥特·阿伦森（Elliot Aronson）通过一系列研究发现了一种违反直觉的概念，他称之为出丑效应（pratfall effect），即权威人士犯错或暴露缺点时，他们的"人际吸引力"会增强。另一项研究表明，当下属在工作中处于弱势并征求意见时，他们在上司眼中会显得更有能力、更可靠。

爱德华的教授知道，经过整整一个学期与同学们的比肩奋斗，经过与同学们一起分享和聆听各种关于挣扎、失落和坚忍不拔的故事后，爱德华已经对教室这个空间产生了深深的信任感。就是这个原因，让教授选择了在这个公共场合中帮助爱德华重塑他对过往经历的看法，并指出他的天赋。教授也清楚地知道，爱德华已经完成了必要的疗愈工作，但他还需要有人推动他迈出关键的下一步。

在反思自己的人生时，问问自己这些问题：

- 在重塑你对痛苦往事的看法和展现你的天赋之前，你还需要做哪些疗愈工作？

- 多年的羞耻感之下掩埋着什么宝藏？你需要原谅谁，对谁生出同情心？

我们知道这些都是很深刻的问题。你可以和谁一起探讨这些问题呢？如果你曾有过深刻的创伤经历，我们鼓励你向专业的创伤治疗师寻求帮助，他们可以在安全的环境下帮助你解读这些经历。

过犹不及

在我们与客户的合作中，我们发现，领导者至少有50%的"问题"源于他们过度使用了自己的天赋。我们把这种行为称为"过度发挥优势"，它困扰着我们所有人，因为我们很自然地想多做我们擅长的事情。要摆脱这种怪圈，往往需要朋友、教练或董事会成员的帮助。听到自己擅长并引以为傲的事情实际上让人抓狂，并不是一件容易接受的事情。

我们的客户阿龙就深受这个问题的困扰。他是一家大型科技公司的首席财务官，毫不夸张地说，阿龙是一个高智商的人。面对一个图表，当大多数人还在努力弄清楚图表上的数据意味着什么时，阿龙已经从这些数据中得出了十条见解，想出了三个新产品的功能，制订了一个招聘两名新员工、裁掉一名员工的计划。

这么说吧，阿龙就是一台机器。

但是，如果你曾经与机器共过事，你就会知道，像阿龙这样的人会让我们这些普通人无所适从。你知道阿龙很可能已经有了答案，所以你不想费心去思考自己的答案。你害怕阿龙会看穿你站不住脚的计划，所以你不想和他分享你的计划。你担心阿龙对数据的洞察力比你所能企及的更深入，所以你根本懒得去看数据了。

简而言之，借用利兹·怀斯曼（Liz Wiseman）在她开创性的著作 *Multipliers* 中创造的术语，阿龙是一个"减法领导者"。根据怀斯曼的研究，由于减法领导者的微观管理、告诉员工该做什么、不肯下放决策权、不能善用他们好不容易聘请来的优秀人才等行为，因此他们只发挥了自己 50% 的能力。在我们的研究中，我们发现他们之所以如此，往往是因为他们过度强调和发挥了自己的天赋。

阿龙可能是公司里最聪明的人之一，但他剥夺了许多同事在那里工作的乐趣。虽然他在 360 度评估中听到这个刺耳的事实很不好受，但这也是一个难得的机会。他不知道他正在排斥公司里其他优秀人才，也不知道自己试图在谈话中

"增加价值"的做法打击了团队中资历较浅的成员的士气。

不过，知道了这些信息，阿龙就能够做出一些调整。他开始更多地把心思放在辅导和支持他的团队上，而不是指挥和授权。他开始问一些能让人思考和学习的问题，而不是给出答案。简而言之，他学会了进行对话，帮助团队通过他的视角来看待数据和业务，而不是简单地说出他们没看到什么。

这样一个简单的改变，再加上他不再过分发挥自己的优势，阿龙提高了组织的能力，扩大了组织的规模，这是他以前做不到的事情。有些领导者下意识地抵制以这种方式发展团队，因为他们暗地里喜欢自己掌握所有答案。我们认为用再强烈的字眼也不足以表达这种做法的危害有多大，它会破坏士气，造成从众思维，最终影响公司的效益。

团队过度使用优势

不仅个人会过度使用天赋，团队也会如此。有时候，一群人在一起工作时表现得非常出色，以至于作为一个整体，他们展现出了他人难以企及的能力。而有时候，正是这种发展到极致的团队能力成为公司发展道路上的致命弱点。

我们最近与一家医疗保健初创公司的高管团队合作，他们在公司发展方面遇到了困难。作为一个团队，他们在过去 5 年中共同经历了公司管理和发展过程中的风风雨雨，从在全国各地开设办事处，到应对新冠疫情，再到与医疗保健行业最大的公司之一合作，他们一起做到了这一切。

就像一起上过战场的一排士兵一样，这个管理团队也在彼此之间建立起了深厚的信任。

他们了解彼此的天赋和缺点。他们能把对方未说完的话补全。他们共同做出了完美的决定。唯一的问题是，公司里还有其他 300 多个员工，高管团队并不像信任彼此那样信任这些员工。因此，虽然高管团队非常善于一起做出重大决策，但公司里的其他人根本没有机会做出任何决策。高管团队过度使用了他们的天赋。

由于没有下放决策权，高管团队开始出现决策疲劳。简单的人力资源问题或产品问题本应由下两级主管来解决，现在却占用了高管团队宝贵的时间。他们发现自己在花时间讨论和决定公司的网站设计，甚至浪费了一个小时讨论公司的假期安排。

幸运的是，他们意识到有些不对劲，并向我们寻求帮助。经过分析，我们帮助他们认识到，他们这个核心团队所具有的很多了不起的优势已经对公司的其他部分造成了束缚。当他们还是一家小公司时，有些东西是优势，但随着公司的发展，这些优势已经变成了公司的累赘。

在爱德华的协助下，他们将认识付诸行动。首先，他们制定了新的合作章程，明确规定了他们将讨论哪些话题、如何做出决策，以及当其中一人试图将其他人带离正轨时，他们将如何相互问责。其次，他们与公司的其他人讨论了这个问题，这样每个人都能支持他们改变领导习惯。最后，为了确保这不是谈了一次就忘了的事情，他们制定了一个季度问责表，衡量他们在实施变革方面的表现。

这三个步骤对于培养团队成员的新习惯非常有效：

1. 确定新的期望。
2. 就这些期望在公司内部展开广泛的沟通。
3. 制定问责流程和问责表。

这三个步骤对这个团队产生了奇效。新章程为他们提供了一份支持相互问责的文件。与团队分享章程在公司里营造了公众监督的氛围，让公司里的其他人敢于在他们"又在做微观管理"时给予提醒。问责流程和问责表让他们在今后的工作中始终牢记这些规定。

每种毒药都有解药

一位客户通过反馈练习了解到，他的特殊能力是他有同理心和他比较真实。他能够深入用户的内心世界，创造出一些10年来用户增长速度最快的应用程序。他能够与团队进行质朴的、真实的对话，消除歧义，并提供有见地的反馈，推动业务向前发展，帮助员工摆脱消极模式。

然而，在极端情况下，这两种天赋都有可能成为弱点。他通过反馈了解到，他的同理心可能会泛滥到取悦他人的程度，而他的真实可能会被视为过度分享或过于挑剔。为了防止自己做得太过，他想出了一些简单的"解药"来控制自己的天赋。

他的"疗程"是这样的：

1. 你的天赋是什么？
2. 这些天赋的"阴暗面"是什么？
3. 这些阴暗面的解药是什么？

对于过度的同理心，他的解药是谦逊：他不必让每个人都开心，也没有能力让每个人都开心。对于过度的真实，他的解药是善意的克制：并不能仅仅因为他想到了或观察到了一些事情，就认为跟人分享就是善意的或必要的。

利用这些工具以及其他工具，他从根本上改变了自己与天赋之间的关系，现在他的公司的员工敬业度和幸福感得分在全国遥遥领先。

你和你的团队可以进一步探讨如下问题：

- 你过度使用了自己的哪些天赋或长处？
- 你想帮助他人的良好愿望如何阻碍了他人的参与，或

　　阻碍了他人与你的合作？

- 你的团队或组织过度发挥了哪些核心优势？

- 关于如何更好地发挥你的天赋，你可以向谁请教？

- 有什么"解药"可以让你不再过度发挥自己的天赋？

人才济济，优势互补

　　1984 年初，31 岁的黛比·科尔曼（Debi Coleman）走进位于加州弗里蒙特的苹果公司麦金塔电脑工厂，深深地吸了一口气。在史蒂夫·乔布斯聘请黛比担任财务总监的三年间，他曾多次提拔她，但都仅限于财务部门内部的职位。但是这一天不一样了。

　　乔布斯把苹果帝国皇冠上的明珠——刚刚建成的麦金塔电脑工厂交给了毕业于布朗大学英语文学专业的黛比。就在刚刚过去不久的超级碗赛事上，苹果公司在广告中向全世界宣布它将用麦金塔电脑打破 IBM 在计算机行业中的霸主地位。

　　唯一的问题是，黛比在制造业方面毫无经验，不知从何下手。在她履职之前，曾经接连有三位制造业的专业人士试图驾驭这个庞大的工厂，但都以失败告终。厂房建设只完成了一半。虽然对新苹果电脑的需求正在飙升，但工厂生产线的产量仅能达到其设计目标的一小部分，公司无法如期交货。

但是，黛比和她那支很快就会成长为制造业专家的精干团队，只带着写字板、铅笔和扫帚，一点一点地清理了工厂。他们分析装配线，找出运营瓶颈。他们安装更好的系统来减少库存，并启动准时制生产。他们甚至把墙壁刷成了灰尘无法附着的亮白色。

让所有人惊讶的是，到了 9 月，黛比已经把工厂打理得井井有条，乔布斯因此为黛比和工厂的工人们举办了一个派对。派对的横幅上写着"9 月——我们开始管理工厂，而不是被工厂管理"。

但真正的问题是：为什么乔布斯会信任一个只是在商学院上过几堂课，学到了一点"理论知识"，但对制造业毫无经验的财务总监来管理他最重要的工厂呢？黛比也有同样的疑问。

当有人问黛比她怎么看待乔布斯让她担任这一职务时，她说："世界上不可能有其他人会给我这样的机会来管理这样的业务。"

乔布斯有很多身份，但他不是工程师，不是设计师，不是项目经理，也不是金融奇才。事实上，如果他以路人的身份去苹果公司应聘会遭到拒绝，因为他并不具备那些职位所需要的技能。但这些都无所谓，因为乔布斯拥有一项极其重要的技能，使他能够完美胜任 CEO 的角色：发掘人们身上隐藏的天赋，并将这些人安排到合适的岗位上。

回顾苹果公司的发展史，你会发现像黛比这样的事例比比皆是。乔布斯雇用的都是"在工作岗位上出色得不得了"的人，无论他们是不是学有所长的专业人士，都做得非常出色。事实上，乔布斯认为他早期聘用的大多数经验丰富的专业人士都是错误的选择。"那样根本不行。他们大多数都是笨蛋。他们知道怎么管理，但不知道怎么做事情。"

乔布斯的表达可能跟我们不一样，但他所做的和我们这些年来看到其他优秀领导者所做的一样：他们都聘用有某些天赋的人，打造了一个人才济济、优势互补的团队。黛比·科尔曼的天赋在于她非常严谨和细致。她喜欢寻找新的方法来解决问题，即使是最小的、看似微不足道的问题，她也另辟蹊径。而且她执行力强，能够将这些解决方案贯彻到底。

苹果公司在那个时代聘用的其他优秀人才也形成了优势互补的关系。与黛比同时期在苹果公司工作的盖伊·川崎（Guy Kawasaki）在20世纪80年代中期被苹果公司聘为"首席宣传官"。他的天赋是讲话简洁、冲击力强、令人印象深刻。盖伊喜欢标语和框架，不像黛比那样细致并喜欢优化流程。

这就是卓越领导者组建团队的思维方式。就像《十一罗汉》中的丹尼·奥申那样，他们为每个职位寻找全世界最合适的人选。他们故意不聘用和自己一样的人。这一点尤为重要，因为我们之前说过，乔布斯其实什么具体职位也做不了。

也许他不是一个"笨蛋"职业经理人,但他也不是什么制造业或人力资源专家。乔布斯在 20 世纪 90 年代初接受的一次采访中说:"我的成功在很大程度上是因为我找到了真正有天赋的人,而不是那些满足于成为二流或三流员工的人。我发现,当你把足够多的一流员工聚在一起……他们非常非常喜欢在一起工作,因为他们以前从来没有机会这样做。"

这就是我们所说的把公司打造成"人才济济的地方"。把一些真正有天赋的人汇聚在一起时,就会出现这种群星璀璨的情况。

对黛比和其他几十个人来说,1983 年和 1984 年在 Mac团队工作就是和一群才华横溢的人一起工作的经历的例子。乔布斯回忆道:"如果你和 Mac 团队的很多人聊聊,他们会告诉你在苹果公司工作时期是他们职场生涯中最辛苦的时期。有些人会告诉你,在苹果公司工作的日子是他们一生中最快乐的时光。但我想他们所有人都会告诉你,在苹果公司工作绝对是他们一生中最有激情、最珍贵的经历之一。把一群才华横溢、富有天赋的人聚集在一起,让他们共同解决难题,就是这个样子。"

回到自己身上,问自己以下问题:

- 你什么时候在一个人才济济的团队里工作过?这段经历有什么特别之处?

- 如果你现在未能在一个这样的团队中工作，你能在哪些方面更努力一些，从而培养起一个人才济济、优势互补的团队？

接下来，我们来看看如果团队成员看不到彼此的天赋会发生什么。方便的是，我们不用离开库比蒂诺（苹果公司总部所在地）就能继续探讨这个问题。

当我们看不到彼此的天赋时

在开发苹果手机和其他苹果产品的早期阶段，就有人敦促乔恩·鲁宾斯坦（朋友们称他为鲁比），让他的团队成员们多把目光放在彼此的天赋上。他的工程师和设计师团队陷入了分歧之中，无法有效地合作。

鲁比的老板乔布斯对此很不高兴。

无计可施的鲁比打电话给约翰，希望他能帮助自己的团队。在苹果公司发展最关键的时期，约翰是鲁比的教练。

鲁比的团队陷入了高绩效团队最常遭遇的陷阱之一：团队成员没有看到和重视彼此的天赋。更严重的是，他们没有看到自己的行为如何影响了其他团队成员，也无视自己的行为如何阻碍了项目进展和破坏了团队的成功。约翰和鲁比需要想出一个办法，帮助团队成员将彼此视为同事而不是对手。

他们只有很短的时间来做这件事。

在约翰看来，问题的核心是这个团队太优秀了。这是有史以来最有才华的精英项目团队之一。例如，团队中的鲁比是一位经验丰富的工程师和产品开发人员，曾推出 iPod（人们称他为 iPod 之父——Podfather），后来担任了 Palm 的CEO；托尼·法德尔（Tony Fadell）当年是一位神童，后来推出了 Nest；团队中还有乔布斯钦点的首席设计师 Jony lve。当一个由超级明星组成的团队在一起工作时，他们要么会像我们刚才讨论过的 Mac 团队那样取得一代人难得一见的成功，要么会爆发争吵，再也不想跟对方说话。这个团队的走向是什么很明显。

洞察到这一点之后，约翰认为最好的策略是帮助团队成员重视彼此的天赋，并学会在此基础上合作，而不是竞争。也是在此时，约翰想出了反馈速配的方法，这种方法后来成为他标志性的团队调整技巧之一。这些年他在几十次董事会会议、拓展活动和线上静修活动中都曾使用过这种技巧。

反馈速配做起来和听起来一样简单。把团队成员配对，每两人一组，给每组 10 分钟的时间单独坐在一起，根据两个提示展开对话：

- 跟你一起工作，我最欣赏的是……
- 你可以在工作中给予我更多支持的几个方式是……

10分钟后，重新配对，直到每个人都与其他人有了一对一的时间。

虽然这看起来过于简单，但它的天才之处就在于其简单性。这种方法不涉及信任背摔，不涉及研讨活动，也不会引出小时候受过欺负的悲伤故事。它只有两个简单的提示，它的目标是督促团队成员寻找彼此的天赋，并就这些天赋展开对话。

团队成员之间可能会相互竞争。自尊心会占据上风。人们会彼此怀疑，无视对方的天赋，这会进一步削弱相互的信任。这就是为什么很多团队会陷入办公室政治和敌意的泥潭。其实，团队成员之间需要肯定彼此的优势。正如约翰向鲁比的团队以及此后的数百个团队展示的那样，有时他们只需要展开对话，表达彼此的重视，并围绕对话创建结构和流程，就可以解决问题。

又进行了几次这样的操作后，鲁比团队的每一个成员已经能够从不同的角度看其他成员。更重要的是，每一个成员都开始发现，同事们都很认可他的价值。这让团队能够进行更加严谨、更有成效的辩论，而不是像之前那样陷入持续不断的冲突。他们也能够按照计划开展工作，并对彼此负责。如果你曾经用过苹果手机，你就知道他们做的产品多么出色。

此外，如果你曾在团队中工作过，你就会知道困扰鲁比团队的这种功能障碍非常之常见。有时，即使我们拥有完美的"产品洞察力"，即使我们正在构建的东西确实具有远见卓识，能够改变行业，但如果我们对自己和团队缺乏洞察力，我们也会走上失败的道路。

想想鲁比和他的团队，反观一下自己：

- 你为何未能看到他人的天赋？
- 你的团队成员为何未能相互看到对方的天赋？
- 你打算如何改变这种状况？或许做几次反馈速配？

顶级天赋：看到他人的天赋

杰茜卡·恩塞尔·科尔曼（Jessica Encell Coleman）灿烂的笑容能照亮整个房间。虽然她很上镜，但她的笑容不是那种自我意识过剩的"给我拍照"的笑容，而是那种"我看到你了，我想了解你"的笑容。她的微笑让你觉得一切都会好起来。

2018 年夏天，我们在犹他州位于盐湖城和爱达荷州边界之间的滑雪小镇伊登认识了杰茜卡。那是她第三次或第四次在峰会系列活动中主持她的"人际关系的魔力"工作坊，这是为企业家、艺术家、音乐家和其他时尚引领者举办的周末研讨会。杰茜卡目前已把她的工作坊推广到全国各地。

如果没有亲身体验，很难准确描述杰茜卡的工作坊是什么样子，我们能想到的最合适、最接近的说法，是它"能迅速让人卸下心防"。一个小时之内，她能把一群完全陌生的人变成一见面就拥抱的老朋友。我们参加过很多工作坊，也主持过很多工作坊，但我们从未见过这样的事情。

通过一系列的练习，她慢慢地让大家敞开心扉，这就像观看延时拍摄下的花朵绽放一样。在工作坊上，你可以四处转转，与经过的人进行眼神交流。工作坊希望大家像对待未曾谋面的好友一样对待每一个人。你可以在陌生人面前停下脚步，欣赏他们内在的"神圣火花"。如果你愿意，还可以拥抱他们。

从头到尾，这都是一次崇高的体验。

杰茜卡工作坊的高潮是她所说的"内心之声"环节。一名参与者躺在地板上或坐在椅子上，另外两名参与者在他两侧，在他耳边轻声说出对他的积极评价。做过几次之后，我们可以毫不犹豫地说：这是一次奇妙的经历！

不知不觉中，杰茜卡为这个环节中的三个完全陌生的人创造了一个安全的空间，让他们在一小时之内，让彼此开心、哭泣和喜悦。听到别人当面对自己说一些正面的或意想不到的话是一件特别重要的事情，尤其是听到陌生人对自己这么说，更是如此。

这样的话不仅特别重要，还具有激励作用。多年来，社会科学家一直告诉我们，正面强化是让他人采取新行为的最佳方式。在纽约州一家医院进行的一项关于洗手依从性的研究表明，如果洗手池中的感应器确认员工确实已经洗手，员工离开卫生间时，电子板上会显示"做得好!"，这项信息会使员工的洗手频率提高 900%。

是的，我们真的都在等着有人对自己说"做得好!"，哪怕这份肯定出自一个电子牌。

杰茜卡"内心之声"练习的神奇之处，不仅仅在于陌生人说你很有品位、很有气势，或其他一些表面性的观察，而是这些陌生人经常注意到你自己可能看不到的一些美好特质或天赋。或者说，即使你看到了，也可能只是在脑海中一闪而过，不会太过在意。比如他们说的这些话："与你相处很自在。""你照亮了整个房间。""你热情洋溢的笑容让我想跟你说一些轻易不愿吐露的话。"

很多时候，需要别人说出他们在我们身上看到的天赋，我们才开始相信这些天赋。从他人那里知道了关于自己天赋的小秘密，会促使我们开始追求更高的目标。正如作家兼商学院教授菲尔·罗森茨魏希所说："怀着有点夸大的自我信念……往往能帮助我们做得更好。相信自己可以比以前跑得更快一点，真的可以让你跑得更快一点。"

对大多数人来说，这种"有点夸大的自我信念"需要从外部输入。而这，就是用心领导的意义所在。

用心领导包括帮助人们看到自己的天赋，扩大他们对自己能力的认识。在约翰的客户中，DoorDash 公司的创始人兼 CEO 徐迅是我们所见过的在这方面做得最好的人之一。

要讲述徐迅的故事，我们先把时光倒回到 2012 年一个阳光明媚的秋日下午，当时还在斯坦福大学商学院就读的徐迅在帕洛阿尔托的学府大道上的一家马卡龙店里，就小企业经营的"痛点"这个话题采访店主。徐迅想开一家公司来支持当地的经济，但他一时还没有头绪。

那时的徐迅有一个小小的愿望，他期待有一天能赚到很多钱，下班后能带一盒马卡龙回家给他的女朋友，除此之外，小企业主为维持生计而付出的艰辛努力也极大地激励了徐迅。他对这一点有切身体会。在徐迅 4 岁那年，徐迅全家移居美国，他的母亲为此放弃了在中国做家庭医生的职业。在徐迅童年的大部分时间里，母亲都在当地餐馆工作，小徐迅有时候会去跟她一起洗盘子。

采访中，马卡龙店里的电话铃突然响起，店主急忙去接电话，徐迅无意中听到她说了一句话："对不起，我们不送外卖。"这句话永远改变了他的人生轨迹。

在那一刻，徐迅有了一个简单但关键的洞见：餐馆老板应该把心思放在他们的天赋上，也就是做美食，而他应该成立一家公司来支持他们，让更多人吃到他们的美食。

几个月后，徐迅和三个斯坦福大学的朋友创办了 PaloAltoDelivery.com，也就是今天我们熟知的 DoorDash 的前身。最开始的时候，徐迅和他的联合创始人把当地商家的菜单输入到他们新公司的网站上，让他们的许多客户第一次走到了网络上。他们还亲自送餐。

到 2021 年，DoorDash 已经成为一家市值 500 亿美元的上市公司，员工人数超过 5000 人。虽然 DoorDash 能发展到现在肯定是因为它做对了很多事情，但我们认为 DoorDash 成功的秘诀是徐迅反复在做一件事情：他一直在问正确的问题，也一直在研究如何善用他人的天赋。

刚创办公司的时候，徐迅在 DoorDash 的使命是帮助小商家将拉面、马卡龙、比萨、卷饼和奶昔送到潜在客户的家中，让商家的生意更加兴隆。如今作为 CEO，他的使命仍未改变，他履行使命的方法是全力让他的团队成员取得最大的成功。

就像乔布斯在 20 世纪 80 年代初领导的 Mac 团队一样，徐迅在 DoorDash 的优秀管理团队也是由一群才华横溢、优势互补的人组成。通过与 DoorDash 团队的合作，我们发现，无论决策多么困难，也无论看似无法克服的障碍有多大，徐迅不愿接受失败的态度都会迫使他的团队深入钻研并找到创造性的解决方案。徐迅不发号施令，但他会让他的团队负起责任，推动他们突破自己的能力极限。

这就是优秀领导者所做的事情。他们认识到他人的天赋，赋予他们做决定的权力，挑战他们超越心目中的极限，并对他们设定极高的标准。优秀的领导者还愿意帮助团队成员发展天赋。徐迅非常慷慨地为他高管团队中的许多成员提供教练辅导，因为他知道天赋不是一成不变的，天赋需要加以培养和发展。

想想与你共事之人的天赋：

- 谁身上有一种他们自己尚未意识到的特别的天赋，而你能引领他们发现这种天赋？
- 如果你脑海中想不出任何人，请想一下，是什么阻碍了你注意到他人的天赋？有什么东西是你没有重视的吗？
- 你可以做些什么，从而让更多人有空间来发挥他们的天赋？
- 反过来，你在做的哪些事情会妨碍别人充分发挥他们的天赋？

是什么让我们忘记自己的天赋

对我们两位作者来说，这是一个特别的章节，因为这个章节真正开始将整本书融合在一起。如果你的需求没有得到满足，或者只有最基本的需求得到满足，你就不会有条件或灵感来发挥你的天赋。同样，当我们被恐惧压得喘不过气来的时候，我们往往会害怕展示自己的天赋。当我们被不健康的欲求所困扰时，我们也不会把很多心思放在"施展我们的天赋"上。我们的客户阿里亚纳·戈德曼是母婴时尚品牌 Hatch 的 CEO，她对此深有体会。

阿里亚纳是她这一代人中很有品牌和时尚头脑的人之一。她之所以能"理解"准妈妈们，不仅因为她是两个孩子的母亲，还因为她有一种真正的天赋，能准确地看到她们想要什么、期望产品有什么品质，以及她们希望自己在怀孕期间有什么样的感觉。她的一位顾客说："穿上 Hatch 的产品，我会暂时忘掉孕期的不舒服。"

但是，我们见到阿里亚纳时，她正处于和自己的天赋渐行渐远的状态。她陷入了对潜在竞争对手的恐惧之中，在办公室里也得不到她所需要的支持，无法摆脱日常的戏剧性事件和干扰。对她来说，充分发挥天赋的条件没有得到满足。她的所有时间都花在了扑灭恐惧的火焰和满足公司的低层次需求上。

在一次教练课上，爱德华问了她一个简单的问题："在公司里你一个人能做好的事情是什么？"她的回答很直接："战略和创意指导。"

"那你把时间花在了哪里？"

一阵沉默。

阿里亚纳把 90% 的时间都花在了消耗她精力的"小事"上。她没有给自己留下发挥创造力的空间。对失败的恐惧逐渐将她吞噬，这种恐惧让她瘫痪，让她距离成为公司的创造性领导者越来越远。

在一系列的教练课程中，她和爱德华进行了一些非常真实的对话，阿里亚纳重新拥有了以前的能力，能够平息自己的恐惧，并争取满足自己的需求。她努力将更多的日常事务托付给她的直接下属，在日程表中为自己喜欢的创造性和战略性工作留出时间。在她的努力下，Hatch 再次崛起。她与一家大型零售商达成了一笔巨额交易，投资者也开始纷纷向Hatch 注入资金，Hatch 的业务规模也进一步扩大。

退后一步来看阿里亚纳的领悟，你会发现用心领导的系列对话并不是相互孤立的，而是一个完整的系统。满足需求、消除恐惧和不健康的欲求能够给予我们发挥天赋的空间。发挥天赋的飞轮转动得越快，需求就越能得到满足，以此类推。这是一个循环往复的系统。

在下一章中，我们将深入探讨这个问题：我们的目标是什么？如果不知道自己的目标，该如何找到它？这个问题是我们这次共同旅程的最终问题。

------------- **第 4 章要点** -------------

- 每个人都有一种特别的天赋，但我们往往会低估自己的天赋和优势，因为我们不必像学习技能那样为天赋和优势付出努力。

- 利用天赋来解决难题是我们进入心流状态并获得深层次满足感的方法之一。领导者需要用难题来挑战他们的团队，让他们处于无聊和不堪重负之间的最佳平衡状态。

- 对许多人来说，最大的天赋来自生命中的痛苦或黑暗时期。拥抱这些天赋并善加利用，可以帮助我们从困难的经历中获得意义并治愈创伤。

- 领导者可能会过度发挥自己的天赋和优势，这往往会对他们的团队产生不利影响。当团队士气低落或业绩不佳时，领导者应该保持好奇心，就自己在造成这种态势中所起的作用展开对话。

- 通过讨论彼此的价值所在，团队成员会开始发现并释放自己的天赋，从而在彼此间建立信任。

- 当他人的天赋与我们的天赋相辅相成时，我们就能把自己的天赋发挥得淋漓尽致。当我们所工作的团队人才济济，团队成员就能最大限度地发挥其最大的潜能。

用来开启对话的问题：

1. 别人说你作为领导者最大的天赋是什么？你认为这种天赋来自哪里？一开始听到这个消息时你感到惊讶吗？作为领导者，如何才能更好地利用自己的天赋？

2. 你的团队成员有哪些天赋？谁完全没有意识到自己拥有某种天赋？是什么阻碍了你与他们就此展开对话？

3. 是什么阻碍了你以更有影响力的方式发挥自己的天赋？是

什么未满足的需求和恐惧阻碍了你？

4. 你是如何利用自己的天赋在挑战性的任务中保持心流状态的？

5. 你自己或团队的哪些明显缺陷实际上可能是天赋，只是现在被误用了？

6. 现在和你一起工作的人中哪些人最有天赋？他们是否在携手解决公司最重要的问题？如果没有，为什么？

| 第 5 章 |

你的目标是什么

人生最重要的两天，是你出生的那天和你明白为什么来
到世上的那天。

——马克·吐温

如果你第一次见到杜克大学三一文理学院的院长瓦莱
丽·阿什比，你肯定会注意到：这位女士是心怀使命的。

瓦莱丽从一名普通的教师成长为学术界的重磅人物，她
不仅是学术界最优秀的黑人女性之一，也是学术界最优秀的
女性之一，作为美国顶尖学府的院长，她更是整个学术界最
优秀的人之一。

几年前，约翰在给初创公司 Carbon 的创始人乔·德西
蒙（Joe Desimone）做教练时，乔把瓦莱丽介绍给了约翰。

Carbon 得到了风险投资的资金支持，致力于重新塑造高分子产品的设计、筹划、制造和交付方式，让企业在未来实现数字化和可持续的发展（本章后面将会介绍乔的故事）。

瓦莱丽在北卡罗来纳大学教堂山分校读书时，乔是她最信任的导师之一，也是她的博士论文指导老师。乔认为瓦莱丽在杜克大学上任后，约翰能够为她和她的团队提供很好的辅导。最近，约翰为了本书的写作与瓦莱丽谈起了目标和用心领导的话题，她毫不犹豫地说出了她现在的目标和使命：教育、鼓励、支持和培养下一代领导者。

谈到杜克大学的学生，瓦莱丽的眼睛闪闪发光，她认为自己的职责就是帮助学生找到他们在世界上的位置。她非常看重自己作为学生和教师引路人的角色。她的目标明确、坚定、毫不动摇。

对目标有清晰的认识让瓦莱丽拥有了另一种品质，这也是她成功的秘诀：真实。她是那么真实，在她面前，你会自然而然地放松下来。瓦莱丽待人真诚，富有感染力和同情心。和她在一起，每次你都会觉得她**看见**了你。

为了实现自己的目标，瓦莱丽用她真实的风格和她的亲身经历来帮助他人学习。她跟很多人讲述了自己与冒牌者综合征的斗争，以及她在学术界面临的挑战。但正是这种坦诚、这种毫不掩饰和这种勇气，使她成为实现自己的目标（教育和培养下一代领导者）的最佳人选。

每天早上一觉醒来，她都兴致勃勃地想要为他人打破障碍，为他们创造机会。她知道有成千上万的年轻人在对他们不利的体制下挣扎，同时还要面对消极的自我对话，这些想法激励着她去工作。

瓦莱丽将自己清晰的目标和真实的风格归功于她的父母。她的清醒和直率来自父亲，深厚的同理心则来自母亲。她还有一种天生的幽默感，帮助她有效地解决棘手的问题。瓦莱丽明确的目标意识使她能够激励全校教师提高学生在学校的体验。

你早上起来是什么感觉呢？是怀着激动的心情准备去做目标清晰、充满意义的工作，还是喝再多咖啡也不能让你充满活力和热情地开始新的一天？你问过自己为什么要做现在的工作吗？当被问及你的使命和人生目标时，你是否像瓦莱丽一样有明确的答案？

如果这些问题只是让你自我反省，甚至觉得自己很糟糕，请不要绝望。很少有人能像瓦莱丽一样这么清楚自己的目标是什么。实际上，在我们与硅谷及世界各地的客户和公司合作的过程中，我们遇到过几十位觉得这些问题很难回答的领导者。

如果你还不清楚自己的目标是什么，那你并不孤单，很多人都这样。大多数人最初从事某种工作只是因为感兴趣，或者被某家公司录用，或者仅仅因为需要付房租，但这并不意味着通过对话帮助我们看清自己的目标就不重要。我们把这个话题留到本书的最后，是因为它是本书最重要的话题。

到目前为止，我们已经谈了很多如何用心领导的方法，即通过对话理解自己和团队的需求、恐惧、欲求和天赋，从而做到用心领导。但是，如果没有明确的目标意识，那么我们从对话中得出的清晰的认识，以及我们的精力也就无处安放。再者，如果没有明确的目标意识，我们自己也很难有振奋和受到鼓舞的感觉，更不用说去动员和激励我们的团队和组织了。

这一章将帮助你认识为什么目标对有效的领导如此重要。我们的目标是什么？我们如何就目标展开对话，从而对我们的人生和我们所在的组织都起到决定性的作用？

约翰的重获目标之旅

到目前为止，我们还没怎么讨论约翰的故事。他不太愿意过多透露自己的个人生活。但既然我们鼓励客户卸下心防，我们也应该"说到做到，以身作则"。

以下是约翰如何在工作中失去目标感和意义，后来又重新找回目标感和意义的故事。

我们来听听约翰怎么说。

　　这件事已经过去六年多了。一天早上醒来，我感觉情绪低落，几乎没有精力完成日程表上的教练课程。我不想吃东西，也不想做任何事情，只想取消日程表上的一切安排。这对我来说很不寻常，因为我是一个非常积极的人，只有事情糟糕到非常严重的程度才会让我感到沮丧。我对自己说："我相信这种感觉会消失的。"

　　三周后，这种感觉依然存在，我不停地问自己："这是怎么回事？为什么我还是情绪低落？"我很难理解这一切，因为经过 15 年的时间，我和我的商业伙伴已经把公司打造成硅谷最成功的教练公司之一了。

　　我们在早期给苹果公司和耐克公司做教练的基础上成立了我们的公司，目前正在给硅谷一些最有名的公司的领导者做教练。公司的财务状况很好，工作也很有意义，而且我有世界上最好的合伙人。但有些事情变了。我体会不到工作曾经带给我的快乐。

　　我继续努力，希望一切都会好起来。但事与愿违，我变得更加烦躁，开始把我的烦恼倾倒给妻子，不断告诉她我有多么沮丧。当了太多次听众后，她对我说："要不你跟你的合伙人谈谈？"她的想法总是那么明智。

　　第二天，我给合伙人打了电话，坦诚地跟她谈了我们公司的情况和我最近的感觉。事后看来，我当时并没有做到完全透明，我没有告诉她我当时有多沮丧。相反，我建议我们可能需要找一位顾问，帮助我们审视客户，重新设定公司的发展方向。

尽管我当时还不确定自己到底是怎么了，但她马上对我表示支持，并非常同意请一位顾问来帮助我们搞清楚这个问题。

一个月后，我和合伙人飞往丹佛，与请来帮助我们确定公司重点和愿景的夫妻团队会面。我当时还不知道，在回答一系列关于给我们的生活和工作带来快乐的问题时，他们会分别把我们回答问题的过程录制下来。

这些问题非常有力，探究了能给我们带来幸福和快乐的事物，以及我们生活中缺失的事物。我完全敞开心扉，觉得这次经历使我宣泄了积压已久的情绪和感受。和陌生人坐在一起，我发现很容易分享我对自己和公司的感受。随着他们问的问题越来越多，探讨也越来越深入，我完全坦诚地说出了我对工作失去确切目标的感受。

对我来说这真是非常重要的一刻，不过顾问并没有就此罢休。访谈和录制结束后，他们把我们叫到一起，让我们看访谈的录像。他们问我能不能从我的录像开始。我同意了，但我并不知道先看我的录像是不是个好主意，因为我在访谈中说了一些我从来没跟合伙人说过的事情。顾问继续进行下一步，我的心里有一种不祥的预感。

打开视频之前，两位顾问向我们介绍了"亮灯 / 熄灯"的概念。我们也借鉴了这个概念，并一直对客户使用至今。

亮灯时刻是指我们兴奋和充满激情地用积极的语言来表达想法和谈论话题。在这样的时刻，我们说话的声音会提高，肢体语言生动，手势很多，脸上洋溢着喜悦，感觉自己可以滔滔不绝地谈论这个话题。

与此相反，**熄灯时刻**是指我们在谈论事情时缺少活力和激情。在这样的时刻，我们的声音会变低变弱，而且说话的时候往往会低头看桌子或地板。我们的笑容变少，手势减少，肢体语言也比较匮乏。总之，在熄灯时刻我们的活力明显不足。在表达熄灯想法时，我们说的话往往也比较少。

顾问解释完"亮灯 / 熄灯"的概念后，让我们看自己的访谈，并记下哪些是亮灯想法，哪些是熄灯想法。观看访谈录像对我来说是一次颠覆性的经历。当我谈到与初创公司合作时，我看到了自己的热爱和激情。顾问指出，当我谈到初创公司的创新时，我的沟通语言发生了多么大的变化。

当我谈到初创公司文化的混乱，以及我为这些尚处于起步阶段的公司建立了适度的秩序和流程而感到快乐时，我变得兴致勃勃，充满了激情。相比之下，当我谈到继续与大公司合作不再像以前那样给我带来快乐时，我就转变到了熄灯状态。

我们继续观看录像，其间两位顾问在某个位置按下了停止键。他们说："我们觉得下一段是你录像中最重要的时刻。"我开始感到有点焦虑。我的肾上腺素飙升，我很好奇他们选中了我访谈的哪一部分。

顾问按下播放按钮，我的合伙人带着期待和好奇向前倾了倾身子。影像出现在屏幕上后，顾问说："约翰，这是你最耀眼的亮灯时刻。"录像开始播放，我看着自己在回答问题。"约翰，你的生活中缺少什么？"我的回答充满了激情和活力，与录像中的其他片段很不一样。我兴致勃勃，言辞清晰坚定，至今令人难忘。

我当时是这么回答的：

"我缺少一种真正的使命感，我不确定自己为什么做这份工作。我知道我为大公司的高管们带来了价值，但我觉得我为初创公司的创始人、高管和CEO们所做的教练工作更有意义。我喜欢初创公司的创新

和混乱。在这些新公司中，与我合作的大多数 CEO
和创始人都很年轻，他们没什么经验，缺乏公司发
展所需要的基本领导技能。我觉得我真的能帮助到
他们。"

看到这里，两位顾问再次暂停播放，其中一位急
切地说："这么说，你在与初创公司的 CEO 和年轻创
业家的合作中找到了很多乐趣。"

我迅速而明确地回答道："是的，如果我能在这
些领导者职业生涯的早期接触到他们，我就能帮助他
们培养良好的领导能力，帮助他们建立强大的团队和
文化。此外，我喜欢创新，喜欢这些前沿公司的想
法。想到我对这些年轻领导者的早期辅导工作将帮助
他们学会如何领导，从而使他们在领导之路上走得更
远，我就感到非常高兴和满足。我希望能有更多这样
的客户。"

经过这次咨询，我意识到是时候做出改变了。这
对我来说是一个亮灯时刻！我在与初创公司的合作中
找到了一种新的使命感，我不能再浪费时间做那些无
法给我带来满足感的工作了。

回到湾区后，我开始追逐自己的梦想——创办一
家专门与初创公司合作的新公司。不久之后，我以前
的一位客户向我介绍了协助我创办 Velocity 的人。随

着 Velocity 的初步成功，爱德华加入公司担任 CEO，他精力充沛，有远见卓识，在他的帮助下，Velocity 发展到了现在的规模。

今天，我回想起在丹佛的经历，觉得是那段经历让我真正摘下了眼罩，帮助我看到了我生活中缺少的东西。从此以后，我开始了我职业生涯中最有成就感的一份工作。

我们在生活中都有"亮灯"和"熄灯"时刻，但大多数时候我们都没有注意到它们的重要性。如果你无法像约翰那样意识到自己的兴趣所在，那么你可能需要朋友、教练或家人来帮你找到你的"亮灯"时刻。在你的生活中，谁能给你反馈，让你明白哪些事情让你激情澎湃？如果你生活中没有这样的人，怎样才能找到这样的人呢？有时候，我们只是需要勇于提问。

目标是什么

目标是个很难说清楚的东西。对许多人来说，它是一个模糊的概念，很难给它下定义，不过我们看到它的时候，就会意识到它的存在。我们也看得出人们没有明确目标时是什么样子：他们只是为了赚钱而工作，或者一切都是为了自己。

他们之所以如此，可能只是因为他们迷失了方向，也可能是因为受控于恐惧或思维受限，以至于根本发现不了自己拥有可以帮助自己实现更高目标的天赋。

接下来的故事会让我们更清楚地了解目标是什么，以及目标不是什么。

使命固然重要，但目标永恒不变

位于俄勒冈州比弗顿的耐克全球总部大楼堪称体育界的标志性建筑之一。它占地 250 英亩[⊖]，坐落在波特兰西部的人工湖边，园区内遍布以当代最伟大的运动员的名字所命名的建筑：迈克尔·乔丹、诺兰·莱恩、博·杰克逊、塞雷娜·威廉斯、勒布朗·詹姆斯。

早期做领导力教练时，约翰曾为耐克公司的 40 名高潜力领导者开发并主持了一个领导力课程。对约翰来说，第一次走进耐克总部是一次激动人心的经历。他从小就是一名游泳健将，而且当时正在参加加利福尼亚州的铁人三项赛。来到耐克总部就像走在一片神圣的土地上。

接下来的几天里，约翰帮助这些崭露头角的领导者提升他们的领导技能，以完成他们的使命：击垮阿迪达斯。自 20 世纪 70 年代以来，阿迪达斯一直是全球运动鞋领域的霸主。

⊖　1 英亩 = 4046.856 平方米。

不过现在耐克逐一抢占了运动鞋的市场份额，先是跑鞋，然后是篮球鞋，现在是网球鞋。

有一天，约翰正在上课时，耐克公司的创始人兼CEO菲尔·奈特顺道来到上课的地方，向大家传达了一个明确而简单的信息：他要击败阿迪达斯，把它拉下神坛，尤其是欧洲的神坛。听到奈特的话，在座的各位爆发出热烈的欢呼声，纷纷击掌击拳助威。这一使命是一个响亮的战斗口号，显然得到了大家的共鸣。

不过，虽然这个使命让他们无比振奋，但奈特讲述的他为何创立耐克的个人经历更能鼓舞人心。奈特说，耐克是为了每个运动员而存在的，为了那些每天清晨5点就独自上路的跑步者，为了那个日复一日练习投篮的小女孩。

这时，约翰明白了人们可能会迷恋使命，但他们会爱上目标。击垮阿迪达斯的计划让每个人在短期内兴奋不已，但耐克的总体目标，正如奈特引人入胜的个人故事所传达的那样，给了他们继续前进的动力。

奈特的故事在他的畅销书《鞋狗》（*Shoe Dog*）中有详细的记述。他曾是俄勒冈大学田径队的一名优秀选手，但没有创造过纪录。在俄勒冈大学，他遇到了田径教练比尔·鲍尔曼。看着鲍尔曼摆弄鞋子的样子，他意识到自己真正的目标是建立一家公司，生产能够提高人类运动成绩的产品。他的另一个目标是帮助世界各地的孩子实现他们的梦想。用心奔跑，尽力而为。

虽然参加约翰领导力课程的领导者以击败阿迪达斯为使命，但奈特的故事和目标意识对他们具有更强的激励作用。如果奈特的员工以打败阿迪达斯为唯一目标，那么他们早就失去斗志了。他们需要爱上为有抱负的运动员服务的目标，长期专心致志地工作，才能把耐克打造成今天的样子。

目标在于服务他人

为了撰写本书，我们采访了一些领导者，在采访过程中被他们很多人的故事深深地打动，他们创办公司不是为了赚大钱，而是为了响应内心的呼唤——改变他人的生活。

马特·奥本海默（Matt Oppenheimer）是一家领先的数字金融服务提供商 Remitly 的 CEO，该公司的主要业务是帮助移民把钱寄回老家。第一次遇到他时，听他热情洋溢地谈起 Remitly 所服务的数百万移民家庭，我们立刻被他光芒四射的样子打动了。他在生活中致力于服务他人，让他谈论自己是很困难的事情。

马特在哈佛商学院读完 MBA 后，得到了前往肯尼亚工作的机会，他在英国巴克莱银行肯尼亚分部从事移动和互联网银行业务，这段工作经历让他萌生了创办 Remitly 的想法。在肯尼亚，他知道了人们海外汇款和收款是多么困难。他生活在国外，自己也面临着类似的困难。他的工资发的是英镑，在当地生活要使用肯尼亚先令，而最后汇款时他需要把钱换成美元。在接受约翰采访时，马特非常激动：

> 如果这件事对我来说都这么困难，让我这么烦恼，那么可以想象这对肯尼亚人或世界上其他国家的人来说有多困难。更重要的是，我通过许多肯尼亚朋友熟悉了与汇款有关的事情，并很快了解到这些资金对收款人有多么重要。在大多数情况下，他们收到的汇款都是用来支付基本生活费用的。

当马特谈到数百万移民可能根本没意识到高昂的汇款费用让他们蒙受了数十亿美元损失时，他非常愤怒。

马特和联合创始人乔希·胡克（Josh Hug）、Shivaas Gulati 都非常希望通过颠覆传统金融服务行业的做法，更好地为这些家庭服务。Remitly 的诞生源于服务他人的愿望。

约翰早期去参观 Remitly 位于西雅图的办公室时，办公室墙上的移民家庭和儿童的大幅彩色照片给他留下了非常深刻的印象。看到这些照片，约翰感觉照片上的人好像就在办公室里一样。他们脸上洋溢着的喜悦和幸福是那么令人难忘。他沿着公司的走廊前进，发现所有这些照片都与公司的核心价值观紧密相连，这让他深受感动。Remitly 的服务对象是哪些人，服务初心又是什么，这一切都清晰地呈现出来了。

约翰访谈了财务团队的一位新员工。她说她收到了很多工作邀请，但她选择了 Remitly，因为她想在一家为长期以来一直受到忽视的人群提供服务的公司工作。

越来越多的人，尤其是现在刚步入职场的人，都希望能为改变世界的公司工作。Remitly 的目标植根于为边缘化群体服务，这种力量是吸引和留住人才的真正动力。有关 Remitly 为客户生活带来改变的故事，一直是公司全员会议必谈的内容之一，因为这些故事提醒员工他们如何改变了他人的生活，以及这么做的原因是什么。

这种强烈的服务意识和目标意识推动 Remitly 取得了指数级的增长和财务上的成功，如今 Remitly 的估值达到 78 亿美元左右。

西蒙·斯涅克在他的畅销书《黄金圈法则》(*Start with Why*) 中说："人们买东西的原因不是看你生产什么东西，而是看你为什么生产这些东西。"就我们指导目标驱动型领导者的经历来看，每次问到他们的目标，他们几乎毫无例外地都是从"为什么要这么做"和"为谁服务"的故事开始，而不是从"做什么"开始。那些过分满足于自己和自己的创新、不关注他们所服务群体的领导者，似乎才是市场上的失败者。

在约翰早期为苹果公司的领导者做教练的那段时间，恰逢 iPhone 准备投入市场，对苹果公司来说，"为什么做产品"是毋庸置疑的事情。这句话没有写在墙上，但所有与乔布斯共事的人都知道这一点。"为什么"总是以客户为中心。苹果的目标是创造客户甚至都不知道自己为什么需要但就是非常喜欢的产品。

乔布斯演讲时经常说："我们要改变世界。"这句话掷地有声，让他的众多支持者产生了共鸣。它激励着苹果公司的员工每天兢兢业业、全力以赴；也激励着消费者排队几个小时，只为了购买第一批上市的苹果手机。

尽管今天的苹果公司已经规模庞大，但有一件事仍然让我们惊叹，那就是乔布斯最初的目标仍然是苹果公司文化的一部分，苹果公司的员工仍然在不断推出创新产品和服务解决方案，不断颠覆着整个市场。乔布斯的"为什么"在苹果公司依然活跃并发挥作用。

目标与价值观息息相关并强化价值观

第一次见到 Bombas 的 CEO 戴夫·希思，是在我们公司一年一度在纽约州北部举办的创始人研讨会上。第一天的自我介绍，让我们认识到显然戴夫不仅仅是一位公司创始人，Bombas 也不仅仅是一家经营袜子的公司。

戴夫在研讨会上讲述了他的故事，从他的故事中可以清楚地看到，他在自己价值观的基础上建立了 Bombas，而他的价值观是以他的总体目标为核心的。戴夫在故事中谈到了他早年的一段经历，这段经历让他了解到袜子是无家可归者收容所最需要的东西，对袜子的需求比对外套、鞋子和衬衫的需求都大。他想起当他从工作中抽出时间去了解无家可归者的生活困境时，他对他们产生了深深的同情。这些经历让他正视自己的价值观，意识到自己的真正动机不是赚钱，而是帮助他人。在戴夫看来，卖出一双袜子的同时，送一双袜子给无家可归的人，是一种相当潇洒的生活方式，也是他价值观的体现。

戴夫引以为豪的是，他每卖出一双袜子、一件内衣或 T 恤，公司就会捐出同样的一件衣物给需要帮助的人。随着无家可归者人数的增加，对衣物的需求也越来越大。我们现在已经成为 Bombas 的忠实顾客，我们很高兴自己的钱能帮助到别人。

这些价值观是 Bombas 文化不可分割的一部分。在新员工入职的头两周内，Bombas 会要求他们为纽约街头的无家可归者分发袜子，并倾听他们的故事。这么做能让他们发自内心地认同 Bombas 的目标和价值观。

Bombas 现已成长为同类公司中的佼佼者，它需要不断强化自己的目标和价值观。在新冠疫情期间，Bombas 确保员工和消费者了解公司在全国范围内大规模的合作伙伴系统，并帮助这些合作伙伴分发清洁用品、床单和其他所需物品。Bombas 每天都在践行自己的价值观。

目标驱动绩效

读到这些目标对有效领导的重要性的例子，你可能会问："这些与建立高绩效团队和组织有关系吗？以目标为导向的领导者真的能打造出成功的公司吗？"

答案毫无疑问是肯定的！

大量研究发现，比起以利润为导向的领导者创建的团队和组织，以目标为导向的领导者创建的团队和组织能够取得更高的绩效。根据普华永道的研究，79%的公司领导者认为目标明确是他们成功的关键。由广告研究基金会赞助的"洞察2020"研究发现，大多数业绩优于同行的公司都将其所做的一切与目标联系起来。吉姆·斯登格（Jim Stengel）在他的著作《增长力》（*Grow*）中披露了他和同事们做的一项为期10年的研究，该研究表明，投资前50家目标驱动型公司的收益会比投资标准普尔500指数高出惊人的400%。

凯文·默里（Kevin Murray）在他的著作《领导力法则：如何用目标打造充满活力的团队》（*People with Purpose: How Great Leaders Use Purpose to Build Thriving Organizations*）中指出："将目标作为组织核心的领导者能让员工更敬业，让客户更忠诚，让股东更支持他们。"

乔纳森·内曼（Jonathan Neman）是休闲快餐沙拉连锁店sweetgreen的CEO兼联合创始人，他是我们合作过的一位将"目标"作为组织核心的领导者。与乔纳森交谈，你能从他的

每一句话中感受到他的目标意识和真诚合一。在 sweetgreen
用餐，你能从店里的每一样东西中看到和品尝到公司的目标，
包括从当地农民那里采购的新鲜有机农产品，以及充满激情
的团队成员，他们把通过恢复人与原汁原味的食物的关系，
来建设更健康的社区作为自己的使命。

乔纳森说，sweetgreen 的成功秘诀始终是目标和人："要知
道你的'为什么'和'谁'是什么！我们为 sweetgreen 打造了
这样的企业文化感到自豪，我们也始终把员工放在公司的中心
位置。对公司来说，'为什么'和'谁'就是我们的产品。两者
都非常重要，但'为什么'是第一位的，'谁'是第二位的。"

sweetgreen 对目标的承诺也转化成了利润，它于 2021 年
在纽约证券交易所上市就证明了这一点。

不管是研究结果还是我们的经验都表明，当领导者带着
目标领导时，他们的整体业绩会得到实实在在的提升。但是，
带着目标领导并不总是那么容易，领导者首先要明确自己真
正的目标是什么。

如何深入了解自己的目标

尽管研究结果表明领导目标对个人、团队和组织的成功
都至关重要，但敬业度调查数据显示，只有不到一半的员工
知道公司的宗旨和目标。这种缺乏了解的情况在一定程度上

可能是对目标的沟通不畅造成的，但另一个重要或更重要的原因是许多领导者没有花时间弄清楚自己的目标到底是什么。

来看看与我们合作过的几位领导者，了解他们是如何树立自己的目标意识，并不断被自己的目标意识激励着前行的。

在传承的启发下确立目标

约翰在第一次见到波士顿布里格姆医院的院长贝齐·纳贝尔（Betsy Nabel）时，立刻被她的多才多艺和坚毅的品格所吸引。她做过密歇根大学和哈佛大学的教授，也曾担任过 NFL 的顾问。现在她已在布里格姆医院工作了 11 年之久，正步入她职业生涯的最后阶段。

贝齐和约翰一起坐在她那能俯瞰到医院庭院的办公室里，望着窗外，回想起过去一年遇到的所有挑战。过去一年危机重重，可谓前所未有的一年：波士顿马拉松爆炸案、两起校园枪击案，还有护士合同谈判事件。她平静而镇定地描述了她的团队如何在这些动荡中团结起来并变得更加强大。

贝齐下定决心在她担任领导职务的最后几年留下一些影响，而且是持久的影响。听她讲完过去一年遇到的挑战，约翰轻声问道："贝齐，假设现在是 3 年后，你回头看看，你希望人们如何评价你的领导能力和你在布里格姆医院留下的影响？"她片刻都没有犹豫："我希望在病人护理方面能留下传承。"

这是约翰第一次辅导一个以"留下传承"为明确目标的客户。虽然市面上有很多关于"传承领导力"的图书,但这样的回答还是让人意外。随着贝齐和约翰在辅导中对这个问题的不断探讨,约翰越来越理解她所说的传承和目标是为患者、合作伙伴、董事会成员、捐赠者、医生和医院全体员工服务。

制订传承计划时,约翰和贝齐很清楚这项传承计划势必会让布里格姆医院发生一场由诚信、目标、家庭和社区等价值观所驱动的文化转型。虽然布里格姆医院在为患者提供优质服务方面有着悠久的历史,但贝齐决心将患者的整体体验提升到一个新的水平。这种以患者为中心的模式成为她推动转型的核心支柱。

布里格姆医院的价值观是这次转型的核心:

- 我们关心患者(这是毋庸置疑的事情)。
- 我们在一起更强大(每个人都在发挥作用)。
- 我们创造突破(这是我们的基因)。
- 我们追求卓越(因为我们的患者值得拥有最好的服务)。

贝齐的转型和传承体现在一个非常清晰的战略计划中,其中涉及很多不同层次的领导工作。身为领导者,她花了大量时间让布里格姆团队接受这个计划。她利用多重危机事件为切入口,让整个组织围绕着她的理念凝聚在一起。她还出

资培训团队，让高管参加医院与哈佛商学院合作的 Sperling
高管领导力课程。

她还非常擅长筹款。她成立了一个院长顾问委员会，该
委员会在波士顿历史上最大的一次医院筹款活动中起到了至
关重要的作用，成功筹集到 17.5 亿美元。她将开发团队规模
扩大到 150 多人，并将筹款方式扩展到社交媒体和众包领域。
她带头创建了布里格姆研究所，为创新中心投资新的医学突
破性研究铺平了道路，这也是布里格姆研究所的核心价值。
最后，贝齐在哈佛大学新设立了 76 个布里格姆教授席位，这
也是她留给后人的贡献之一。

回顾一下贝齐领导医院转型所取得的成功，不难理解她
为何选择"传承"作为自己的座右铭和目标。她想要的是创
造在她的领导任期结束后仍能传承下去的系统性变革。成立
院长顾问委员会、创建创新架构、设立教授席位，这些变革
都将确保她以患者为中心的护理理念得以传承。

在创新的启发下确立目标

约翰通过一位苹果公司的前高管认识了乔·德西蒙，这
位前高管现在是乔管理团队的一员。乔之前是北卡罗来纳大
学的化学教授，后来转行创业。在大学从事了 25 年教学和研
究工作之际，乔在许多很有前景的研究项目上获得了资金支
持，于是他于 2013 年辞去教职，创办了 Carbon。

离开成功的学术生涯前往硅谷，乔承担了很大的风险，但风险得到了回报。他成立了世界领先的数字化制造公司之一，融资 6.8 亿美元，公司估值达到了 25 亿美元。Carbon 开创性的数字光合成技术颠覆了 3D 打印市场。

乔和约翰开始教练课程后，乔明确表示，他希望建立一支以创新为目标的团队。在谈到创新，谈到他的新技术有可能改善人类的健康和福祉，有可能颠覆性地改变制造业时，乔进入了神采飞扬的亮灯状态。一如新员工们所说，他声音中透露出的激情极具感染力。他希望确保他的新团队能够始终将创新的目标放在首位。

乔是一位天生的领导者，他有能力指导和支持团队，并让团队参与到确立工作原则的过程中。为了明确定义哪些行为和实践能够将创新融入企业文化，我们召开了一系列团队会议。乔对公司需要实施的一些规则和做法有明确的想法，但他很懂人们的心理，知道要实施这些规则和做法，必须得到团队的认同。

我们早期开展的一项讨论是围绕"在培养创新文化的过程中，什么是该做的，什么是不该做的？"这个话题展开的。通过讨论，我们确定了一系列原则和做法，这些原则和做法至今仍是 Carbon 企业文化的一部分。

一个已经融入企业创新文化的工具是"左边一栏"，这是约翰的一个小工具，用于鼓励团队成员说出他们想说但没说的话。它的做法是在右边一栏写上所有容易说出口的话——所有不会引起争议的想法和意见。在左边一栏写上有可能引起冲突的话——人们一般不会说出来的反驳、追问和在心头萦绕已久的疑虑。现在，在我们许多客户的会议上，如果一位高管说"我有一个左边一栏的意见"，马上会引起会议室里所有人的注意，因为他们知道这位高管即将说一些不容易说出来但又值得一说的话。

乔希望在公司里鼓励公开辩论，提高对话的透明度，推动人们在不必担心报复且分歧会得到尊重的情况下相互挑战。在乔看来，创新需要有意识地打破某些东西，而这只有在尊重、透明的对话和辩论的氛围中才能实现。

乔从一开始就坚信，他作为领导者的目标就是确保创新成为公司的核心目标。在团队会议上，他努力营造一种鼓励创新的氛围。他有意识地营造了一种信任和安全的环境，在这种环境中，人们可以发起挑战，也可以接受挑战。如今，Carbon 的新技术使得阿迪达斯、Riddell、福特和强生等公司能够创造出最先进的产品，从而改善客户的生活。

在旅行的启发下确立目标

约翰在美国圣何塞州立大学担任教授时，曾在英国的巴斯大学做了将近一年的客座教授。这一年，他花了很多时间旅行，也有时间反思自己的生活和事业。他对自己在大学里的教学工作很满意，但渴望做一些新的事情。当时他正在做一项很有意思的研究，研究教练在培养公司领导者方面的作用和功效。为了做研究，他采访了世界各地很多公司的经理人和高管，他意识到这些雄心勃勃的领导者接受辅导和培养的需求非常大，他们都是各个专业领域的专家，但基本上都没有准备好应对公司管理方面的挑战。

回到美国后不久，约翰辞去了大学的工作，创办了他的第一家教练公司"ExecutivEdge of Silicon Valley"。约翰认为在国外旅行和那次在丹佛的"亮灯"经历是他决定创办新公司的重要因素。有了思考、研究和写作的时间，他回家后对下一步要做什么有了明确的目标和方向。

旅行并不一定要在遥远的地方待很长时间。它可以是一周或一个三四天的小长假，只要能让你打破常规，能让你退后一步、反思并获得新见解就可以。约翰目前正在为一位CEO做教练，这位CEO每月都会休一次为期三天的小长假。这些休假都是计划好的，并安排到日程中。员工们都知道，在这些小长假期间，他们不能打扰这位CEO。"在这些小长假里，我有时间仔细思考我需要做的重大战略决策，在工作日里，我是基本没有时间做这些事情的。"这位CEO说，"我回来后精神焕发，能够更好地应对工作上的压力。我离开的这段时间能让我停下来，退后一步，用更清晰的视角看待我面前的问题。"

旅行如何影响了你的生活？你能否回忆起某次旅行给你的生活带来了重大变化或启示？旅行有没有帮助你明确自己的目标？

在苦难中确立目标

杰夫·休伯（Jeff Huber）是癌症早期检测公司 Grail 的创始人，他在失去亲人的痛苦中树立了自己的目标意识。

杰夫在谷歌度过了他的大部分职业生涯，他领导团队开发和优化了 Google Ads、Google Apps、谷歌地图和 Google X。总之，全球 10 亿多个用户使用的消费产品有很多部分就是由他负责开发和优化的。

除了这些耀眼的成就之外，他还开始涉足生物学领域，研究从模拟到数字的过渡过程中尚未开发的应用。

杰夫谈起这段日子时充满了感情。他非常享受开发 Google Apps 和谷歌地图的那段时光。不过他那时站到了自己事业的十字路口。他对生物学领域的巨大变化非常着迷，因为该领域正在从模拟向数字过渡，大量的数据可以用来促进我们对 DNA 链等复杂生物系统的理解。当时，他已经是领先的基因测序公司 Illumina 的董事会成员，对于自己转向生物科学领域发展，以及重新思考自己的事业发展方向，他充满了兴趣。

　　但是一切都变了。他一向健康活跃的妻子突然被诊断出体内有一个两厘米长的结直肠肿瘤。起初治疗的预后还不错，化疗似乎也能奏效，但是几个月后检查发现癌细胞已经扩散到身体的其他器官。那时候再做什么手术都为时已晚。不到一年，她离开了人世，留下杰夫独自抚养两个年幼的孩子。

　　杰夫悲痛欲绝，像很多人一样，他一头扎进工作中，这是唯一能给他带来慰藉的事情。他把全部精力都投入到学习Illumina 公司正在开发的 DNA 测序仪中。他在那时做出了一个决定，他要开发一种早期癌症检测技术，让因病离世的人越来越少，让蒙受失去至爱的悲痛的家庭越来越少。

　　正是出于这种明确的目标意识，杰夫的公司 Grail 诞生了。杰夫认为这家公司是对他已故妻子的纪念。每一名受益于 Grail 开发的早期检测测试的患者，至少都为她的早逝赋予了某种意义。

　　如今，Grail 已经成为一家非常成功的公司，得到了杰夫·贝佐斯和比尔·盖茨等知名投资者的支持，市值超过 50 亿美元。但对杰夫来说，这从来不是钱的问题。

　　约翰为杰夫做教练时，在反馈流程中接触到的许多员工都告诉他，杰夫的个人经历和目标意识是他们加入公司的原因。从投资者到员工，每个人都被杰夫的故事和经历以及他清晰的目标意识所激励和感动。约翰鼓励杰夫继续在全体员工会议和新员工入职会议上讲述他的个人故事，用公司的真正目标激励他们。

杰夫说，即使这么多年过去了，他仍会不断想起他的妻子。他能够将失去妻子的悲痛转化为开发一项拯救生命的技术，这让他从中得到了很多慰藉。虽然我们不是心理医生，但帮助客户反思一些改变他们一生的重大事件，可以帮助他们获得新的视角和见解，让他们明白是什么赋予了他们目标意识。

你经历过哪些挣扎？从这些痛苦的经历中，你对自己有了哪些认识？你的低谷如何造就了今天的你？它们如何塑造了你的目标意识？

在个人需求的推动下确立目标

有人说，需要是发明之母。2011 年，哈佛商学院的学生贾斯廷·麦克劳德需要走出失恋的阴影。他和大学时的恋人在毕业后分手，于是他像那些想疗愈自己受伤心灵的商学院学生那样，做了一款交友应用。创业大师及 Y Combinator 的创始人保罗·格雷厄姆（Paul Graham）曾说："获得创业灵感的方法不是去想创业灵感，而是去寻找问题，最好是你自己就有的问题。"世界上许多最优秀的公司都是为了解决令创始人烦恼的问题而创立的。Facebook、优步、Spanx、奈飞、Rent the Runway——这些公司的创始人之所以创办公司，都是因为当时市场上的解决方案无法解决他们的个人需求。

贾斯廷看了看市面上现有的线上约会服务，感觉乏善可陈。它们要么是提供婚恋交友服务但技术比较过时的 web 1.0 公司，要么是提供随意约会服务的手机移动端服务。贾斯廷想帮人们找到他们的真命天子或真命天女，而不是什么随便的约会对象，而且他想让手机移动端交友过程成为一种美好的体验。不过，在通过"认识朋友的朋友"模式获得了一定的早期发展后，贾斯廷意识到原有的两个目标哪一个也没实现，而且坦白地说，这款应用并没有那么好。遇到这种情况，许多创始人可能会安于现状。他们会说："我们不要让完美成为优秀的敌人。""也许用户用行为告诉了我们他们想要什么，他们想要的就是随便点的约会。可能美好的手机端体验是次要的，重要的是能吸引用户。"

但贾斯廷并不认同这样的想法。他很清楚自己的核心目标，那就是帮助人们建立美满的长期关系，这也是他自己的愿望，但他发现就当时约会平台的情况来说，这一切都太遥不可及了。于是，他做了一件常人难以想象的事情：关掉公司，重新开始。

2015 年 11 月，贾斯廷和重组后的团队坐下来，问了他们一个简单的问题："如果我们的唯一的目标是帮助人们很快找到真爱，然后删除手机上的约会应用，那么我们该打造一款什么样的产品？"

贾斯廷和团队决定把目标放在第一位，打造一款帮助人们找到另一半的应用程序，不把用户数量作为重点。他们开始放慢整个在线约会过程的速度，不再设置滑屏功能，不再进行择偶条件筛选，采取所有这些措施的出发点都是希望用户能找到真爱，然后删除手机上的约会应用。他们甚至打出了"为了被删除而设计"的标语。

贾斯廷将目标放在首位的策略很奏效。现在 Hinge 已成为 Match Group 旗下增长最快的约会平台。直到现在，他们衡量自己是否成功的唯一标准依然是用户是否真的去约会并坠入爱河。贾斯廷认为，他明确的目标意识和对价值观的坚守帮助他度过了创业过程中最黑暗的日子。

在朋友的启发下确立目标

朱莉娅·奥伯洛特曼（Julia Oberottman）为世界各地的公司提供创新、开拓新市场以及如何影响世界等方面的咨询。她个子不高，思想激进，思维敏捷，洞察力强，善于与人沟通。爱德华与朱莉娅多年前相识于沃顿商学院 MBA 课堂。沃顿商学院在旧金山为处于职业生涯中期的 MBA 学生开设了一个校区，爱德华和朱莉娅至少有一半的课程是在一起上的。

一天午餐时，爱德华对一起吃饭的人说起了他当政治顾问时遇到的战时逸事，比如他在基辅的一次车祸中被前克格勃特工带走（别担心，他不是司机，也没有受伤，特工只是不想让他和当地腐败的警察说话）。还有一次在特古西加尔巴的一家酒吧里，洪都拉斯总统过来与他对峙，因为在反政府运动中担任领导者的爱德华和他的团队刚做了一个对总统特别不利的广告。当然爱德华还讲了一些不那么劲爆的故事，都与帮助客户提高领导力有关。

在听到这些故事并看到爱德华如何与同学和教授互动后，朱莉娅在爱德华身上洞察到了什么东西。她对爱德华有了新的认识。她不假思索地向爱德华提出了一个简单的请求："爱德华，如果你曾帮助世界各地的领导者当选，或许也能帮助我升职。你愿意做我的管理教练吗？你想想看，你现在的大多数客户其实只想和你讨论领导力。他们不需要花哨的演讲稿或战略建议。他们想学习怎么更好地领导。这就是你的法宝！"

朱莉娅说的没错。爱德华当时经营着一家商业战略公司，他的大部分客户确实只想跟他谈如何领导。她的话触动了他的内心，让他意识到也许自己还没有完全明确自己的目标，但他需要时间来思考这个问题。爱德华那时候有自己的教练，他跟教练讨论了这个问题。教练目不转睛地看着他，对他说："你知道，有时候人们召唤你去做某件事情，那就是你的使命。说实话，现在是时候好好发挥你的天赋了。"

你可能猜到了，爱德华答应了朱莉娅的请求。她坚持支付薪酬的时候，爱德华还有点不自在，但他还是收下了，因为朱莉娅想和爱德华确立正式的合作关系。很快她告诉MBA班的其他同学爱德华在给她做教练，于是其他同学纷纷效仿。

几个月后，他开始为湾区数家知名公司的五位高管做教练，接下来的事情就是众所周知的了。

我们写这个小故事，是因为有时别人比我们更能看清我们的目标。爱德华通过朱莉娅找到了自己的真正目标——领导力教练，为此他将永远感激她。有时，重要的是要保持开放的心态，相信别人能看到我们可能看不到的东西。

是什么阻碍我们找到目标

虽然我们做的是高管教练，工作内容是帮助领导者建立和发展公司，并通过公司的力量来影响这个世界，但我们也经常遇到只希望我们帮他找到个人目标的客户。我们在上文详细列举了一些我们辅导过的领导者找到目标的方法，但如果他们陷入某种形式的自我破坏，那么他们为此所做的一切努力都将付诸东流。既然关于目标的这一章排在关于需求、恐惧、欲求和天赋的 4 章后面，那你可能非常理解为什么我们说只有完全搞清楚前面 4 章问题的答案，才有可能回答第 5 章的问题。

需求

如果一个人的关键需求没有得到满足，那么他在生活中是不太可能有余力为他人服务的，而找到目标的意义就是为他人服务。当一个人觉得自己的需求没有得到充分满足，他就很难觉得自己还有什么可以给予别人的。有时候，人们会像爱德华所说的那样"绕过自己的需求"，在连账单都付不起的情况下，就开始努力实现自己的"人生目标"，这时候你遇到的往往是一些发心良好但效果极差的教练、大师和治疗师等。并不是说你需要有钱才能成为一名有效的教练或治疗师，而是说你在物质、情感和环境方面的需求绝对需要得到充分的满足。

恐惧

生活在恐惧中时，我们的心态往往比较被动。感知到周围环境存在威胁时，我们不太可能有情感能力去关注那些能帮助我们找到目标的机会。我们会错误地认为，我们的目标是控制他人或环境，这样我们才会感到安全。在当前的政治动态中我们可以看到这一点：在恐惧及其少量其他因素的驱使下，个体把钳制、贬低或诋毁对手当成了他们的"使命"。

欲求

就像欲求会让我们陷入不道德的行为一样，欲求也会让我们对自己的目标产生错误的认识。许多人出于虚荣心而渴望权力和声望，他们告诉自己，他们的目标是成为一名当选的官员。还有一些人想获得成就感，他们以积累财富为目标，而这往往是以牺牲价值观和人际关系为代价的。当我们任由对权力、财富或名声的欲求牵引着我们从而迷失了方向，我们就会让自己相信这样的说辞：满足这种欲求就是我们的目标。

此外，对世界产生重大影响的欲求会让我们误以为，如果我们的目标不是消除贫困或扭转气候变化，说明我们的志向不够远大。这让我想起一句古老的格言："志存高远，脚踏实地。"适度的目标意识要求我们首先看看我们的周围有哪些我们可以做出改变的地方。

天赋

我们在第 4 章中说过，展现天赋的最好方式是利用天赋来实现更高的目标。同样，我们最真实的目标往往也是发挥我们最大的天赋。我们发现，在生活中感到最迷茫的人往往是那些最不了解自己天赋的人，他们不知道自己在哪些方面有独特的天赋，因此在生活中总是东试试西试试，凡事都浅尝辄止。与多年来漫无目的的尝试和错误相比，集中力量发掘自己的独特天赋是个更加节省时间和精力的办法。

我们也都认识一些人，他们非常清楚自己的目标是成为一名演员、作家、歌手、表演者或诸如此类的人，但遗憾的是，他们并不知道自己在这方面没有天赋。如果我们对自己的天赋抱有幻想，那么我们可能会浪费很多时间去追求一个根本实现不了的目标。明确我们的天赋是什么，对于发现我们的真正目标是什么极其重要。

在"用心领导"的五个对话中，最后一个对话是关于目标的，因为目标才是所有对话的核心所在。要找到自己的目标，就必须深入了解自己的天赋。正如我们已经讨论过的，要了解自己的天赋，我们必须对自己的需求、恐惧和欲求有必要的洞察。只有明确了其他"用心领导"问题的答案，我们才能清楚自己的目标是什么。

在本章中，我们已经了解到，目标更多的是给予，而不是接受。客户谈及目标时，他们会使用指向外在的人或地方的行动词。对他们来说，目标可能意味着：

- 为年轻人的职业生涯提供指导；
- 为移民开创一种寄钱回家的途径；
- 保护热带雨林或应对气候变化；或者……
- 帮助他人发现他们的天赋，指导他们如何利用天赋来实现远大目标。

你和团队可以通过无数种方式来发掘自己的目标。也许你可以思考一下你想留下什么财富，你想为哪些人服务，或者你在生活中经历过哪些逆境，你想保护他人免受哪些逆境的伤害。我们往往是在旅行、与良师益友交谈，甚至与朋友打电话这种走出常规生活的活动中，第一次清晰地看到自己的目标。

当你能更清楚地认识到自己的目标时，我们希望你能善待自己，不要自尊心作祟或屈从于父母的话而去做别的事情。背弃自己的目标是一个代价高昂的错误。我们可能会在短期内获得更高的经济效益，但从长远来看，金钱并不能买到自我价值和成就感。只有实现自己的目标才能带来自我价值和成就感。

第 5 章要点

- 当我们觉得自己陷入困境时，也许我们应该认真审视一下自己是否找对了目标。
- 如果组织的领导者没有目标意识，那这个组织就很难有目标意识。
- 我们并非生来就有目标，而是生活经历塑造了我们的目标。
- 我们必须在一生中定期重置或更新我们的目标意识。
- 比起没有目标意识的组织和团队，有明确目标意识的组织和团队有更为优异的表现。
- 可以通过旅行来改变我们的日常生活，甚至散步也可以，在旅行或散步的过程中可能会涌现出明确自己目标的时刻。

- 如果不通过对话来帮助我们了解自己的需求、恐惧、欲求
  和天赋，树立目标意识可能就会变成遥不可及的事情。

用来开启对话的问题：

- 你平均每月有多少时间生活在高度的目标意识之下？
- 你能描述一个让你重新树立目标意识的"亮灯"时刻吗？
- 描述一下你生活中的一次经历，无论好的、坏的还是其他
  性质的，描述这次经历如何塑造了你的目标意识。
- 你的目标意识以什么方式促使你实现个人目标和职业
  目标？
- 结合整个公司的情况考虑一下，你有没有帮助整个公司树
  立高度的目标意识？这项工作你做得如何？你还可以做哪
  些事情，让你的团队有更强的目标意识？

| 第 6 章 |

帮助公司用心领导

> 文化让人们更好地彼此了解。更好地彼此了解，就更容易克服障碍。
>
> ——保罗·科埃略

闭上眼睛，想象一家神话般的公司。这是一家用心领导的公司。它考虑到了本书迄今为止提出的所有问题，并把从极其有效的对话中学到的东西转化成了公司的文化规范。

这家公司考虑到员工的需求，创造了一个安全的环境，让员工能够发挥他们的创造力、智慧和胆识。它没有利用员工的恐惧心理来制造焦虑，而是在员工成长过程中出资培养他们，包括为他们请领导力教练，拓展他们的领导潜能，从而给予他们安全感。

这么想象吧，这家公司还给员工注入健康的竞争力，让他们有归属感，觉得从工作中能学到东西，同时避免不道德或投机取巧的行为。公司还尽最大的努力发掘员工的天赋，鼓励他们在工作的方方面面，不管是做最平凡的事情还是做最有影响力的事情，都尽力发挥他们的天赋。公司还用共同的使命感把所有人都团结在一起，这个使命感可能是服务于社会公益事业、为世界带来新技术，或者帮助他人充分发挥潜能。

你的公司是这样的吗？你的公司有可能做到这样吗？你的公司在本书探讨的五个对话方面做得如何？简而言之，你的公司有没有在用心领导？

哈佛商学院教授约翰·科特将企业文化定义为员工中长期存在的共同态度、行为模式和价值观。

一些公司拥有高绩效文化，在这种文化中，员工感到富有创造力，并致力于长期发展。另一些公司的文化则是低绩效文化，员工在这种文化中缺乏活力，也无法投入工作。我们认为，这两种公司的区别在于公司是否愿意将"用心领导"对话作为工作方式的一部分，也就是说，作为企业文化的一部分。

文化就是对话

文化不是靠在墙上张贴价值观标语来创造的。文化不是康普茶，也不是夏令营活动。文化是公司员工之间实际发生的对话。它体现了公司作为一个组织如何帮助员工看到并理解自己的需求、恐惧、欲求、天赋和目标。它的根基在于员工如何对待彼此，让彼此有什么样的感受，如何看待彼此，如何相互支持和协作。

要影响公司的文化，首先要明确你想提倡和奖励哪些具体对话和行为。由于企业文化是几十个或几百个对话和行为习惯打包在一起的结果，所以我们塑造企业文化的最好机会就是通过指导原则和价值观来影响这些习惯。

用文字把"用心领导"的五个对话呈现出来，我们会从中发现一套初具雏形的核心原则，那些渴望实现用心领导的公司可以用这些原则来指导自己的行为。

用心领导的公司具有以下特征：

1. 具有包容性，并考虑到员工的各种**需求**。
2. 有安全的氛围，信任员工，接受员工的**恐惧**。
3. 善用员工的核心**欲求**，同时不让这些欲求偏离轨道。
4. 确保员工发挥他们的**天赋**，不在碌碌无为中失去活力。
5. 将价值观和**目标**置于一切之上，包括利润。

在最后一章中，我们将探讨几位客户的案例，他们在团队和公司层面用这些用心领导原则塑造了公司的行为和价值观。此外，我们还将详细介绍一些可以在公司里做的简单练习，帮助员工就他们的需求、恐惧、欲求、天赋和目标进行更加丰富的对话，从而为你提供实用的工具，培养用心领导的文化习惯。

包容并考虑到各种需求

包容并考虑到各种需求的公司可以创造一个丰富的环境，让有创造力的人和他们的想法得以蓬勃发展。这与许多公司似乎仍在努力创造统一的工作环境的陈旧观念形成了鲜明的对比。接下来我们进一步研究几家目标明确、积极主动地创建包容性文化的公司。

企业文化方面的福利才是最重要的福利

早上提供咖啡馆品质的咖啡。公司大厨烹饪健康的午餐。下午由某位团队成员带领大家上瑜伽课。公司还提供免费班车，这样员工就不用自己开车通勤了。

听起来在这里上班特别棒，是吧？

如果你同意，那么我可以说你有非常健康的生活方式，但对公司福利方面的关注点却失之偏颇。很多公司提供特别棒的福利，却有非常糟糕的企业文化。这些奢侈的福利往往是为了弥补员工的遗憾，比如不能陪伴家人、害怕上司、得不到鼓励或赞扬。这很可悲，却是事实。

最好的福利是企业文化方面的福利。这些福利不是仅满足你在餐饮方面的需求，而是能满足你全方位的需求。它们体现在人们善待彼此、相互支持和相互推动成长的方式中。总部位于纽约的行为改变和数字健康公司 Noom 就是这样一家公司，它建立了有效的企业文化福利制度，以满足其团队的多样化需求。

与很多人一样，我们也是从美国国家公共广播电台（NPR）上第一次听说 Noom 的。他们在《晨间播报》或《万事通》节目中无处不在的广告（也许严格地说应该是"赞助商"）给人的印象是一家帮助人们减肥的不起眼的公司。但是，当 Noom 的 CEO Saeju Jeong 联系我们咨询教练事宜时，我们才知道这家看似低调的公司实际上是一家相当有影响力的公司。Noom 的融资额超过 6.5 亿美元，拥有数千名员工，是一家在减肥和行为改变领域颇具影响力的初创公司。数以百万计的用户相信 Noom 的行为心理学原理能帮助他们减肥，过上更健康的生活。

2020 年圣诞节假期过后，Noom 的收入猛增至 2 亿多美元，比上一年增长了 4 倍。尽管大多数在新年期间做好的减肥决定不到 2 月就被放弃了，但 Noom 的新用户数量在一整年中都以惊人的速度增长。减肥领域近年来出现了几十家初创公司，但 Noom 目前在该领域处于领先地位。

第一次见面时，Saeju 告诉约翰，他认为 Noom 在用户增长方面的巨大成功归功于他多年来用心打造的关切他人和支持他人的企业文化。Noom 的用户使用这个 App 有很多原因，其中最重要的原因有两个，一是他们可以"接纳自己，从现在开始"，二是"不会感到被评判"。Noom 的员工对公司也有同样的感受。不管是从产品的角度，还是从企业文化的角度来说，Noom 都是具有包容性的。

Saeju 通过价值观将这些原则融入公司的企业文化，这些价值观不是仅口头上说说而已，而是实实在在地推动着人们的行为。作为一家公司，Noom 的使命是通过改变行为帮助人们过上更健康的生活。Noom 用同样的原则来指导自己对企业文化的思考。我们在下文中列出的每条价值观都有助于将 Noom 打造成一个包容的地方，满足员工不同的个人需求。

第一条价值观：要透明，但也要有善意

Noom 这款应用不会欺骗你，也不会纵容你。它会让你知道你什么时候达到了目标，什么时候没达到目标。不过，它在告知这些信息时是善意的，不会让人感到羞愧。同样的原则也适用于员工。Noom 为自己是一个欢迎不同想法的公司而感到自豪。Saeju 重视开诚布公的对话，努力倾听各种声音。虽然用这样的方式做决定可能需要更长的时间，但包容性的过程会让那些实施解决方案的员工更加认同。Noom 的领导者

注重让员工提出不同意见并做出承诺，因此他们做出的决策既能推动行动，又不会忽视员工的意见。

第二条价值观：明确目标，精打细算，果断确定优先级

对 Noom 的客户来说，行为矫正就是要有明确的目标，通过重复和验证来产生变化，同时通过 App 中的数据来监测进展。针对员工的方法与此类似：Saeju 要求每位员工建立、修改并监测与自身绩效相关的成功指标。公司会留意关键的绩效指标，并根据员工的职能变化和特殊需求进行调整。

在 Noom，每个人都有可衡量的目标。没有衡量，就没有问责，而问责对于帮助 Noom 员工实现目标至关重要，就像他们帮助用户实现目标一样。但是，当 Noom 员工没有达到目标时，他们遇到的第一个问题不是"你为什么没有实现目标？"，而是"你在哪方面还需要做得更好？"，这与用户在 App 中没有达到目标时遇到的问题是一样的。

措辞上的差异似乎只会影响语义，但结果上的差异却是巨大的。每位管理者都应该把询问员工成功所需的条件作为一种文化规范。但遗憾的是，大多数管理者都使用羞辱和贬低员工的语言。"你为什么不……"这样的句子带有指责的语气。这样的语气意味着问题出在个人身上，而不是出在他们工作中所处的情绪氛围或环境上。对员工的问题多一点好奇心，就能为他们多创造一点安全感。

第三条价值观：对自己的成长投资，也让Noom对你投资

人们使用Noom来改善他们的生活。这是他们为自己更好、更健康的未来所做的一项投资。在Noom工作，员工也要为自己的成长进行投资。Noom鼓励每位员工把重点放在学习新技能和个人成长上面，至于每个人的成长需求是什么，Noom会让员工自己决定。有些人想学习公开演讲，有些人则想学习烹饪。

Noom的领导层并不强迫员工接受千篇一律的学习和发展计划，而是创造一个包容的环境，可以同时满足员工各种各样的不同需求。Noom鼓励用户从自己的实际情况出发，接受适合自己的挑战，选择适合自己的新的行为方式；同样，Noom也给予员工自由，让他们以适合自己的方式成长。

第四条价值观：互相关爱

Saeju为自己创造了有浓厚家庭氛围的文化而感到自豪，在这种文化中，员工觉得自己是被接纳的。他认为，员工有归属感才能把工作做到最好，因此他把"互相关爱"作为公司的四大价值观之一。没有什么比知道别人真的关心我们更让我们感到安全的了。

Noom会举办公司聚会和拓展活动，目标是将员工凝聚在一起，创造一种团结的氛围。Noom的员工都知道Saeju特

别会讲感人的故事，不管是他自己在韩国的成长经历，还是用户的故事，都会让听者潸然泪下。我们经常跟自己说，在办公室里只能有积极的情绪，但实际上，在情绪不佳时试图"装出一副开心的样子"只会让事情变得更糟。在 Noom，所有情绪都是受欢迎的。Saeju 以自己与情绪和需求之间的健康关系为榜样，鼓励他的团队成员拥抱他们的情绪和需求。这样的价值观让每个人都感到更安全，每个人都认为自己与周围的人紧密相连。

Noom 在密切衡量和问责的基础上，通过倡导透明、善良、个人成长和同理心，打造了一种高绩效的企业文化，让员工感到自己的独特需求随时都能得到满足。如果 Noom 的用户知道 Noom 的员工也在公司内部贯彻同样的行为准则，他们一定会大为赞叹。

当需求得不到满足时，果断采取措施

罗伯特在讲述他过去几个月的经历时，声音有些颤抖。不合理的最后期限。熬夜，甚至通宵达旦。没有时间吃饭。没有时间锻炼。没有足够的时间陪伴家人。

罗伯特知道，不管在哪家初创公司做产品经理，都会有压力很大的时候。在硅谷，几个星期甚至一两个月的高强度工作是常有的事情。从 iPhone 和特斯拉 Model X 这样的硬件产品，到 DoorDash 和 MasterClass 这样的软件平台，几乎所有家喻户晓的、我们今天已经习以为常的技术产品，都是通过核心团队的极度投入和不健康的作息时间打造出来的。

　　但是，这种高强度的工作是不能一直持续下去的。在产品发布前后或项目交付的最后期限之前，许多公司会经常要求它们的团队在晚上和周末加班。但是在罗伯特所在的公司，这种不可持续的工作文化似乎已成为新的常态。

　　这让我们俩都很吃惊，因为在给这家公司的高管做教练的过程中，我们一直以为这家公司的企业文化非常重视工作与生活平衡等价值观。公司要求高管团队成员必须休假，以向公司其他员工示意休假是可以的。在心理健康和职业发展方面，该公司提供了一些能买到的最好的福利。该公司最近还聘请了一位"企业文化总监"，该总监直接向 CEO 汇报工作。

　　不过，在给该公司的一位高管进行 360 度评估的时候，我们听到了罗伯特的反馈，根据他的描述，这个组织是不健康的，它正在让团队成员走向精疲力竭的状态。我们把这一情况告知 CEO，他看起来非常惊讶。没错，他们有一种以业绩为基础的强硬的文化，但他又不想让他的公司是那种员工没时间陪孩子的地方。这不符合他的个人价值观。

　　不幸的是，我们经常看到这种情况。你可能感受到一种健康的工作关系，也可能感受到一种完全不健康的工作关系，这全看你在组织中遇到了什么样的上司。那些任何基本需求都得不到满足的疲惫不堪的员工，通常在一些管理无方的上司手下工作，他们为了晋升，往往对自己的团队逼得太紧。这些冷漠的管理者没有意识到的是，尽管他们在短期内取得了较好的业绩，但随着时间的推移，他们的业绩很可能会越来越差。

最令人惊讶的是，CEO 往往完全不知道员工和不称职的管理者之间的情况。尽管用心良好的 CEO 会制定一些政策来营造健康的文化，但他们往往只奖励最终成果，而不跟踪员工保留率、士气和敬业度等组织健康指标，从而在不知不觉中鼓励了不良行为。有些高管认为取得成果是得到晋升的唯一途径，他们往往为了出人头地而让手下的员工长时间地高强度工作。

用心领导的 CEO 会花更多时间深入公司，了解团队的心声，从而避免这种情况的发生。他们会深入了解员工调查数据，也会认真对待所有投诉，不管是关于强硬的、没有必要的最后期限的，还是关于滥用管理手段的，都会深入调查。只要有一个人投诉，往往就代表公司还有更多疲惫不堪、敢怒不敢言的员工。

在意识到这些问题后，该公司的 CEO 将员工的健康作为下一个高管团队会议的主题。该公司不能容忍不合理的最后期限，也不能容忍将员工逼到倦怠的边缘。该公司还决定将下属的整体满意度和心理健康作为管理人员绩效考核的两个关键指标。另外，高管团队还划拨资源，支持整个公司的培训和心理健康福利。

在这种情况下，往往需要高管采取措施来解决问题。企业文化开始出现问题时，领导者需要迅速行动起来，果断采取措施。领导者通过在整个组织内开展对话，与员工沟通，密切关注敬业度调查数据，确保公司的措施有益于组织的长期健康发展，而不是仅仅有益于短期的业务成果，从而建立起能够满足员工各种需求的文化。

团队练习：说出并维护自己的需求

我们在团队中做过一个简单的练习，让大家安心地说出自己的需求，这个练习叫作"说出你的需求"。这个练习简单得有点傻，但很有效。

首先，我们让每个人拿三种颜色的便利贴，总共拿九个。接下来，我们为每一类需求，包括物质需求、情感需求和环境需求，都指定一种颜色。如果他们不熟悉需求类别的概念，我们会举几个例子。然后，我们让他们在每个便利贴上写下一个重要的或奇怪的需求，每个类别都要写。

然后，活动的主持人把便利贴收上来，按类别张贴在白板或墙上。主持人会尽力把便利贴分类，但几乎每次都会有一些有趣和古怪的例外情况。

接下来，小组成员围成一圈，主持人逐一说出每个类别中的需求："如果你需要 ××× 才能感到有创造力、高效和安心，请站起来。"这种需求可能是睡九个小时、一日四餐、很多情感支持，或者让脸沐浴在阳光下。不管你的需求是什么，你只需要站起来，让你的团队知道你有这种需求。念到某种需求时，往往本来没写这种需求的人也会站起来。曾经有人担心自己写的需求会显得离谱或奇怪，但他们很快就找到了一些有同样需求的人。确定需求后，主持人会鼓励每个人在每个类别中选择一个或多个目标，努力实现自己的目标。如果某些普遍性的需求没有得到满足，主持人会提醒公司的领导层关注这些需求。在以后的团队会议上，员工可以汇报他们在满足自身需求方面取得的进展，领导层也可以汇报为满足员工需求所做的努力。

这个练习的作用是围绕我们的共同需求创造安全感和集体感。我们会发现，并不是只有自己有需求，有需求也不是什么错事。通过做这个练习，我们也知道在公司里谈论需求是一件很安全的事情。

尊重员工的恐惧，给予员工安全感

将恐惧转化为成果

恐惧有点像蒸汽。要是试图控制它，它可能会把盖子炸掉。所以不难理解，那些在谈论恐惧方面没有良好规范的公司，最终会出现大量的爆炸性事件。

有一家公司的 CEO 给我们打来电话，询问我们是否能帮助诊断公司存在的问题，他们的企业文化比较糟糕，而且每况愈下。该公司拥有强大的知识产权和非常忠实的客户，销售业绩却不尽如人意，B 轮融资也遇到了困难，这让该公司的所有人都很恐慌。他们在企业文化上陷入了一个死亡旋涡，CEO 知道，不出几个月公司就会不可逆转地一落千丈。如果他们能振作起来，在共同的目标下齐心协力，他们就能扭转趋势，成功筹集到资金，继续经营下去。

根据我们的经验，当公司的情况真的很糟糕时，恐惧往往是罪魁祸首。人们害怕未知、害怕失败、害怕失业，也害怕拿不到奖金。

可问题是恐惧在组织中会进一步加剧。当我们感受到他人的恐惧，我们会变得更加恐惧。如果老板也恐惧，那情况就更糟了。然而，出于某种原因，没有人谈论这个问题。正如我们在第 2 章中所讨论的那样，每个人都试图掩盖自己的恐惧，并且陷入一些不健康的恐惧反应。有些人挑起争端。有些人退缩。这位 CEO 很倒霉，公司里全是斗士。市场部与销售部吵架。产品部与工程部吵架。几乎每个人都与人力资源部吵架。

我们坐下来，指出他的团队因公司的未来不确定而充满恐惧，他点了点头。"我希望我能告诉他们一些好消息，消除他们的恐惧，但我不能对他们撒谎。我们的钱只能支撑六个星期。他们完全有理由感到恐惧。"

领导者在面对恐惧时经常会犯这样的错误，认为自己的职责是让恐惧消失，让员工感到安全。如果恐惧是想象出来的，就像孩子害怕床底下的怪物一样，这样想也许是对的，但如果恐惧是合理的，那么领导者的职责就是帮助员工应对恐惧，或者更好的是，把恐惧转化为行动。

大家可能还记得第 2 章的内容，在公司中有一点点恐惧是有好处的。它能带来活力和紧迫感，可以引发激烈的辩论。但过多的恐惧会引发负面的恐惧反应，就像这家公司里很多人都陷入负面的恐惧反应一样。

奇普·康利（Chip Conley）是 Joie de Vivre 酒店的创始人，也曾担任过爱彼迎的酒店总监，现在担任现代长者学院（Modern Elder Academy）的负责人，他曾说："特别是在困难时期，领导者必须做到透明，多沟通，几乎要过度沟通。他们必须帮助员工了解他们能做到哪些事情。"按照奇普的建议，爱德华和 CEO 制订了召开全体员工会议的计划，这样 CEO 就可以着手处理这个问题，努力围绕当时所有人的共同点——恐惧，把大家团结在一起。现在应该让整个组织参与到对话中，明确说出恐惧，并且让所有人齐心协力，共同解决公司的问题。

首先，CEO 必须用自己真实的脆弱时刻建立一个"容器"。容器是一种大家凝聚在一起的感觉，它来自大家共同承担责任，同甘共苦。这个容器给人的感觉是："是的，我们身处困境，但我们在一起。"隐藏的恐惧让我们分裂，但公开的恐惧会让我们团结在一起。

在会议上，CEO 首先分享了他在公司的个人历程，从 20 多岁时他在与三个朋友合租的布鲁克林公寓里创立公司，到赢得第一位客户，再到筹集到 A 轮融资。他讲述的故事让每个人都感受到了他在极度不确定的时期所付出的时间、精力和心血，正是这些让他们走到了今天。

然后他告诉大家，他有多害怕这一切都将付诸东流。他的妈妈和女朋友会很失望。他爸爸会说："我告诉过你不要辞掉银行的工作。"他认识的每个人都会看到他当众失败。但最重要的是，他会辜负这个非常棒的团队，辜负那些把信任和未来托付给他的人。

说完，他安静下来，环顾四周。所有人的眼睛都盯着他，其中很多人热泪盈眶。他把一切都说了出来，他们可以感觉到他是多么勇敢地把自己的脆弱袒露在众人面前。容器建好了。

之后，他并没有像大家所期待的那样，发表一番振奋人心的讲话，而是进入计划的第二部分，即让每个人都说出自己最恐惧的事情。会议持续了两个多小时，几乎每个人都讲了自己的承诺和恐惧。一旦把所有的恐惧都摆在桌面上，恐惧就不再是割裂众人的因素。实际上，现在是恐惧将他们最紧密地凝聚在一起。他们有的害怕读不起研究生。有的害怕告诉孩子们不能去迪士尼乐园。有的害怕无法支付母亲住养老院的费用。房间里的每个人都有自己的恐惧，这意味着他们也需要去奋斗。

这时，CEO做了一件他之前最恐惧的事情：向他人求助。"我把大家叫到这里来，并不是要告诉你们我有灵丹妙药，告诉你们我已经解决了公司所有的问题，而是想告诉你们，我什么答案也没有，我需要你们的帮助。这是因为我相信有答案，答案就在这个房间里。如果我们要渡过难关，我们就必须一起渡过。"

在好莱坞的电影里，勇气通常表现为士兵不顾一切地冲锋陷阵。在现实生活中，勇气有时就是一个瘦弱的穿着连帽衫的创始人告诉他团队里的80个人，他不知道该怎么做。

这种对企业文化的干预如果做得不好，会完全达不到预期的效果，但这次干预的效果堪称奇迹。团队因为共同的恐惧，也就是共同的敌人而重新团结在一起，共同努力解决令CEO大为头疼的销售问题。虽然我们不能说他们在短短几周内就取得了耀眼的成绩并筹集到了B轮融资，但在接下来的一个月里，团队取得了很大的进展，他们筹集到了一笔过桥资金，为他们彻底解决问题赢得了足够的时间。

恐惧很狡猾。它知道，如果你勇于袒露自己的脆弱，承认自己的恐惧并公开讨论它，它就会消散。所以它说服我们与它对抗、自我封闭或干脆一走了之。恐惧扼杀沟通，滋生不信任。那些从一开始就提倡在工作中说出恐惧和讨论恐惧的公司，就不像上面描述的那样需要对企业文化进行戏剧性的干预。

团队练习：说出你的恐惧

当恐惧影响团队和组织的运作时，我们会与团队一起进行各种练习。通常我们会先让大家说出组织中表现出的恐惧和由此产生的行为。有时，教练或协调者可以通过保密的访谈来找出影响组织运营的行为。通过这样的方式，我们可以找出需要解决的问题，并对症下药。另外也可以使用便利贴让员工写出导致团队动力失调的恐惧。团队成员写出他们的恐惧后，就把便利贴收集上来，按照第 2 章中介绍的战斗、逃跑和冻结将其归类为不同的主题。分类完成后，团队成员就可以看到成员共同的恐惧，就可以与有同样恐惧的人展开对话。

公开说出并承认共同的恐惧后，小组就可以着手解决问题。接下来我们围绕恐惧反应类别（战斗、逃跑、冻结）将大家分组，并要求他们提出可能的解决方案。然后将这些解决方案反馈给更大的小组，讨论下一步可能采取的措施或在小组互动中需要做出的改变。

虽然有些恐惧是个人层面的，但许多恐惧是领导层的不当行为或不作为造成的。通常情况下，团队需要制定一套新的团队规范或参与规则，使团队对他们的新行为负责。这是一个非常强有力的练习，团队有可能由此迎来重大的转机。说出恐惧是一个宣泄的过程，它鼓励人们将恐惧转化为正能量，从而提高团队的效率。

我们都放弃努力了

创建信任员工的、能够顾及他们各种恐惧的企业文化是建立用心领导文化的基础。我们辅导过的每个领导团队都因为各种原因处理过信任和恐惧问题。根据我们的经验，以高度信任为特征、公开表达恐惧的团队更有可能取得良好的绩效。

不过，让团队成员在同事面前敞开心扉可能很难，尤其是在没有太多心理安全保证的情况下。如果他们评判我怎么办？如果其他人都不敞开心扉怎么办？如果只有我一个人有这种感觉怎么办？针对这种情况，我们会讲述自己的脆弱时刻，做适当的情绪引导，从而为对话创造一个安全的空间，并分享小组提前提交的匿名反馈，但让他们畅所欲言仍然很难。

约翰为一家安全软件公司的 CEO 玛丽亚担任教练时，亲身体验了这种困难。他做了一系列访谈，让团队和公司业绩方面的问题浮出水面。在一次会议上，就在他正与高管团队讨论他的访谈总结时，市场营销副总裁詹娜抛出了一个真相炸弹："我的团队都放弃努力了，因为我们知道，无论我们提出什么建议，你们都会把它批评得体无完肤。"

她的话让大家一惊，不过这是一整天以来大家听到的最大胆、最真实的话了。其他人很快也附和起来："对！""我同意。""我们也是……"詹娜一直担心自己会孤掌难鸣，但没想到她居然说出了别人都在想却不敢说的重要事实。这家公司的企业文化似乎存在我们所说的"吹毛求疵"现象。这种现象往往会导致詹娜所表达的那种无助感。

关于"习得性无助"的研究表明，动物在随机受到轻微电击后，一开始会想办法躲避电击，但最终会彻底放弃，接受命运的安排。（郑重声明：我们认为这样的研究不道德且令人不安，我们不支持用任何虐待动物的方式来加深我们对大脑工作原理的理解。）在某些方面，我们对员工的不断挑剔与随机电击动物有类似的地方。起初，缺乏积极反馈和吹毛求疵会促使员工更加努力，表现得更好。员工的普遍反应是"我要证明我能行！"。但是，如果付出了巨大努力还得不到表扬，员工最终会放弃努力。他们对失败的恐惧会转化为冷漠，工作表现也会一落千丈。

有多少聪明、敬业的中层管理者陷入了这种循环？正如我们在第 2 章中所学到的，当员工只收到负面反馈时，就会引发他们的战斗反应。一开始，他们会更加努力地证明自己，但得到的却是越来越多吹毛求疵的负面反馈。最终他们会放弃，而高管们则会面面相觑，说："看到了吗？这就是为什么我们大事小事都要自己做的原因。我们没法相信副总和总监能高质量地完成工作。"

问题就出在这里。造成公司业绩不佳的恐惧文化往往始于高层。害怕失败的领导者会变得过于追求完美，对下属吹毛求疵。这种不断吹毛求疵的做法会引发下属的恐惧，起初他们会做出为生存而战的反应，但最终会退化为放弃。

我们在初创公司中看到的最突出的恐惧之一，就是对失败的恐惧，人们每天都感觉一切岌岌可危。创始人认为一个错误的举动就会毁掉公司，因此把所有时间都花在救火上。

如果这些领导者不把所有时间都花在寻找错误上，而是多花点时间在寻找他人做得好的事情上；如果他们注意到业务中有些细节值得被誉为优秀和成功的典范；如果他们把失败当作学习的机会来庆祝，会发生什么样的改变呢？

詹娜与同事的大胆发言引发了一连串的变化。公司创始人承诺以后多问问题，少给指示。所有高管都同意有小的成功就给予庆祝，并全面提供更多积极的反馈。詹娜的团队也同意不再敷衍了事，重新开始尽力而为。

将企业文化从恐惧转变为庆祝成功和对失败充满好奇，往往需要组织中的每一个人都进行开放而艰难的对话，同时做出新的承诺来改变方向。这些改变可能会令人痛苦，但极其值得。

团队练习：温度读数

温度读数练习是检查团队成员恐惧感的一种较轻松、威胁较小的方法。如果团队养成了把恐惧说出来的习惯，就很少会因恐惧而陷入瘫痪或分裂。要培养把恐惧说出来的习惯，最简单的方法之一是将其嵌入其他练习中。

20 多年前，爱德华去新墨西哥州加维兰参加了一次男士静修活动，温度读数练习就是从这次活动中偷学来的。我们做的是改编版。

每次会议开始时，会议主持人都会问与会者三个简单的问题：

- 你今天对什么或对谁心怀感激？
- 你担心什么？
- 你对这次会议有什么期待和愿望？

问题 1 激发与会者的充实感和富足感。问题 2 让他们说出自己的恐惧或担忧。问题 3 要求他们设定一个意图。这个方法非常简单，却非常有效。它只花 5 ～ 10 分钟的时间。我们的很多客户经常使用这个方法，效果非常好。

善用核心欲求而不使其偏离轨道

冲浪与解决数学难题

在一个微风轻拂的日子，约翰在圣巴巴拉南部著名的冲浪胜地林孔海滩上眺望着大海，海上出现了他的客户皮特·马勒的身影，皮特正在划桨冲向一个特别漂亮的浪头。皮特是一位金融高管，五十多岁，他知道自己比不上传奇冲浪运动员凯利·斯莱特，但就他的年龄和职业来说，他的冲浪水平已经真的很棒了。

皮特再次抓住一个浪头，一直冲到海滩，去约翰位于海角的别墅找他。在担任教练的过程中，约翰经常请客户到他位于圣克鲁斯的海滨别墅小憩几天，或者到客户家中拜访。在海滨别墅的这几天，无论是一起在海滩漫步，还是在阳台上喝几杯杜松子酒和奎宁水，都会让谈话更加深入好几个层次。这次与皮特的周末之行也不例外。

"哇，皮特，太厉害了！没想到你冲浪这么好！你是个CEO，把公司做得很成功，还是歌手、词曲作者、丈夫和两个孩子的父亲，现在还是个不错的冲浪手！你怎么有精力做到这一切呢？"

皮特是顶级量化对冲基金PDT的CEO兼创始人。虽然PDT不像桥水基金那样家喻户晓，但皮特更喜欢公司处于这个状态。公司业绩很好，受到业内人士的尊重，这对皮特来说才是最重要的。

皮特微笑着思考约翰的问题。他说："拥有做这一切的自由，正是我做这一切的能量所在。"约翰点点头，完全懂得他的意思。

闭上眼睛，想象一家典型的对冲基金公司，你可能会想到类似电视剧《亿万》（*Billions*）中的场景。压力大，工作时间长，人们互相暗算，以及令人质疑的道德水准。但是走进位于曼哈顿哥伦布圆环几个街区以南的 PDT 总部，你会感到这里是个异常放松的地方。这里安静，人们团结协作，启发彼此深入思考，也没有那些道德问题。

对数学或物理学博士来说，在 PDT 工作简直是梦想成真。在这里，员工可以在一个好奇心得到奖励的环境中工作，解决难题并从中得到乐趣。难怪 PDT 每个招聘职位都会收到上千份申请。皮特是一个狂热的学习者，他坚持不懈地专注于自我提升，我们可以看到，他的这种态度已经浸透到公司的企业文化中。

在谈到是什么让 PDT 与其他公司不同时，皮特毫不犹豫地回答说："是企业文化，约翰。在 PDT，我们创造了一个让人敢于冒险的环境，让世界上最聪明的人钻研他们感兴趣的问题。"

正如我们在第 3 章 "实验室" 的案例中探讨的那样，好奇心和学习是许多人的巨大动力。如果你想充分利用杰出人才的才智，就要让他们不断挑战去解决更多有趣的问题。

皮特很早就通过自己的经历明白了这一点。他最快乐的时候，就是他在感兴趣的事情上学到新东西的时候，无论冲浪、写歌还是投资，都是如此。1993 年，他创立了 PDT，公司隶属于摩根士丹利交易部门。2013 年，PDT 独立。此后，他通过聘用聪明、好奇、具有定量科学学术背景的人才，不断扩大 PDT 的规模。

与皮特交谈时，你会清楚地感受到，他希望确保员工所从事的工作能够激发他们的天赋，并从中获得满足感。皮特是这样说的，也是这样做的。他最有创造力的时候，就是他能找到时间做他喜欢的事情的时候，包括解决问题、写歌、唱歌、冲浪、担任父亲和丈夫的角色。

当皮特谈到是什么激励着组织中的员工时，你可以看到PDT 文化在发挥作用："他们喜欢解决难题，对学习充满好奇心。对了，同时还能赚不少钱。"皮特非常擅长也非常乐于激励和满足员工的欲求和需求。

谈到支持团队成长、学习和发展的重要性时，皮特满面春风。他在员工身上寻找的特质之一是他们是否有心用不一样的方式去解决问题。他说："从他们提出的问题和对挑战的假设上，我对他们有了很多了解。"

员工已经在某个岗位工作了一段时间后，皮特会重新审视这个问题："现在激励这个人的是什么？"他认为，我们不能假设动机和核心愿望是一成不变的，人和环境都会变化。

当员工的行为出现明显的变化或是绩效出现下滑时，皮特就会担任教练的角色，与员工谈话，挖掘潜在的激励问题。对皮特来说，这些谈话是重新设定期望的机会，也是了解员工目前状况的机会，而不是假设以前激励员工的因素现在仍然管用。

PDT 所建立的绩效文化反映了 CEO 在激励员工方面的欲求。皮特在做自己喜欢做的事情时状态最佳。他将这一理念应用到员工身上，并基于这样的假设来管理员工的绩效：如果员工在做他们喜欢的事情，组织就会蓬勃发展。

组织确实进入了蓬勃发展的状态。

团队练习：你真正想要什么

自助专家托尼·罗宾斯最为人所知的一点，是鼓励人们回答这个问题："你真正想要什么？"仔细想想，这个问题颇具启发性，因为我们通常不会主动去想宏大的问题或探索自己的欲求。当然，我们也不会主动在公共场合表达这些欲求。建立一种文化，让人们能够自在地谈论自己真正想要的东西，这需要勇气和耐心。

我们让人们思考和谈论自己内心深处欲求的练习非常简单，只需要回答一个问题：你童年的梦想是什么？在孩提时代，我们的梦想和渴望是无止境的，里面几乎没有自我意识。

它们既离奇又天真。

在团队的拓展活动中，我们让高管围坐在一起，请他们谈谈自己童年的梦想，这时他们会展现出自己光明乐观的一面，而在平常的日子里，成年人的理性压抑了他们的这一面。

- 你那时候想出名吗？想因为什么出名？
- 你那时候想帮助他人吗？想帮助谁？
- 你那时候想获奖或赢得比赛吗？哪些奖项或比赛？
- 你那时候想成为"小团体"的一员吗？谁的小团体？
- 你那时候想学习或旅行吗？学什么，去哪里？
- 你那时候想深入学习吗？在哪方面？

在这个层面上相互了解，可以让我们从一个独特的角度来理解我们真正的驱动力是什么，是什么让我们做现在做的事情，以及我们为此放弃了什么。

确保他人发挥天赋，避免碌碌无为

在天才领域工作

正如我们在第 4 章中谈到的，每个人都有特殊的天赋。我们都有一种与生俱来的能力，这种能力源于早年的某种积极或消极的兴趣或经历。做我们擅长的事情时，我们觉得毫不费力，但在别人看来却很了不起。这些事情就是人们所说的"天才领域"。根据我们的经验，那些取得巨大成就的公司，其企业文化的出发点都是为了帮助尽可能多的人在他们的天才领域工作。不过这往往是一个难以实现的目标，因为很少有人意识到自己有天赋，或者即使意识到了，他们也没有把天赋发挥出来。

最近，一家与我们有长期教练关系的公司找到我们，希望我们帮助他们的员工释放更多的天赋。他们公司的目标是帮助世界上所有人释放真正的潜能，所以他们理所当然地希望公司里的每个人都能在自己的天才领域工作。

问题是，这很难大规模实现。有些个人评估问卷通过一系列问题来帮助人们发现自己的优势，但这些评估给人的感觉有点像回答"你高中毕业后应该从事什么工作？"（爱德华得到的答案是他应该做一名消防员）。

我们更喜欢使用那些通过同事、朋友和同伴的视角及经历帮助人们审视自己的练习。在这家公司以及与我们有合作关系的许多公司，这种练习看起来就像对所有高管进行正式的360度评估。在这个过程中，我们会收集6～8位同事对每位高管的反馈意见，并将反馈意见汇总，再与这些高管的自我评估进行比较。我们经常发现，高管在一些重要领域对自己的评价过于苛刻，而反馈意见显示，他们其实在这些领域很出色。我们称这些领域为"未被发现的优势"，它们常常会指向领导者真正的天赋所在。

认识到自己的天赋是一回事，但觉得自己的天赋受到重视又是另一回事。我们在这家公司的大部分工作就是促进高管团队与其直接下属、副总裁和董事之间的对话。我们在本书讨论过很多次，这是许多公司都容易出问题的一个关键接口。如果高管团队不认可也不尊重下级领导者的天赋，那么公司中就会形成一种文化，使下级领导者也不尊重自己直接下属的天赋，并且逐级向下传递。

通常情况下，360度评估是私下进行的。员工获得反馈后，会与教练或上司一起针对自己有成长空间的领域展开工作。在这家公司，我们决定让他们坦诚一点，在所有高管和副总裁都在场的集体场合中分享自己的360度评估反馈。不过，我们没有让他们把重点放在那些建设性的反馈意见上，而是要求他们只分享积极的反馈意见。站在一屋子同事面前分享自己制定的战略是一件很可怕的事情。但站在他们面前谈论你有多棒，就完全是另一回事了。

好消息是，这真的很有效。在花了一个下午的时间倾听每个团队成员收到的关于天赋和优势的反馈后，他们开始用新的眼光看待彼此。他们现在更清楚以后有需求可以去找谁。他们开始将彼此视为资源，而不仅仅是同事。

随后，我们要求在场的每个人回去在自己的团队中开展同样的练习，于是这项活动在公司中推广开来。几个月内，公司里几乎每个人都有机会在团队面前"宣示自己的天赋"。我们收到的报告称，这样的经历给大家带来了很多活力，也大大加深了彼此的感情。有几个人甚至更换了工作岗位，因为这次活动让大家发现他们的天赋没有得到充分利用。

团队练习：认可圈

我们上面介绍的练习非常复杂，需要花费大量时间才能做好。它需要进行 360 度评估，整合反馈意见，等等。有个叫作"认可圈"的练习要简单得多，我们已经做过几十次。它的基本做法是你从团队中抽一个人，让他坐在同事围成的圆圈中间，在大约两分钟的时间里，圆圈中的每个人都对那个人说一些认可或赞扬的话，例如："你很勇敢。你很有韧性。你很风趣。你很有洞察力。"

中间的人看向正在发言的人，并用眼神交流表示感谢。如果时间充裕，大家可以分享一些简短的小故事，具体讲述这个人做了什么了不起的事情。重要的是要记住，这不是拍马屁或搞笑时间。我们要确保分享的必须是对这个人的核心见解，不能只说"他们衣着有品位"这种话。这也不是看谁讲话最风趣的比赛。

如果你想提高练习的规格，那就在所有人都说完认可的话之后，一起站起来为中间的人鼓掌 30 秒。最能给一个人认可和赞扬的方式，莫过于大家一起站起来给他鼓掌了。

价值观和目标高于一切

我们远远偏离了初心

用心领导文化的一个基本特征是将价值观和目标置于一切之上，包括利润和企业内部政治。领导者很难坚持这一点，因为他们常常迫于压力，不得不牺牲长久价值观来提高短期利润，事后才后悔莫及。

你还记得前言中提到的"园丁"，也就是 Bombas 的 CEO 戴夫·希思吗？在与他合作的过程中，我们的谈话经常会迂回到目标和利润的平衡上。你可能还记得 Bombas 是一家服装公司，消费者每购买一双袜子、内衣或 T 恤，公司就会向无家可归者收容所捐赠一件类似的物品。许多 Bombas 的员工都会在背包里多带几双袜子和 T 恤，以便在纽约街头遇到无家可归的人时送给他们。

与爱德华一起在纽约联合广场散步时，戴夫谈起 Bombas 怎样实现了巨大的增长，年收入高达数亿美元。"你也知道，我们的发展势头确实很好，但要想继续增长，我们就必须让我们的产品多样化。袜子会一直是我们的核心业务，但下一步该往哪里走，这是一个涉及数百万美元的问题……真的是这样。做这个决定对我们来说真的很难。"

爱德华聚精会神地听着，因为他从未见过戴夫如此心烦意乱。戴夫接着谈起在过去 6 个月里，他让产品设计团队设计了一系列新产品的事情。Bombas 的长期战略目标是在核心的袜子产品系列之外，推出顾客可以购买的新产品。

戴夫刚开完一个会，会上他的产品团队第一次向他展示了一些新类别产品的设计，他明显很兴奋。"这些新产品太棒了，颜色特别酷。现在看，团队是做得非常出色的。我很为他们骄傲。"他说，语气中带着他那种特有的极富感染力的热情。不过随后他的声音弱了下来，抬头看着刚刚发出嫩芽的树。沉思了几秒钟后，他习惯性地摸了摸脸，叹了口气，说："可是，我们该推出这些新产品吗？我不确定这对公司好不好。"

戴夫知道，只有推出新产品，才能实现长期增长。这是商学院教我们如何建立公司以及扩大公司规模的基础知识。但戴夫接着讲了他和一些员工的谈话，他们向他反映，开发这些新产品并不符合 Bombas 的价值观和基本目标。他们指出，有些衣服并不是无家可归者所需要或要求的。他们说："推出这里面的一些新产品会让我们偏离我们的基本价值观和我们创办 Bombas 的初心。"

员工的这一反馈真的打动了他。他很纠结，因为他们已经投资了 100 多万美元开发这条新产品线，为此也聘请了有经验的设计师。他怎么能让这些设计师失望呢？100 万美元可不是一笔小数目，不能白白浪费。

这个问题给他带来的压力让他失眠。公司的 CEO 总是要面对各种优先事项和必须要做的事情。团队、投资者、联合创始人、客户，以及对 Bombas 这样的社会公益公司（他们是一家经过认证的 B 型企业）来说——所服务的社群，都是 CEO 应该忠诚以待，并付出大量时间和精力的对象。

有一些很容易想到的解决方案，但这些方案往往让我们觉得，我们不得不在这些不同的对象之间做出选择。我们说："有时我们不得不做出艰难的取舍。"虽然权衡取舍是生活的一部分，但不那么容易想到的解决方案往往是双赢的方案。几乎总会有一条既有利于利润又有利于目标的前进道路。

戴夫的直觉告诉他，事实的确如此，如果按照目前的设想推进新产品计划，就是把利润置于目标之上。他在做一个错误的取舍。他还有一种直觉，那就是减少产品类别，把这些类别做好做强也是一种好的经营方式。

他们继续在春意盎然的联合广场散步，这时戴夫回忆起当初创办公司的初衷，提醒自己服务无家可归者的重要性。重提一下，袜子是无家可归者收容所最需要的衣物，内衣和 T 恤分列第二和第三。Bombas 考虑引进的其他产品甚至都不在无家可归者需要的前十之列。

戴夫提醒自己注意这些事实，他清楚地看到，袜子、内衣和 T 恤符合该组织的使命和目标，也有助于他们更加专注于业务。这显然是一个双赢的选择。

爱德华接着指导戴夫在沟通战略的改变时如何传递信息。设计和营销团队投入了大量的时间和精力，所以沟通起来不会很容易。虽然设计师们很沮丧，一开始还反对这个决定，但戴夫的立场很坚定，在他解释了这个决定背后的原因后，大家也开始赞同他的决定。

建立一个以目标为导向的企业很困难。正如戴夫所意识到的那样，陷入对失去市场份额的恐惧，或者被不惜一切代价取胜的欲求所左右，都会让我们难以将目标放在中心位置。当我们屈服于这些恐惧和欲求时，我们可能会取得短期的胜利，但我们会忽视长期的后果。

虽然戴夫做出这个决定经过一番挣扎，但从长远来看，客户和员工都很尊重这个决定。这一决定促使戴夫和领导团队重新思考他们的产品创新流程，以确保他们开发的产品符合组织的基本价值观，并服务于受益群体。

公司偏离核心原则时，可能会影响客户和员工的忠诚度。我们两位作者买了很多 Bombas 的袜子，把它们送给我们的每一位教练和客户，这不仅是因为他们的袜子很好，还因为 Bombas 这家公司将目标放在首位，愿意回馈给需要帮助的人。

我们非常喜欢 Bombas 这个例子，因为戴夫和他的高管团队虽然觉得很冒险，但做决定时依然坚持把公司的价值观和目标放在首位。我们很高兴地告诉大家，一年半以后，他们不管在利润还是企业文化方面都取得了长足的进步。

团队练习：为自己写讣告

建立一个以目标为导向的组织需要公司里的每个人都有目标意识。我们在第 5 章中讨论过，我们可以通过各种方式深入挖掘，以激发出我们心中未曾表达的目标意识。其中一种你可能见过的简单方法，是让每个人撰写自己的讣告，在公司会议上分享。

这个简单的练习可以同时完成两件事情：

1. 它帮助人们了解哪些是重要的、优先的事情。他们有哪些价值观？哪些关系对他们最重要？他们想为哪些群体服务？

2. 它帮助团队成员彼此了解，如果没有这些练习，他们可能没有机会彼此深入了解。当我们听到同事说自己想以什么方式被人记住时，我们就会从他们的人生目标和为他人服务的角度来看待他们，而不是仅仅把他们看作那个总是不按时回复消息的讨厌鬼。

如果你的公司规模太大，或者让每个人都向其他人朗读自己的讣告根本不现实，那就把大家分成 10 到 12 个小组。整个过程大约只需要一个小时，对每个人都会有很大的启迪。

---------------- **第 6 章要点** ----------------

- 拥有用心领导文化的公司会带着意识做决定，将员工的需求、恐惧、欲求、天赋和目标融入他们的工作。
- 领导者日常的积极行为和消极行为会起到示范作用，这些行为会渗透到组织内部，形成企业的文化规范。
- 害怕变化会对企业文化造成危害，使企业无法接纳企业转型和重新蓬勃发展所需的各种天赋。
- 如果企业忘记自己的目标，或是看不到目标经历了什么样的发展演变，就有可能与员工和顾客脱节。

用来开启对话的问题：

1. 你在采取哪些有的放矢的措施，将好奇心和用心领导对话融入企业文化？

2. 如果公司每个人都随时关注同事的需求得到满足的程度、同事恐惧反应的程度，以及同事在欲求的牵引下有可能偏离轨道的程度，那么公司的文化会有什么不同？

3. 新员工以及他们的天赋能够帮助公司蓬勃发展，但恐惧以何种方式影响了公司接纳他们的天赋？

4. 如果每个人都能发挥自己的天赋，在他们各自的天才领域工作，我们的公司会有什么不同？我们该如何帮助大家实现这一目标？

5. 你如何知道公司是否对自己的目标感到困惑不清？谁把握公司的目标？所有人包括客户在内，在公司目标上意见一致吗？

结论：关于用心领导的建议

在阅读本书的过程中，我们希望你已经学会了用心领导。本书开篇提出了一个颇有争议性的观点，即卓越的领导力不在于低级的模型、一系列的领导技巧以及过时的高管风范，而在于与我们的下属进行成效显著的对话，建立起具有韧性的关系。

我们努力在书中阐明，要学会用心领导，首先要了解自己，了解自己的需求、恐惧、欲求等。如果领导者不能很好地了解自己，不能与自己建立良好的关系，那么他们就不可能与团队进行对话，从而激发团队的创造力和目标意识，取得理想的成果。同理心始于自我认知。因此，如果你回避了每一章的讨论问题，那么现在该返回去回答这些问题了。我们强烈建议你现在就去做。毕竟，用心领导是一个过程，而不是一个模型。

在你回答完这些用心领导的讨论问题后，我们建议你采取下一步行动，让你的团队围绕这些问题展开对话。我们在最后一章提供了团队练习，不过也有可能你自己会想出更好的激发对话的方法。重要的不是完全正确地练习，而是迈出对话这一步。

　　建立优秀企业的领导者要不断适应内部和外部的变化。这次新冠疫情给大多数人带来了前所未有的领导力挑战。如何有效地远程工作？不在一起工作时，如何让员工有高度的参与感？未来如何使用办公空间？如何处理现在愈加公开化的政治分歧？

　　用心领导对话为领导者提供了一个框架，让他们在学习适应新的现实、新的环境和新的竞争格局的过程中，不断审视自己，审视自己的团队和公司的企业文化。每一次对话都能为丰富的洞察、反思和变革提供必要的跳板。Bombas 的 CEO 戴夫学会了将每个对话都融入他日常的管理和领导过程。细心的园丁随时随地都在留心留意。记住：这朵大马士革玫瑰可能需要多浇点水，那朵朱丽叶玫瑰可能需要多一点光照，那批黑美人玫瑰可能需要多施一点肥。

　　蓬勃发展的组织会不断挑战自己，使自己变得更加优秀。用心领导框架表明，领导者能否对团队保持开放和好奇，与领导者的自我探寻之间存在着持续的相互作用。领导者持久的好奇心和学习意愿会带来新的发现，从而改善团队和组织的文化。

　　我们对你的建议是深入思考这些问题，开始你的自我发现之旅。你可能会惊讶地发现，对自己的深刻洞察会如何打开你的心扉，让你看到他人内在的善良、天赋和潜能。

作者简介

约翰·贝尔德是硅谷最优秀的高管教练之一，在过去的 25 年里，他曾与初创企业以及苹果、耐克和推特等《财富》500 强公司的高层领导合作。他创办了几家公司，包括 ExecutivEdge、Edgeman Coaching 和 Velocity Group（现任董事长），并担任 Sapphire Ventures 的研究员以及多个非营利地方委员会和全国委员会的成员。约翰拥有普渡大学组织沟通和领导力博士学位。

爱德华·沙利文是 Velocity Group 的 CEO 和管理合伙人。在 25 年高管教练和政治顾问的职业生涯中，他为世界各地的初创公司创始人、《财富》500 强公司高管和外国国家元首提供指导和建议。他的作品发表在《纽约时报》《华盛顿邮报》《福布斯》《快公司》《今日美国》和纳斯达克官网等报纸杂志网站上。他拥有沃顿商学院的 MBA 学位和哈佛大学肯尼迪学院的 MPA 学位。

约翰和爱德华共同创立了全球领先的高管教练公司 Velocity Group，与苹果、DoorDash、Geico 和 MasterClass 等公司的高层管理人员合作。